NIEDERRHEIN KRIMI 13

Rüdiger Werner Janczyk, geboren 1962 in Recklinghausen und aufgewachsen in Cuxhaven, studierte in Münster Medizin, Publizistik und Philosophie, Promotion zum Dr. med. Er arbeitet seit 1992 als niedergelassener Arzt mit den Schwerpunkten Suchtmedizin und Psychotherapie in Mönchengladbach und lebt in einem kleinen Dorf am Niederrhein. »Vincents Methode« ist sein erster Roman bei Emons.

RÜDIGER JANCZYK

VINCENTS METHODE

NIEDERRHEIN KRIMI

Emons Verlag

© Hermann-Josef Emons Verlag
Alle Rechte vorbehalten
Umschlagzeichnung: Heribert Stragholz
Druck und Bindung: Clausen & Bosse GmbH, Leck
Printed in Germany 2005
ISBN 3-89705-399-3

www.emons-verlag.de

Für Margret

Ich, während die Götter lachen, bin der Welt Kern
Mahlstrom der Leidenschaften in jenem verborgenen Meer
Dessen All-Zeit-Wogen die Küsten des Ich berennen
Und Allseits begrenzen jene dunklen Wasser.

Merwyn Peake, »Shapes and Sounds«, 1941

PROLOG

Köln – Domplatz. 29.11.1999

Der Reisende kannte keine Farben.

Jedes Bild seiner Welt war schwarzweiß, nur das Blut unter seinem Messer glänzte rot.

Um ihn waren die Ampeln, der Himmel, die Lichter. Vor allem die hässlichen gelben Lichter, die an den Kreuzungen über der Straße hingen. Auf seine Netzhaut fielen das purpurne und violette Glühen des vorweihnachtlichen Abendhimmels, das silberne Schimmern der Klingen in den Schaufenstern des Waffengeschäfts und das grelle Leuchten der bunten Reklamen. Es gab die Farben, aber sein Innerstes machte schwarz, weiß und grau daraus. Er war aus der Innenstadt gekommen und stand nun hier.

Hinter ihm ragte ein staubfarbenes Monument auf. Ein steinernes Tier, ein merkwürdiges urweltliches Ungetüm mit zerschundenem, vom Regen zerfressenen Fell. Die Türmchen glichen Parasiten, die in dem Ungetüm nisteten, die große Pforte ein klaffendes Maul.

Es war ein kalter Wintertag, dessen Licht alles in jene Farbe tauchte, die der Reisende in sich fand.

Er stand vor diesem steinernen zweifach gehörnten Tier, und er wartete. Obwohl er zu dünne Kleidung trug, fror er nicht. In seiner Tasche befanden sich die Schusswaffe und das Messer. Das Messer schätzte er mehr. Er benutzte es auch für sich selbst, wenn er sich schnitt. Die Klinge war ihm vertraut, er kannte ihren Biss und wusste, wie er zustechen musste.

Regungslos blickte er auf all die Leute, die über den Platz zogen. Kameraschwenkende Japaner, kamerahebende Japaner, Japaner mit Videokameras, Digitalkameras, Spiegelreflexkameras, Kompaktkameras, Einwegkameras. Die Welt eingefangen auf Negativen, Magnetbändern, Speicherchips.

Der Reisende erinnerte sich an wenige Dinge. Sein Vater hatte nach Wodka gestunken. Die Mutter nach Seife. Mutter war ordentlich, artig, blöde und völlig belanglos gewesen. Das grauste Grau von allen.

Der Himmel hatte die Farbe von Knochen, es gab wenig Licht. Selbst die Sonne war grau. Sie war grau wegen der Abgase, der Asche in der Luft.

Menschen wie er wurden nicht geliebt, schon gar nicht in der Schule. Man bewarf ihn mit Schlamm und Schimpfworten. Er verstand nicht alles. Seine wirkliche Muttersprache sollte er später lernen. Beim Weg in das gelobte Land, wie Moses, der sein Volk durch die Wüste trieb.

Alles sollte besser werden.

Der Reisende betrachtete eine Gruppe von Junkies, die schnorrend durch die Touristenströme schlurften. Eine der abgezehrten Gestalten in ungepflegtem Leder und schmutzigen Jeans trappelte auf ihn zu, zeigte braune Zahnstumpen. »Hasse ma 'ne Mark?«

Sein Gesicht war hager, schmutzig, und zwischen den Bartstoppeln klebte das Blut aufgekratzter Pickel. Er stank muffig und nach kaltem, getrockneten Schweiß. Der Reisende sah durch das ungewaschene Gesicht auf seine eigenen Gedanken.

Seine Freunde, die wie er die Reise gemacht hatten, nahmen jetzt wie der Penner vor ihm dieses Zeug, das es in Amsterdam zu kaufen gab. Sie packten es auf den Löffel, mit Vitamin-C-Tabletten, kochten sich ein Süppchen für die Venen. Lecker Hirnsüppchen, das lauter Farben machen konnte. Hirnfarben. Das Grau vertreiben. Welch ein Unsinn! Man kochte es sich, wickelte einen Gürtel um den Arm und zog ihn fest. Am Unterarm wurden die Venen dick als regloser Strang. Er steckte die Nadel hinein und drückte auf den Kolben. Er hatte es probiert und musste nur kotzen davon.

Er kotzte in ein graues Klo.

Hirnsuppe bekam ihm nicht.

»Keine Mark?«, fragte die Gestalt vor ihm.

Der Reisende sah sie an und erkannte die aufflammende Angst im Gesicht seines Gegenübers.

»Nichts für ungut … schönen Tag auf jeden Fall noch«, murmelte der Junkie und stolperte rückwärts, fort vom Reisenden wie auf der Flucht vor einem bissigen Wolf.

Der Reisende sog nasskalte Winterluft durch seine Nase. Er wandte langsam den Kopf und betrachtete eine Gruppe von Schulkindern, die von einer hektischen Lehrerin in den Rachen des gehörnten Steintiers getrieben wurden.

Nach seiner Reise war er allein gewesen. Er lungerte am Ende seiner Reise nur herum. Er hatte nichts zu tun. Er besaß keine Freunde. Die kochten alle das Hirnsüppchen, das er nicht vertrug. Den Rest der Zeit brachten sie damit zu, Geld für den Stoff zu beschaffen oder den Stoff selbst.

Er langweilte sich.

Endlich war ihm der Doktor begegnet.

Es wurde dunkler. Am Himmel über dem Tier zogen Schlierenwolken. Asche über Staub. Der Reisende sah hinauf, über den verwundeten Leib, in dem sich die Parasiten tummelten, Geschwüre und Tumore aufwölbten und aufbrachen. Das formlose Etwas des höchsten sichtbaren Himmels beruhigte ihn. Gleichzeitig erwachte aber wieder der Drang nach der Klinge, sie wieder bei sich selbst zu benutzen.

Schneiden.

Der Doktor hatte gefragt: »Kannst du Blut sehen?«

Natürlich konnte er. Blut war rot. Hellrot aus der Arterie, dunkelrot aus der Vene. Der Doktor hatte schöne Augen. Er lächelte und roch nach Deodorant. Der Doktor hatte ein Messer dabeigehabt, als der feiste Mann den Reisenden anwarb und ihn dem Doktor vorstellte. Er gab ihm das Messer und ließ ihn zeigen, ob er Blut sehen konnte. Die Klinge fuhr wie eine Stichflamme aus dem Griff.

Der Doktor hatte ohne Angst gelächelt. In völliger Kälte. Sie hatten sich angesehen, und der Doktor konnte dem farblosen Blick des Reisenden über der schimmernden Klinge standhalten. Dies gelang wenigen Menschen.

»Du weißt, was man damit macht?«, hatte der Doktor gefragt. Er trug dunkle Kleidung, und sein Gesicht war ohne Emotion.

Der Reisende strich mit dem Zeigefinger über die Klinge. Ein Streifen klaffte auf, und rote Perlen schimmerten darauf. Er fühlte keinen Schmerz, empfand nur plötzlich das Rot der Farbe.

»Damit kann ich schnitzen«, sagte er.

»Du sollst andere schnitzen«, antwortete der feiste Mann.

Seitdem schnitzte der Reisende auch fremde Körper.

Sie zappelten, zuckten, sie wehrten sich, aber der Reisende war stärker. Er war besser. Graue Angst, graue staubige Schreie. Und vielleicht Leichen. Er hatte sich gefragt, ob er dabei die Farben würde spüren können. Er empfand gar nichts, aber er hatte auch nicht erwartet, etwas zu empfinden.

»Du bist verwertbar«, hatte der feiste Mann gesagt, als die Arbeit getan war.

Der Reisende wandte seinen Blick von dem steinernen Tier. Ein schneidender Wind brachte dünnen Regen. Die Stadt lag wie unter einem feuchten Lappen.

Wenige Leute waren unterwegs, aber er stand noch da und wartete.

Zur Belohnung für seinen ersten Auftrag war er für zwei Tage an die Nordsee geschickt worden. Sie bewegte stählerne Wellen, und Wind blies unter grauem Regen. Der Wind und der Regen waren damals und heute kalt, aber das spürte er nicht.

Der Doktor war mit seinem ganzen Hofstaat an der Nordsee erschienen. Die See rollte vor dem Deich direkt hinter den Fenstern an Land, der Sturm trieb den Regen und die Wellen.

»Nimm diesen Schnee«, schlug der feiste Mann vor und klopfte ihm mit zuckenden Lippen auf die Schulter. »Du hast es dir verdient.«

Der feiste Mann nahm einen graublauen Hundertmarkschein, rollte ihn und steckte ihn ihm in die Nase.

Er schniefte, und auch der feiste Mann schniefte. Der feiste Mann benutzte ein silbernes Röhrchen.

Schöner weißer Schnee explodierte im Kopf des Reisenden. Strahlend weiß. Er leckte den Rest vom Hundertmarkschein ab. Er wurde geil. Der feiste Mann war wohl auch geil, denn er öffnete erst die Hose des Reisenden und dann die eigene.

Der Doktor schüttelte den Kopf, und der Engel sah in die Augen des Reisenden und sagte ihm, er müsse nichts tun. Dann schwebte der Engel zum Meer. Der Doktor mochte nur Frauen ansehen und ging ebenfalls.

»Bück dich«, sagte der feiste Mann, und der Reisende gehorchte.

Es war unbequem, aber belanglos. Der Reisende spürte einen kleinen Schmerz, als der feiste Mann in ihn eindrang. Aber Schmerzen hatten ihn von allem immer am wenigsten interessiert. Er zipfelte an sich selbst herum, während der feiste Mann sich heftig bewegte und gurgelte.

Als der feiste Mann fertig war, machte er die Hose wieder zu, lächelte und schenkte ihm eine Pistole.

»Ich habe eine ganz wichtige Aufgabe für dich, mein Junge.«

Der Reisende blickte über die Domplatte und sah, wie der Doktor endlich auf ihn zukam. In seinem Gesicht war ein Lächeln wie der kalte, schneidende Regen, der langsam zum Hagel wurde.

Der Doktor nickte ihm zu, ohne ihm die Hand zu reichen. Er führte den Reisenden vom großen Tier fort. Sie gingen zu einem Parkhaus und stiegen die stinkende Treppe hinab. Der Doktor zählte Münzen in den Kassenautomaten und winkte ihm. Der Sportwagen des Doktors stand in der untersten Etage. Es roch nach Beton, Pisse und Autoabgasen.

»Wir machen eine Fahrt zu deiner neuen Wirkungsstätte«, erklärte der Doktor und öffnete die Tür.

Der Reisende nickte, obwohl er wusste, dass der Doktor nicht an einer Bestätigung interessiert war. Er duldete ohnehin keinen Widerspruch. Der Doktor startete den Motor, und der Reisende stieg ein. Er schloss die Augen, und während er am Geruch und den Geräuschen bemerkte, dass sie das Parkhaus verlassen hatten, erinnerte er sich.

»*Mutter sein bleed wie Scheiße*«, hatte sein Bruder gesagt.

»*Konjeschno*, kann man von Sozialamt gut leben ohne Arbeit. Wenn nich machst, is bleed wie Scheiße.«

»*Rabotatch* is Scheiße. Die alles bezahlen. Man muss nur abholen.«

Aber auch das war egal und grau. Sein Bruder war ihm egal. Seine Mutter sowieso. Sie roch nun nach besserer Seife, und sie arbeitete den ganzen Tag. Das war ihre Sache. Vater war drüben geblieben. Zuhause? Er hatte kein Zuhause und brauchte es auch nicht.

Er war ein Mann vom Doktor. Ihm hätte er lieber gedient als dem feisten Mann.

Erinnerung.

»Es wurden Fehler gemacht«, sagte der Doktor. Der Reisende erwartete, dass der Doktor ihn schlug. Aber das tat nur weh, und Schmerz war ein graues Gefühl.

»Du machst keine Fehler mehr, kapiert?«, schnauzte der Doktor. Er schien wütend, aber kontrolliert wie sonst niemand. Seine Augen straften, nicht seine Hand.

»Ich mache Fehler wieder gut, *paschalsta*«, versprach der Reisende.

Der Doktor sah ihn eine Weile an, und der Reisende konnte den Ausdruck seiner stählernen Augen nicht deuten. Dann sagte der Doktor so ruhig wie ein vereister See:

»Wir werden sehen.«

Er sah Blut. Er hatte immerhin schon eine Menge Blut gesehen. Er hatte es aus den Leuten herausgeholt. Aus dem Hals kam besonders viel. Man sagte, es sei rot, ja, aber es gab auch rote Ampeln, rote Fische und rote Saucen.

Er sah in die Augen des Doktors. Sie waren schön, ohne Gefühl, das machte sie schön, und weil sie aussahen wie Staub.

Er würde die Sache in Ordnung bringen. Ganz sicher. Für seinen Doktor.

Sie befanden sich jetzt auf der Autobahn. Vor ihm schaufelte der Scheibenwischer den Regen. Ein Straßenschild zeigte die Richtung an. Mönchengladbach – eine neue Stadt ohne Farben.

Der Reisende schloss die Augen und versank in seinem inneren Grau.

EINS

Oberinspektor Sebastian Hoffmann hatte geglaubt, seine zwanzigste Leiche bis zum Jahr 2000 aufschieben zu können. Diese Hoffnung wurde enttäuscht – drei Tage nach dem ersten Advent 1999, um genau 11 Uhr 35. Direkt neben dem Geroweiher, einem Stadtpark-Tümpel unweit der Innenstadt von Mönchengladbach, kauerte der Ermordete in einer der letzten Inseln aus klebrig schimmerndem Herbstlaub, als habe er sich im Winterregen gesonnt. Hinter ihm ragte eine alte Abtei auf der Spitze des Hügels empor. Zwei Streifenwagen warfen ihr Blaulicht periodisch auf die bizarre Szene.

Advent.

Hoffmann war schon aufgrund der damit verbundenen sinnlosen Anstrengungen ein Gegner jeglichen weihnachtlichen Getues. Er schnaufte sein Übergewicht mit in den Parkataschen vergrabenen Händen um das Opfer und kniff die Augen zusammen. Der Tote trug ein Weihnachtsmann-Kostüm, das wie ein riesiger Fleck aus Siegellack über seine Gestalt getropft war, und darunter eine Polizeiuniform. Hoffmann betrachtete den roten und weißen Mantel neben der dunklen spiegelnden Fläche des Teichs, im pulsierenden Licht der Peterwagen. Er fror.

»Ist die Verkleidung aus einem Kostümverleih?«, fragte er einen der uniformierten Kollegen. Die Männer der Spurensicherung veranstalteten um ihn herum mit Pinzetten und Plastiktüten das große Programm, der Gerichtsmediziner bekritzelte ein Formular, und schaulustige Köpfe sammelten sich jenseits des Weihers. Es war ein farbloser Tag, und es hörte nicht auf zu regnen. Seit Hoffmann bei der Polizei arbeitete, hatte er zu viele Leichen gesehen: Mordopfer, Selbstmörder und seltener jemanden, der dann doch eines natürlichen Todes gestorben war, aber er würde sich nie daran gewöhnen. Am wenigsten an die Gaffer, die gierigen Hälse und schwatzenden Münder, die sich um die Absperrung drängten. Diese Aasgeier, die ihre Schnäbel aus Neugierde nach den Toten streckten, um ihre leeren langweiligen Seelen mit Kadavern zu füttern.

Der Streifenpolizist schüttelte den Kopf. Sein Gesicht war gelb wie altes Zeitungspapier, überzogen von harten Linien aus Kälte und Grauen.

»Es ist Polizeiobermeister Schulz. Ich kannte ihn gut. Er hat eine Frau und drei Kinder.«

Hoffmann nickte. Er zog die Kapuze des alten NATO-Tuchmantels über seine Haare, als er sich über den Erschossenen beugte.

»Es war ein großes Kaliber«, murmelte er.

Die Leiche besaß kein Gesicht mehr.

Hoffmann blickte von der Wunde zu dem Uniformierten, und der Streifenpolizist knetete seine Dienstmütze mit der linken und fuhr sich mit der rechten Hand hektisch durch das Haar.

»Haben Sie eine Ahnung, warum er dieses Kostüm trug?«, fragte Hoffmann.

Der Streifenpolizist zog sein Gesicht zusammen. Er atmete zischend und betrachtete den Toten.

»Schulz machte den Weihnachtsmann bei unseren Feiern. Er war ein todguter Mensch. Ein großartiger Kollege. Ich verstehe nicht, wie man ihn umbringen konnte. Die Tatwaffe lag neben ihm.«

Hoffmann zuckte die Achseln und brummte etwas Unverständliches. Etwas zu brummen war in solchen Situationen das Beste. Man musste dann nichts Passendes von sich geben. Sie hatten ihn direkt vom Hamburgeressen aus seinem Lieblingsrestaurant unter dem gelben »M« hierher beordert. Er hatte ein weiches Fettbrötchen hastig heruntergewürgt, und jetzt war ihm übel. Hoffmann wandte den Blick erneut von dem blutigen Krater fort und blickte an der Silhouette der Abtei vorbei in einen aschefarbenen Himmel. Ein Weihnachtslied kam ihm in den Sinn, aber er erinnerte sich nicht, wie die zweite Strophe lautete.

»Werden Sie den Fall bearbeiten?«, fragte der Polizist.

»Ich fürchte, das übernimmt meine Chefin«, sagte Hoffmann.

Hauptkommissarin Nadine Jansen drängte sich wie eine große Katze durch die Leute. Sie schien den Nieselregen nicht zu spüren.

Sie war noch ein wenig blasser als sonst, fand Hoffmann, und unter ihren Augen lagen dunkle Ringe. Dass sie trotzdem schön war, gehörte zu den Dingen, die ihn jedes Mal neu überraschten. Frau Chefin. Seit den sieben Jahren, die sie seine Vorgesetzte war, ein Mysterium.

Hoffmann blinzelte, und das Lied ohne zweite Strophe hallte absurd durch seinen Kopf. Ein gespenstisches Summen ohne Text.

»Ich hatte gehofft«, sagte Nadine anstelle einer Begrüßung, »dass du hier schon weiter wärst.«

Mysterium, dachte Hoffmann säuerlich, und meistens *Martyrium*. Aber selbst der Zynismus, sonst sein letztes Reservat, bot keine Zuflucht. Er wischte sich den Regen von der Stirnglatze und aus dem langen, fettigen Haar, das an der Kapuze klebte.

»Es ist ein Kollege«, murmelte er.

Nadine stieg über die Leiche. Sie hatte es sich irgendwann nach dem Ende einer Beziehung oder dem Tod ihres Vaters angewöhnt, schwarze Kleidung zu tragen, der Mantel und die Hose aus Leder. Dazu Stiefel mit hohen Absätzen. Dass sie Hoffmann damit um zwei Fingerbreite überragte, machte die Sache nicht besser zwischen ihnen. Er empfand sie in allem als überlegen. Es half dabei auch nicht, dass die Leute niemals mit Sympathie von ihr sprachen.

»Der Schuss kam aus nächster Nähe«, dozierte sie und warf ihr Haar zurück, als sie sich über den Toten beugte. Nadines Haar besaß die Farbe von Blättern im Frühherbst. Es fiel ihr weit über den Rücken. Ihre Augen waren der Beweis, dass die Arktis grün sein konnte. Andere Frauen schneiden sich ihr Haar ab, um zu zeigen, dass sie hart sind, dachte Hoffmann, Nadine ließ es wachsen. Sie war die weibliche, die unerträglichere Form von Eis. Die Schneekönigin in dieser weihnachtlichen Gruselgeschichte voller Blut.

»Der Täter hat ganz nah bei dem Opfer gestanden und gefeuert. Die Waffe ist eine Dienstpistole. Irgendwelche Zeugen?«

Hoffmann hob vorsichtig die Achseln. Es war nicht leichter mit ihr geworden, und seit sie herumlief wie ein Todesengel, schien sie jede menschliche Regung verloren zu haben. Man sprach darüber, dass sie zugesehen hatte, wie ihr Vater gestorben war, in diesem Sommer. Zu seiner Beerdigung war sie nicht gegangen.

Und sie hatte kein Wort darüber verloren.

»Du bist seit zwanzig Minuten hier. Was hast du die ganze Zeit getan?«, wollte sie wissen.

Er sah hilflos zu Kathrin.

Oberinspektorin Kathrin Seitz lächelte höflich.

»Wir wollten die Spurensicherung erst murkeln lassen«, sagte sie.

»Was heißt murkeln«, fragte Nadine ein wenig zu freundlich.

Kathrin lächelte noch immer. »Arbeiten.«

Nadine nickte. »Bösartigere Menschen als ich würden sich nicht wundern, warum die Ostdeutschen ein anderes Wort für arbeiten brauchen«, sagte sie wie beiläufig, während ihre Augen über die Situation tasteten.

Kathrin sah sie an, ohne eine Miene zu verziehen.

»Wer fährt zu den Angehörigen?«, fragte Hoffmann.

»Immer der, der fragt«, sagte Nadine.

»Vielleicht ... solltest du als unser Boss ...«, schlug er vor.

Sie sah ihn an. Ein einziges, ruhiges Blinzeln. Er erwartete eine Zurechtweisung oder etwas Gehässiges, aber ihr schien mit einem Mal etwas anderes in den Sinn gekommen zu sein.

»Wir machen es zusammen. Wer hat die Leiche gefunden?«

»Ein Jogger. Wir können ihn nicht verhören, weil er unter Schock steht. Der Notarzt hat ihn mit Valium abgeschossen.«

Nadine schnaubte, dann zeigte sie ihre Zähne.

»Alles Dealer in Weiß. Kathrin kümmert sich um das Verhör, wir beide gehen. Ach-tut-mir-das-jetzt-aber-Leid heucheln.«

Hoffmann hob die Achseln. Er fühlte sich ungemütlich, die Kälte schien aus der klotzigen Abtei, der nassen Erde des Parks und dem hässlichen Himmel in seinen weichen, viel zu wenig abgehärteten Körper zu ziehen.

»Es war ein Kollege«, bemerkte er.

»Ja«, sagte Nadine und ging in Richtung Straße, und Hoffmann trottete ihr nach.

Familie Schulz lebte im Stadtteil Holt, im Idyll der Vorstadt. Sie fuhren mit Hoffmanns Wagen. Nadine redete so wenig wie in den letzten Monaten. Ihre Augen wanderten über Passanten und Autos. Hoffmann schwieg ebenfalls, er war froh, wenn sie ihre Gedanken für sich behielt.

Der Himmel kippte das Wasser aus einer Schüssel. Dieser Winter war so staubgrau, wie es dem Niederrhein anstand, die Aachener Straße herunter warteten die Autos vor den Ampeln in Reihe, trotzdem waren es nur etwa zehn Minuten. Die Holter, fand Hoffmann, der aus Krefeld stammte, sich hier niemals wohl gefühlt hatte und im Stadtteil Neuwerk am anderen Ende Mönchengladbachs wohnte, waren eigene Leute. Wie Nadine. Es gab Holter, Waldhausener, Hardter, Giesenkirchner, Eickener, Neuwerker, Odenkirchner und so weiter. Stadtteilstolz diente als Ersatz für urbane Identität. Im

Grunde sehnte man sich zurück in sein Dorf. Mönchengladbacher gab es für Hoffmann nur, wenn man am Veilchendienstag gemeinsam die niederrheinische Frohnatur pflegte – Hoffmann hasste Karneval fast so sehr wie Weihnachten.

»Hast du schon Weihnachtsgeschenke gekauft?«, fragte er schließlich, um überhaupt etwas von sich zu geben.

»Nina bekommt etwas, und dann ist Schluss«, antwortete Nadine, »es gibt diesmal auch keinen Baum.« Sie blies Luft aus, und ihre kräftigen Nasenflügel bebten. »Wenn ich schon im September die Weihnachtsdekoration in den Geschäften sehe, wird mir übel.«

»Ich gehe zu meiner Mutter. Es gibt Gans«, sagte Hoffmann.

Nadines Gesicht war wie Marmor.

»Geh zu Mama essen. Es sind alles Lügen.«

Hoffmann schwieg.

Er bog ein. Er parkte vor einem kleinen Haus an einer Kreuzung: nicht verklinkert und gelblich angestrichen hinter einem mageren Vorgarten, der schon bessere Zeiten gesehen hatte. Es fiel Hoffmann auf, obwohl er sonst in solchen Dingen alles andere als pingelig war. Polizisten waren alle unterbezahlt, ob mit oder ohne Uniform, und Handwerker teuer. Da half auch der Weihnachtsmann nicht. Hoffmann wuchtete ächzend seinen Körper aus dem Kleinwagen. Auf dem Weg durch den Garten schob er die Kapuze vom Kopf. Was sagte man der Frau eines Kollegen? Nadine würde todsicher ihn reden lassen, schon um ihn *abzuhärten*.

Er hob den Arm in Richtung der Klingel, als er bemerkte, dass die Haustür nur angelehnt war.

Hoffmann brummte. Auf Nadines Stirn erschien eine Falte und verschwand wieder.

Sie klingelte.

»Du bist doch auch aus Holt«, sagte Hoffmann, um Konversation zu betreiben.

»Du weißt seit sieben Jahren, dass ich in Holt geboren wurde und hier lebe.«

»Einmal Holt«, säuselte er, »immer Holt.«

Sie sah ihn an und verzog den Mund.

Dann klingelte sie wieder.

»Die holden Holter Mädchen – da gibt es sogar ein Lied von den Beatles: ›I wanna holt your hand‹«, sang er.

»Halt die Klappe, Sebastian«, antwortete sie grob.

Niemand öffnete.

»In Holt geht alles langsamer«, bemerkte Hoffmann.

»Hör auf zu albern, nur weil du die Sache nicht erträgst«, sagte Nadine und drückte die Tür auf. Im Flur hing ein Bild mit Berg und Hirsch. Ein alpiner Alptraum in Öl. Links ging es zum Klo, rechts zur Küche. Geradeaus sah man zum Wohnzimmer, alles war sauber aufgeräumt, sehr ordentlich und in Eiche rustikal. Unmengen von Schuhen stapelten sich im Flur. Der Geruch von schwitzigen Füßen stieg daraus hervor und mischte sich mit der muffigen Ausdünstung deutscher Kleinbürgerlichkeit.

»Die Holter Version vom Gelsenkirchener Barock«, flüsterte Hoffmann. Über Nadines hohen Wangenknochen spannte sich die Muskulatur.

»Frau Schulz«, rief sie, aber niemand antwortete.

Sie machte einen Schritt vorwärts, und Hoffmann tappte hinter ihr her.

Das Wohnzimmer war ein enger Schlauch, voll gestellt mit Möbeln, die den Raum erstickten. Dunkle Eiche, Farbe P43. Hoffmann wurde während seiner Arbeit mit nur drei Standardversionen des kleinbürgerlichen Wohnzimmers konfrontiert. Dem schwarzen oder weißen Regalschrank, modern und mit Halogen, dem rustikalen Knolliwolli und der intellektuellen Version mit hellem Weichholz und großzügig Blumen. Heute standen sie in Knolliwolli in miefigster, ungelüfteter Enge.

Eine Frau saß in einem beigebraunen, höhenverstellbaren Fernsehsessel, der hochgeklappt war, und ihr Körper besaß die Haltung von jemandem, der entspannt auf den Fernseher schaut.

Der Bildschirm war schwarz.

Die Frau war bleich, nicht sehr schlank und nicht mehr ganz jung.

Ihr Körper war nackt bis auf eine schwarze Lederhaube, die den gesamten Kopf umschloss. Über ihren Bauch zogen sich blutige Striemen.

Hoffmann stieß zischend Luft aus.

Man hatte der Frau durch ihre Ledermaske hindurch das Gesicht weggeschossen.

Aus der ersten Etage kam Poltern. Etwas fiel um. Nadine zog ihre Dienstwaffe und drehte sich in derselben fließenden Bewegung.

Hoffmann stand verdattert da, als sie bereits auf dem Weg war. Erst dann wurstelte er seine Pistole aus dem Parka und folgte ihr.

Sie war auf der Treppe, die Waffe nach vorn gereckt, schlich sich hoch.

»Sei vorsichtig«, flüsterte er.

»Was soll mir mit dir als Rückendeckung passieren?«

Ein weiterer Schritt brachte Nadine in den ersten Stock. Hoffmann horchte auf seinen Herzschlag, er war zu schnell und zu laut und kam ihm irgendwie unregelmäßig vor. Sein Trainingszustand war schlecht, er aß zu viel Fastfood und trank viel zu viel Bier. Und ihm war übel von zwei blutigen Kratern da, wo Mund, Nase, Augen, Wangen, Stirn hätten sein müssen.

Oben befanden sich drei Türen, eine stand offen. Von dort kamen die Geräusche.

Nadine glitt darauf zu, die Waffe voran.

Dann ließ sie die Pistole sinken.

Hoffmann rollte seinen schweren Körper neben sie.

Ein Jugendzimmer, mit grellbunt lächelnden Postern verschiedener Teenie-Gruppen. In einer Kiste mit Malstiften hockte eine junge, getigerte Katze und blinzelte ihnen zu. Ein zweites Kätzchen, schwarz wie die Nacht, tapste unbeholfen durch den auf dem Boden verstreut liegenden Inhalt einer Schachtel. Das Muttertier saß auf dem Schreibtisch und sah ihnen misstrauisch entgegen.

»Katzen«, seufzte Hoffmann und steckte seine Waffe weg. Er war immer froh, wenn er sie aus der Hand legen konnte.

Nadine schüttelte den Kopf.

»Nicht nur«, sagte sie leise und gab den Blick frei.

Ein vielleicht zwölfjähriges Mädchen saß ihnen mit starrem Blick gegenüber. Ihre Zunge ragte blau aus dem Mund, der Hals war voller Würgemale, die Augen tot.

»Mein Gott«, flüsterte Hoffmann.

»Wir brauchen die Spurensicherung«, sagte Nadine.

Er schloss die Augen, sah nicht mehr hin.

»Du rufst sie an«, ordnete Nadine an.

Hoffmann zögerte.

»Da ist noch etwas«, antwortete er stockend.

Er sah in ihre Augen. Es war nicht die Spur einer Regung darin. Alles gefroren, grüner Kristall.

Er würgte ein wenig Spucke seine Kehle hinunter.

»Einer der Kollegen bei Schulz' Leiche meinte, es gäbe *drei* Kinder«, sagte er.

Nadine wandte sich um und ging zur nächsten Tür.

Der Flur zog sich farblos. Es roch nach Desinfektionsmitteln und Medikamenten. Der Arzt schwebte über das Linoleum. Er schien das Leid in seiner Umgebung in sich aufgesaugt zu haben und dieses Leid schien in eine höhere Sphäre gelangt zu sein: ein überschlanker Mensch mit mageren Fingern und lang gezogenem Schädel – und irgendwie schien er im Leid zu baden, als sei es eine Rechtfertigung für seine Existenz. Er sah sie von oben herab an, Kathrin Seitz lächelte. Sie war einen Meter zweiundsechzig groß und gewöhnt, aus dieser Perspektive betrachtet zu werden.

»Es ist unmöglich, dass Sie den Patienten jetzt verhören«, erklärte er.

»Wann wird er zu sprechen sein?«, fragte sie freundlich.

»Ich bin Arzt, kein Hellseher«, antwortete er grob.

Kathrin betrachtete sein Namensschild. Dr. Jade, AiP. Sie schwieg einen Augenblick, zeigte ihm weiter von unten herauf ihr freundliches Gesicht und betrachtete seine Mimik. Er war in Eile.

»Sind Sie der Sohn des stadtbekannten Proktologen Jade?«, fragte Kathrin.

»Ja«, antwortete er unwillig.

»Er hat bei meiner Nachbarin Hämorrhoiden diagnostiziert.«

»Ach.«

»Es war ein Irrtum. Aber sie war schon alt.«

Jade sah auf sie herab. Sein vergeistigt leuchtendes Gesicht zuckte unwesentlich.

»Ich trage die Verantwortung für den Patienten«, sagte er kategorisch.

Kathrin sah an ihm vorbei über den hässlichen Flur. Postkarten mit Sonne, Palmen, Hotels und Urlaubsidyll waren mit Tesafilm an die Glasscheibe des Schwesternzimmers gepappt. Eine alte Frau schleppte hustend ihren ausgemergelten Körper mit Hilfe eines Gehwägelchens über den Flur. Kathrin lächelte sie an, und sie lächelte zurück. Sie wirkte, als würde sie dieses bisschen Freundlichkeit aufsaugen wie ein Schwamm. Dann steckte sie einen dürren Arm aus und quälte sich durch die milchig-gelbe Tür des Raucherzimmers. Andere Arme unterschiedlicher Dicke winkten ihr entgegen. Heftige Gespräche über sensationelle News vom Lungenröntgen. Kathrin wandte sich wieder dem Assistenzarzt zu.

»Heißt AiP nicht Arzt im Praktikum?«, fragte sie langsam.

»Das heißt es«, er klang jetzt noch abweisender.

»Aller Anfang ist schwer«, versicherte sie ihm freundlich und blickte einen Moment lang zu den gierig inhalierenden und hustenden Insassen der Räucherhütte, »kann ich Ihren Chef sprechen?«

»Warum?«, wollte er wissen.

»Vielleicht, weil der sein Praktikum schon hinter sich hat.«

Seine Wangen arbeiteten heftiger.

»Was wollen Sie?«

»Wissen, wann ich Ihrem Patienten zwei oder drei einfache Fragen stellen kann.«

Er atmete laut.

»Sie sind nicht von hier?«, fragte er mit langen Zähnen.

»Nee, isch gomme aus Dräsden.« Sein Gesicht wurde arrogant. Kathrin fand es an der Zeit für eine kleine Geschichte: »Meine Nachbarin war ein netter Mensch. Hat irre guten Kartoffelsalat gemacht und dann verschenkt.«

»Reden Sie meinetwegen jetzt mit dem Zeugen«, schnaubte er, »aber nicht zu lange.«

Kathrin strahlte.

»Ich danke Ihnen, Herr Doktor.«

Er verschränkte die Arme vor der Brust und wandte sich um. Er wäre gegangen, ohne sich zu verabschieden. Aber sie hatte das Gefühl, noch etwas sagen zu müssen. Eine Winzigkeit.

»Herr Jade«, sagte sie, »sehen Sie sich bitte Hämorrhoiden länger an als Ihr Vater. Manchmal stirbt man sonst an den Metastasen.«

Er starrte lange in ihre Augen, zwei Herzschläge lang. Das in ihm sich sammelnde Leid der Welt schien in diesem Augenblick zu flackern wie eine defekte Neonröhre. Sein Gesicht wurde für einen Atemzug die Fratze eines bösartigen Kindes. Dann fing er sich und schwebte wortlos fort.

Kathrin stellte sich einer frisch geräucherten Krankenschwester, die auf dem Weg vom Nebelzimmer zum anderen Ende war, in den Weg. Kathrins Lächeln wurde mit gelangweilter Arbeitsmiene beantwortet, und sie ließ sich erklären, in welchem Zimmer der Jogger lag.

Ein bulliges Exemplar niederrheinischer Lower-Class hockte vorgebeugt auf dem Bett, ließ die Arme vor sich hängen und trug noch immer ballonseidene, neongelbe Freizeitkleidung. Hinter ihm war der graue Wasch der Wolken in einem großen Fensterrahmen zu sehen.

Der Jogger bog den Kopf seitwärts hoch, als sie eintrat, grinste und blinzelte, ohne seine verschleierten Augen völlig unter Kontrolle zu haben.

Kathrin wedelte mit ihrem Dienstausweis unter seiner Nase. Er brabbelte: »Ich heiße Kalle.«

»Sie haben eine tolle Spritze bekommen«, argwöhnte sie.

»Könnte man sich dran gewöhnen«, lallte er selig. Seine Augenbewegungen wirkten unkoordiniert.

»Und Sie haben die Leiche gefunden.«

Er schob die Zunge aus dem Mund. Sie wirkte dicker, als Zungen sonst aussahen.

»Ich muss gleich kotzen«, brachte er heraus, ohne die Heiterkeit zu verlieren. Kathrin sagte:

»Kotzen Sie später. Sagen Sie mir lieber, wie das war, mit der Leiche.«

Er wackelte mit dem Kopf, ließ seinen Adamsapfel nach unten hüpfen und beschloss anscheinend, ihrer Anordnung Folge zu leisten.

»Ich lief am Geroweiher, und da lag der Weihnachtsmann.«

»Laufen Sie öfter dort?«

Er grinste in merkwürdigerweise gar nicht betäubter Geilheit.

»Sie sehen gar nicht aus wie eine Polizistin.«

»Danke«, sagte sie lächelnd, »und wie war es mit der Leiche?«

Plötzlich wurde der Jogger traurig.

»Ich habe grade erst angefangen mit dem Joggen. Wahrscheinlich höre ich ab heute wieder auf.«

Kathrin brachte das Verhör hinter sich, bevor er einschlief. Die staubige Schwester war in der Tür erschienen.

»Sie bringen den Nachttopf«, vermutete Kathrin, aber ihre Art von Humor war hier noch nie verstanden worden. Der Jogger wusste nichts, er hatte beschlossen, seinen durch jahrzehntelangen pflichtbewussten Altstadtbesuch gezüchteten Bierbauch mit moderner Sportlichkeit zu vertauschen, und ein toter Weihnachtsmann lag in der kärglichen Grünfläche. Der Jogger war ein Zeuge, der nichts zur Sache aussagen konnte.

Als der Aufzug nach unten raste, war Kathrin froh, das Krankenhaus verlassen zu können: ein grauschwarzer Betonklotz, eine architektonische Hämorrhoidenmetastase, die riesig über die Stadt gewuchert war. Passenderweise mit einem ganzen Friedhof dahinter. Beides so ausgesucht hässlich, dass Riegen perverser Gesundheitspolitiker es lieben mussten. Geeignet als Abschreckung, überhaupt krank zu werden und damit Gelder zu verbrauchen, die stattdessen dringlich für die Verwaltungskosten der Krankenkassen benötigt wurden.

Draußen fiel Kathrin das Atmen leichter. Sie marschierte zu ihrem Auto. Parkplätze gab es hier auch nicht, aber was konnte man erwarten? Dabei rief sie Hoffmann an. Es klingelte, klingelte, aber er ging nicht ran. Kathrin wunderte sich.

Sie zog den Kopf zwischen die Schultern. Feuchte Luft vertrieb den Gestank von Desinfektionsmitteln, dünnem Kaffee und Krankheit aus ihrer Nase.

Es regnete.

Es regnete seit Tagen.

Das Handy trennte wegen Erfolglosigkeit selbsttätig die Leitung. Merkwürdig.

Hoffmann nahm sonst rund um die Uhr ab.

Die Luft war stickig und abgestanden. Es roch nach ungelüfteter Bettwäsche, nach Katzen und den Resten von Raumspray und Kochdunst. Hoffmann atmete durch den offenen Mund, um seine Übelkeit zu bekämpfen.

Nadine drückte mit dem Ellenbogen gegen die erste Tür.

Sie schwang nach innen auf.

Hoffmann sah in den Raum, es war eine Art Nähzimmer, auf einem Tisch lagen Stoffe, daneben stand eine Nähmaschine, auf dem Teppich davor … Hoffmann blickte weg. Atmete. Es half gegen das aufsteigende Brennen im Bauch.

»Ein Sohn«, sagte Nadine kalt.

»Das ist nicht wahr«, flüsterte Hoffmann.

»Womit hast du gerechnet?«, fragte sie und trat in den Raum. »Es sieht so aus, als hätte Schulz Tabula rasa gemacht.«

»Schulz?«, fragte Hoffmann fassungslos.

»Die Leiche ist mit Diensthandschellen gefesselt, und er hat ihr in die Brust geschossen«, sagte Nadine.

Wo haben Menschen nur all das Blut, dachte Hoffmann hilflos.

»Du kannst doch nicht …«

»Ich kann«, antwortete sie, »denn ich kenne die Wunden, die die Waffen unserer Grünen schießen.«

Der Junge war vielleicht zehn Jahre alt. Sein Mund verzerrt, die Augen starrten. Sie waren ohne Leben. Er war umgefallen, als hätte man ihn niederknien lassen und dann hingerichtet. Unter ihm, neben ihm, auf den Stoffen, dem Tisch, der Nähmaschine war diese Unmenge von Blut.

»Suchen wir das dritte Kind«, sagte Nadine.

»Ich …«

»Wir machen hier einfach unsere Arbeit, hörst du, Sebastian.«

Er ließ die Schultern hängen.

»Das hier ist das Ekelhafteste, was ich je gesehen habe«, stotterte er.

»Wir haben zusammen eine Menge erlebt, Sebastian.«

»So etwas nicht, wenn Schulz … Er war einer von uns.«

Sie lachte durch die Nase. Für einen winzigen Moment waren ihre Augen fast honigfarben und voller Trauer. Als wüsste sie alles und viel zu viel. Aber es konnte auch einfach der Lichteinfall sein.

»Es gibt in Wirklichkeit keine von uns«, antwortete sie.

Hoffmann hätte heulen können. Etwas pochte in seinem Magen, seine Augen brannten, und er fühlte seinen Körper, als wäre der tonnenschwer.

»Lass uns weitermachen«, sagte Nadine ruhig.

Er nickte.

Nadine ging weiter und öffnete die nächste Tür. Hoffmanns Wangenmuskeln verspannten sich.

Es war ein altmodisches Schlafzimmer. Sehr ordentlich. Das Doppelbett wirkte frisch bezogen. Auf der Mitte hockte ein schlankes Mädchen, etwa fünfzehn Jahre alt, mit untergeschlagenen Beinen. Sie starrte ihnen entgegen, öffnete den Mund, als wolle sie schreien. Ein großes, dunkles Loch in ihrem blassen Gesicht.

Aber sie blieb still, wie gefroren.

Ihr Haar war blond und halblang. Sie hatte braune Augen, sehr groß.

»Mein Gott«, flüsterte Hoffmann.

ZWEI

Als Mutter ihr das vorläufige Urteil verkündete, ritt Hanna splitternackt auf einer Brünetten, die sie in der Disco aufgabelt hatte, und knabberte an deren prächtig aufgestellten, steinharten Brustwarzen.

»Dein Telefon klingelt«, ächzte die Brünette. Hanna interessierte das im Augenblick einen Scheißdreck. Sie spürte die zarte Haut, roch dieses wunderbar schwere Parfum.

Opium.

Die Brünette war auch nackt, und Hanna hatte ihr jeden einzelnen Fetzen mit Genuss ausgezogen.

Das Telefon lärmte in ihre schwerer werdenden Atemgeräusche. Hanna ignorierte es.

»Mich stört es«, beschwerte sich die Brünette. Hanna wusste genau, warum sie im Allgemeinen bei Blond blieb.

Die Zunge unter dem braunen Schopf bewegte sich träge. Viel zu unbeteiligt. Hanna beschloss, ihr zu zeigen, dass sie überflüssigen Telefonlärm aus jedem Ohr der Welt herauszaubern konnte. Sie öffnete ihre Augen, deren tiefes Grün sie selbst kannte, und hielt den Kopf der anderen Frau zwischen den Händen, um sie anzusehen.

»Es stört ganz einfach«, nuschelte die Brünette mit vollem Mund.

Hanna betupfte den Jochbeinbogen mit Lippen, die Augenlider, ließ die flinke Schlange ihrer Zunge über den Hals tanzen. Zog ein Ohrläppchen sanft zwischen ihre Zähne. Schlangenbiss. Hanna rieb ihre Brüste gegeneinander und gurrte.

»Eigentlich«, sagte die Brünette, »schlafe ich sonst nicht mit Frauen.«

»Du bist süß«, seufzte Hanna leise und streichelte sie an einem Ort erwarteter Nässe. Das Spielzeug blieb trocken und störrisch.

»Aber das Telefon stört.«

Hanna erhob sich aus dem Bett, schüttelte ihr Haar als Flammenfluss über die Schultern, zeigte dem störrischen Objekt der Begierde ihre Zähne zwischen vollen Lippen und tapste barfuß zum Hörer.

»Seligmann«, meldete sie sich.

Am anderen Ende der Leitung eine vertraute Stimme.

»Seligmann.«

»Mutter«, stöhnte Hanna, »ich habe keine Zeit.«

»Du hast nie Zeit für mich gehabt.«

»Mutter …«

»Ich will mit dir über dein Leben reden.«

»Mutter, ich …«

Eine Pause. Giftiges Schweigen, das Hanna kannte. Es war so bitter wie Schierling.

»Ich habe Vater alles über dich erzählt. Alles. Er war so entsetzt, dass er nichts mehr mit dir zu tun haben will.«

»Du, ich …«

Jetzt ein Seufzer. Ein intensives Leiden, dessen vibrierende Stärke ausreichte, um es über eine Kupferleitung zu schicken.

»Es fällt uns unbeschreiblich schwer, aber wir kennen dich nicht mehr.«

In Hannas Kehle steckte etwas wie die stachelige Haut einer Kastanie. Hanna schluckte die Kastanie herunter, dann sagte sie langsam:

»Das ist bei dir nichts Neues – Mutter.«

»Rufe bitte nicht mehr bei uns an.«

Mutter legte auf, Hanna atmete ein und aus, sie blickte zu dem Objekt einer nachlassenden Begierde. Die Brünette hatte die Decke über ihren Busen gezogen. Ihr Gesicht verlor ohne den Körper erschreckend an Anziehungskraft. Hanna blinzelte und rief bei ihren Eltern an. Natürlich war Mutter neben dem Apparat sitzen geblieben. Sie spielte ein altes Spiel, und das besaß klare Regeln.

»Seligmann.«

Ihre Stimme klingt tatsächlich triumphierend. Hanna atmete durch.

»Mutter …«

»Ich habe dir grade etwas gesagt, Hanna. Gib uns Frieden.«

»Ich will sofort meinen Vater sprechen«, zischte Hanna.

Und verfluchte sich gleichzeitig. Dies war die Aufforderung zu einer Hinrichtung. Den Kopf freiwillig in der Guillotine. Sie schloss die Augen, sah den Pöbel der Verwandten grölen, und Mutter litt lächelnd, als sie den Mechanismus betätigte. Das Beil fiel.

»Er ist nicht mehr dein Vater.«

Es klickte in der Leitung.

Hanna drückte die Wahlwiederholungstaste.

»Lass uns …«

»Gib mir meinen Vater.«

Schweigen, ein Kloß saß in Hannas Hals, und all die angenehme Nässe zwischen ihren Schenkeln war fort.

»Hanna«, Vaters Stimme, »höre auf das, was Mutter dir sagt. Gib uns etwas Zeit. Ein paar Tage.«

»Ich …«

Klicken.

Sie starrte auf den Hörer, legte erst dann auch auf.

»Ärger?«, fragte die Brünette blöde.

»Weltuntergang«, knurrte Hanna. Dann schlich sie in ihre wundervolle Küche und suchte nach Resten von Rotwein. Ihre Küche war einfach chaotisch.

Sie würde diese edle Wohnung irgendwann wieder aufräumen müssen. Ihre Gedanken waren wie aufgewirbeltes Konfetti bei einer absurden Karnevalsfeier. Es gab nur Galle, Säure und Bittersalz zum Büfett. Aufräumen …

Hannas Mutter war die Ordnung in Person. Und völlig hetero. Und monogam. Eine Zierde ihres Geschlechts. Hanna atmete gegen Säure und Galle an. Eine pflichtbewusste Ehefrau und stets besorgte Mutter. Nur etwas vaginal vergrämt. Sonst brachte dieser Gedanke Hanna immer zum Lächeln.

Heute nicht.

Hanna war eine Fehlentwicklung. Alle intensiven pädagogischen Mühen gescheitert. Sie besaß eine ordentlich laufende Praxis, eine schöne Singlewohnung und eine Finca auf Ibiza. Aber kein Enkelkind. Definitiv kein Enkelkind. Sie war achtunddreißig. Sie hatte noch genug Zeit, Enkelkinder zu bekommen. Aber die Frist, die Gott Mutter ihr gesetzt hatte, war abgelaufen. Außerdem hätte sie nie Kusine Susanne im Gartenhaus ihrer Eltern verführen und ihrem mit aquarienfischartig auf- und zuklappendem Mund hereinplatzenden Mann vorschlagen sollen, sich nicht aufzuregen. »Alle Männer stehen doch auf so etwas«, hatte sie ihm gesagt. An solch einer heiligen, großen und wichtigen Banalität wie Vaters Geburtstagsempfang, während auch all die anderen Vertreter aus Politik und Wirtschaft ihre Cocktailgläser schwenkten (im Gastronomiebedarf mit 19,5 Prozent Rabatt gekauft, aber teure Marke). Dass Hanna ganz einfach sturzbetrunken war, galt nicht als mildernder Umstand. Sie hatte auch nicht um eine familiäre Bewährungsstrafe gebeten. Obwohl sie sich danach mal wieder endgültig geschworen hatte, die Hände von Rotwein zu lassen. Bereits ihr Beruf, diese unappetitliche Tätigkeit, in den Seelen von Neurotikern herumzuwühlen, anstatt wie andere Ärzte ordentlich Pillen zu verschreiben, war für viele der Gäste eine Provokation gewesen. Aber Susis Horst musste sein gehörntes Haupt wiegen – während Susi selbst heulend zurück in ihr Höschen stieg – und tränennass die Geschichte herumerzählen, wie sie seine Frau willenlos gemacht hatte.

Hanna lachte vor sich hin, über ein Meer von Galle.

Mit Hypnose!

Ganz heimtückisch. Wie hätte sie als Frau auch sonst an die verfluchte Zuckerpussy einer anständigen deutschen Ehegattin, einer *treusorgenden Mutter* kommen sollen?

Hanna pflanzte sich auf einen der Designerstühle und trank aus der Flasche.

Immerhin war ihre Wohnung trotz der Unordnung ein Prachtstück. Sie liebte ihre beiden Behausungen: in diesem Kaff hier und in den ibizenkischen Bergen. Ob aufgeräumt oder nicht. Mutters Geschmack dagegen hielt Hanna für eine Grausamkeit an sich. Immer nur das Teuerste, das Exklusivste, das, was man mit bebend gespitzten, faltigen Lippen unter seinesgleichen wie eine Eintrittskarte für die angemessenen Kreise vorweist. Ohne die geringste Ahnung zu haben, was das dürrstelzige Design zwischen Postmodern und Sanatoriumsstuhl bedeutet.

Die Brünette erschien im Rahmen der Schlafzimmertür. Vollständig angezogen, und ihre Bluse spannte sich am Rand des guten Geschmacks. Hanna sah sie an und fragte sich, warum alle Brünetten, die sie gehabt hatte, einem Blondinenwitz entsprungen schienen.

»Ich bin doch nicht lesbisch«, seufzte dieses Exemplar.

»Lesbisch bin ich auch nicht«, dozierte Hanna. Mit Blondinen hatte sie nie falsch gelegen.

»Ach?«

»Der Mensch ist bei seiner Geburt bisexuell und polymorph pervers«, erklärte Hanna. Es hatte etwas von dem heiligen Antonio zu Padua, der den Fischen predigte. Die Brünette machte ein hochglanzmagazintaugliches Gesicht, das manche Männer als niedlich empfunden hätten. Hanna fand es jetzt nur noch dämlich.

»Was machst du eigentlich beruflich?«, fragte die Brünette.

»Das willst du besser gar nicht wissen«, seufzte Hanna, hielt die Weinflasche vor die Augen und schielte in das grüne Glas. Es war leer.

»Nein?«

»Nein«, versicherte Hanna.

»Also, ich gehe dann besser mal nach Hause.«

»Besser«, stimmte sie zu.

Die Brünette hob ihre Arme. Sie hatte in der Disco trotz schönem Hintern viel besser gewirkt. Vor allem sinnlicher und intelligenter. Hanna verfluchte das schummerige Licht dort, ihre Eitelkeit, was die Brille betraf, ihre Geilheit und die ganze beschissene Welt.

»War nett«, beeilte sich die Brünette.

»Echt nett.«

»Auf dem Klingelschild«, stellte der heutige Fehlgriff fest, »steht Doktor Seligmann. Bist du Ärztin?«

»Ich habe den Titel bei Konsul Weyer gekauft«, verriet Hanna geheimnisschwanger.

Der Fehlgriff kicherte. Sie wusste natürlich nicht, wer Konsul Weyer war. Hanna begann Konsul Weyer zu beneiden. Männlichen Womanizern konnte unmöglich so etwas passieren. Ihre Auswahl war größer, oder sie hatten geburtsbedingt die größere Auswahl – bei erfahrungsgemäß kleinerem Anspruch.

»Tschöhö«, machte die Brünette.

»Tschö«, antwortete Hanna, die Tür ging, und Hanna suchte wieder nach Wein.

Es gab keinen Wein, nur noch etwas Weinbrand. Aber das war jetzt gleichgültig. Sie kippte den Weinbrand in ein Weinglas und trank auf ihren erbärmlichen Vater und auf Elisabeth Seligmann, geborene Meier, ihre verfluchte Mutter.

Psychotherapie war nach Kassenrecht eine einfache Angelegenheit. Der Therapeut hat fünf Behandlungsstunden Zeit, um das Problem des Patienten zu verstehen. Dann stellt er einen Antrag, und ein Gutachter begutachtet, ob er es richtig verstanden hat. Kommt er, aus welchen Gründen auch immer, zu diesem Schluss, hat der Patient fünfzig bis dreihundert Stunden à hundertzehn Mark Zeit, das Gleiche wie sein Therapeut zu kapieren.

Nachschlag gibt es nur in begründeten Fällen.

Das sind die Formalia. Mit der Realität hat das so wenig zu tun wie Formalia gemeinhin mit Realität zu tun haben.

Ulrich Bertrams war sich sicher, der Erzengel Gabriel zu sein.

Unglücklicherweise sah er wie ein Erzengel aus.

Hanna hatte es in seinem Kassenantrag verschwiegen. Wahnvorstellungen machen sich nicht gut, sie schreien nach Psychiatrie und Neuroleptika und Schleunigst-ins-Krankenhaus. Nach Psychose. Psychose gilt manchen holzköpfigen Apologeten der edlen Schulmedizin als nicht psychotherapierbar. Das Krankheitsbild der Psychose wird von mehr Legenden um Neurotransmitter und das Limbische System umrankt als Troja von Helden. Hanna hatte es stets vermieden, auf irgendwelchen Schreibtischen schlafende Hunde zu wecken. Sie hielt sich für erwachsen genug, ein System zu benutzen, ohne von ihm infiltriert zu werden.

»Was«, fragte sie geduldig, »macht das jetzt mit Ihnen?«

Bertrams reckte sich auf der Liege.

»Ich fühle mich wohl. Meine Mutter hat keine Ahnung, wie gut es mir geht.«

»Genauso wenig wie ich vielleicht?«

»Ach, Frau Doktor, Sie meinen andauernd, ich würde Sie mit meinen Eltern verwechseln. Aber Eltern sind so eine Sache für sich.«

»Grundsätzlich oder nur für einen Erzengel?«

Bertrams demonstrierte sein Leiden mit ausführlichem Stöhnen. Er blinzelte mit hellblauen Augen und schüttelte blonde, schulterlange Locken.

»Ich würde viel lieber über andere Dinge als meine Eltern reden.«

»Reden über Ihre Eltern macht Sie wütend.«

»Wut ist eine allzu menschliche Tugend.«

»Und Sie sind ja kein Mensch.«

»Warum müssen wir über Dinge sprechen, die Sie mir nicht glauben?«

»Was meinen Sie?«

»Das Frageverbot, ach, Frau Doktor, ich bin ja dankbar, dass man zu Ihnen ehrlich sein kann, ohne gleich in die Klapsmühle gebracht zu werden. Aber manchmal sind auch Sie anstrengend. Sie halten meine himmlische Herkunft für eine Wahnvorstellung.«

»Mich interessiert vielmehr, warum Sie diese Idee haben.«

»Sie haben keine Befürchtungen, es könnte Ihnen etwas begegnen, das nicht in Ihr Weltbild passt?«

»Ich habe überhaupt kein Weltbild.«

Bertrams seufzte.

»Sie brauchen mich ja nicht unbedingt Gabriel zu nennen. Glauben Sie an das Böse?«

»Was macht es für Sie so wichtig, was ich denke?«

»Das Böse!«

»Sie wissen, dass in unserer Arbeit Kategorien wie böse oder gut, richtig oder falsch wenig hilfreich sind.«

»Aber das Böse ist so faszinierend wie das Licht.«

»Was ist das Böse?«

»Also ich bin es keinesfalls.«

Sie blickte auf die Uhr.

»Unsere fünfzig Minuten sind um«, sagte sie.

Bertrams glitt übergangslos in eine aufrechte Stellung. Es hatte etwas von schwerelosem Emporschweben.

»Vielleicht werden Sie manche Dinge am siebten Tag anders sehen«, orakelte er.

Heute ist erst mal der Erste, dachte sie, Montag, zehn vor zwölf. Dritte Behandlungsstunde beendet. Dokumentation. Drei Sätze: Thema, Übertragung, Gegenübertragung. Irgendetwas.

Der Engel ertränkte sie in balsamischem Lächeln, als er entschwebte.

Ihm folgte, noch bevor die Tür sich hinter ihm schließen konnte, pünktlich wie stets, Frau Lisbeth Ellenberg, Zwangsneurose, Waschzwang, Permanentduschen. Zwänge waren harte Brocken, Granit, an dem man mit der Nagelfeile herumkratzte, um dann festzustellen, dass sich die mühsam abgehobelten Bestandteile in Kolonnen zurück zum Quader bewegten und am anderen Ende wieder anwuchsen. Etwas, das man den Verhaltenstherapeuten zuschieben sollte, die es wegdressieren konnten, ohne ein einziges Mal nach den Ursachen zu fragen. Und den erstaunlichen Erfolg rasch in ihre Statistik eintrugen, ehe diese Ursache ein neues Symptom generierte. Noch sechs genehmigte Stunden bei der Ellenberg. Immerhin duschte sie seltener und mit hautschonender Seife aus der Drogerie. Eine gewisse Erfahrung machte gerade in der Psychoanalyse bescheiden.

Um eins begann Hannas Mittagspause.

Bertrams saß vor dem Praxiseingang hinter der verglasten Front eines Cafés am Alten Markt. Er sah zu ihr hinüber. Sein Heiligenschein-Lockenhaar leuchtete. Er unterhielt sich mit einem dunkelhaarigen Mann, dessen Gesicht sie nicht sehen konnte, und winkte ihr zu. Hanna nickte nur in seine Richtung, aber Bertrams gestikulierte heftig mit beiden Armen. Sie vermied grundsätzlich private Kontakte zu Patienten, aber es schien ungeheuer wichtig zu sein. Hoffentlich keine News von der Apokalypse, dachte sie, fand sich distanziert und ausreichend zynisch.

Sie ging mit dem festen Vorsatz hinüber, es kurz zu halten.

Ein seraphisches oder cherubinisches Lächeln empfing sie. Die Seraphim waren die Lichtbringer, hatte sie nachgelesen. Und die Entflammer. Cherubim sind jene, die die Gesamtheit der Schöpfung erblicken. Also etwa so was wie Freuds Fiktion vom reifen genitalen Charakter: keine Einschränkung durch frühkindliche Neurosen. Menschen ohne Mutter Seligmann, geborene Meier.

»Dies ist Doktor Vincent Rosebud«, verkündigte Bertrams salbungsvoll, »ein Abgesandter des Satans.«

Rosebud wandte sein Gesicht zu ihr hoch. Er hatte stahlblaue Augen, die fast grau wirkten, wenn das Licht sie traf. Er blinzelte kurz, wie um etwas aus seinem Blick zu scheuchen. Für einen winzigen Moment schien er ebenso verwirrt wie Hanna.

»Ich bin wahrscheinlich Satan selbst«, gestand er dann lächelnd. »Ulrich hat mir von Ihnen erzählt, jetzt sitzen wir hier und handeln das Jüngste Gericht aus. Trinken Sie etwas mit uns.«

Hanna trank nie mit Patienten irgendwas. Die analytische Abstinenz verbot dies. Sich daran zu halten gehörte zu den Grundregeln, die alle Beteiligten vor Ärger bewahrten.

Rosebud legte den Kopf schräg. Seine Augen waren Nordsee im Morgengrauen. Sein voller Mund …

»Sie erfahren die aktuellsten Nachrichten von höheren Welten«, lockte er.

Er stand auf und rückte ihr einen Stuhl zurecht. Er breitete einen Arm darüber aus. Seine Kleidung erschien ihr fast zu edel für diese Stadt. Dunkler Designeranzug und helles T-Shirt. Wie aus einem Film.

Sie sollte ihm die Sache mit der Abstinenz erklären. Nichts Privates mit Patienten.

»Sie haben doch bei einem einzigen Glas keine Angst um Ihre Übertragungsmuster«, lächelte er, »so rein muss die Lehre nicht sein.«

»Sie sind …«

»Ullis Freund. Wir waren zusammen auf der Penne. Deshalb habe ich ihn zu Ihnen geschickt. Und weil Ihr Ruf gut und unkonventionell ist.«

Hanna blinzelte und setzte sich.

»Ich dachte«, sagte sie, »dass ich alle Kollegen in der Stadt kenne.«

»Ich bin neu, sozusagen. Seit einem halben Jahr. Vorher eine grausige psychosomatische Kurklinik. Das hatte entschieden etwas von Zuchthaus.«

»Ihr Name war Rosebud?«, fragte Hanna.

Er winkte der Kellnerin. Er trug drei Ringe, aber keinen Ehering. Ein Narziss, diagnostizierte sie, ein Edelnarziss. Muttis Liebling oder Muttis Erzfeind. Durchschaubar. Schön, charmant, begehrt, verwöhnt, stinkfaul, nahezu chronisch erfolgreich, mit einer Ausrede für jede Frage: eine Spezies Mann, die keine halbwegs vernünftige Frau sich jemals antun würde.

»Sagen Sie doch einfach Vincent«, schlug er vor und lachte plötzlich in vollem Wissen um die Wirkung seines wunderbaren Mundes.

Hanna betrachtete ihn skeptisch.

»Ich achte auf alle Gegenübertragungen«, versprach Vincent.

Er lächelte wie ein Sonderangebot in der schicksten Boutique, wenn dein Konto gerade alles andere als ein Sonderangebot verbietet.

»Sind Sie so etwas wie ein Verhaltenstherapeut?«, fragte Hanna vorsichtig.

Dilettanten gab es überall. Und diese Leute vermehrten sich im Fastfoodzeitalter wie Karnickel.

»Ich bitte Sie«, sagte er, »was halten Sie von mir?«

Er sah völlig unangemessen gut aus.

Hanna fielen ihre letzten Katastrophen mit Frauen ein.

Sie disponierte ihre Mittagspause um.

DREI

Mönchengladbach am linken Niederrhein: zwei Stadtzentren und darum eine Unzahl Dörfer, die bei der Industrialisierung wie Kaffeepfützen auf einem Tisch zusammengeflossen waren. Früher hatten einmal zwei Städte mit Dörferflecken rundherum existiert: Mönchengladbach und Rheydt. Jetzt hatte man sie im Zuge einer der wichtigen und vernünftigen sozialdemokratischen Gemeindereformen zwangswiedervereinigt. Dann war ein Heldenepos entstanden. Die Rheydter seien geschluckt und um ihre einzigartige Identität betrogen worden. Und die definierte sich keinesfalls über den berühmtesten Sohn der Stadt, einen hageren und verwachsenen kleinen Alltagspoeten und Erfolgspolitiker namens Joseph Goebbels. Man sei der durch die Textilindustrie reichere Teil gewesen, das Salz der niederrheinischen Erde. Die andere Version der Geschichte erzählten die Altgladbacher. Die Sache liege genau anders herum: Ein wahres Fass ohne Boden hatte man sich an Bein und Stadtkasse gebunden. Lauter arrogante, heidnische Parasiten. Zu alledem nämlich evangelisch. Aus Rache verweigerte man den Einkauf im Stadtteil des Feindes. Ganz eisern, sofern es das am Niederrhein gab: also sporadisch.

Kathrin Seitz lebte seit fast einem Jahr in der Vithusstadt und kaufte da ein, wo es am preiswertesten war. Am liebsten Wein und gutes Essen. Sie ging auch dorthin tanzen, wo es ihr gerade gefiel, wenn sie überhaupt tanzen gehen wollte. Die Querelen zwischen den Stadtteilen interessierten sie nicht. All das schien so albern, dass selbst die Betroffenen es nicht ernst nahmen. Kathrin wusste mittlerweile, dass das spezielle Rheinische Chaos überall herrschte. Und dass es am westlichen Ende Deutschlands nur Experten gab, zweihundertsiebzigtausend Allroundexperten allein in dieser Gemeinde, die ausführlich mitredeten, mitbestimmten und sich auskannten.

Immerhin konnte man hier ordentlich essen gehen.

Kathrin liebte gutes Essen, aber man sah es ihr nicht an. Als sie diese Planstelle bekommen hatte, war das Essen eine ihrer Hauptsorgen gewesen. Im Ruhrgebiet, hatte sie zum Beispiel gelernt, konnte man überhaupt nicht kochen. Dort ernährte man sich am besten von Currywurst und Pommes und aß gar nichts anderes. Sie lebte in der Mönchengladbacher Innenstadt, an dem zwischen gesichtslosen Hochhäusern eingeklemmten Berliner Platz. Die Architektur hatte etwas Vertrautes, sie zeigte das perverse westdeutsche Pendant zur Plattenbauweise. Kathrin hatte gleich alle Lebensmittelläden, vor allem die türkischen, wegen des Lammfleischs und der Gewürze, gesichtet.

Dann hatte sie sich selbst bekocht, ihre beiden Großmütter in Sachsen angerufen und bei einem Gläschen Rotwein verkündet, gelandet zu sein.

»No, wie isses'n doa, Gind? Mönschngladbach genn isch«, erzählte Oma Klärchen, »das is do letzde Hald do Inderzonenzüge gewäsen.«

»Die Menschen, Oma, sind gewöhnungsbedürftig … anders eben. Sie lachen nur einmal im Jahr, zu Fasching, das hier Karneval heißt.«

»Kind«, hatte Oma Rosemarie gesagt, die alle Krimis las und seit der Wiedervereinigung keine Folge von Aktenzeichen XY verpasst hatte, »Kind, aber der Niederrhein ist ein gefährliches Pflaster. Pass bloß auf dich auf!«

Kathrin hatte sich umgesehen und auf sich aufgepasst. Wie seit zweiunddreißig Jahren.

Auf dem Revier war sie von Nadine gemustert worden, dann hatte ihre neue Chefin genickt. Sie wirkte attraktiv, kalt, aufmerksam, jedoch deutlich genervt und kippte den Inhalt einer halbvollen Tasse Kaffee in den Ausguss.

»Die ostdeutschen Frauen sollen weniger degeneriert sein als die Männer«, stellte Nadine Jansen klar. »Sie sehen aus, als kämen Sie zurecht. Wir duzen uns in der Abteilung.« Dann war sie zu irgendeiner Soloermittlung weg wie ein Wartburg mit Raketenantrieb.

Die Abteilung bestand aus Kathrin, Nadine, einem Dauerarbeitsunfähigen mit Wirbelsäulenverschleiß und Depression – und aus Sebastian Hoffmann, der herumstampfte wie ein sechzehnjähriger Oberschüler in der Trotzphase. Seinen langen Haarzotteln, die sich über der hohen Stirn längst verflüchtigten, hätte häufigerer Kontakt mit Shampoo nicht geschadet. Seine Kleidung, deren Hauptbestandteile alle noch aus den siebziger Jahren stammen mussten, wirkten wie ein Protest gegen die spätkapitalistische Unsitte des Bügelns. Aber er besaß ein ehrliches Gesicht.

Den Namen des Schwerstkranken wusste Kathrin bis heute nicht. Nur die Legenden über ihn, dass seine Rückenschmerzen schmerzhafter wurden und seine Depressionen depressiver. Er verkörperte den Typ des Staatsdieners, der für den ausnehmend guten Ruf der Beamten in der Öffentlichkeit sorgt, und wurde dafür mit Pensionsansprüchen abgespeist. Zumindest schien ihn die nötige Ruhe zu beseelen, die Nadine Jansen abging.

Am zweiten Tag auf dem Revier hatte Kathrin eine Tasse mit heißem Tee über einen Flur aus amtlicher Tristesse balanciert. Tee zu besorgen statt des spülwassertauglichen Revierkaffees hatte sich als Leistung erwiesen, die planwirtschaftlich gestähltes Organisationstalent erforderte. Durch die halboffene Tür ihres Büros nuschelte Hoffmann, und Frau Hauptkommissarin antwortete. Kathrin pustete in die Tasse, nippte, rührte, pustete und lauschte.

»Die Ostweiber sind alle total promisk. Sie haben schon mit tierisch vielen Männern geschlafen und saufen Unmengen an Alkohol«, flüsterte Hoffmann drinnen wie ein Verschwörer.

»Sebastian, du spinnst«, gab Nadine gelangweilt zurück.

»Du kannst mir glauben. Ich weiß das von meinem Hausarzt. Und die meisten sind bisexuell.«

»Dann haben wir ja beide bald unseren Spaß.«

»Ich finde sie ziemlich schnuckelig«, bekannte er. Und Kathrin hörte ihn tatsächlich seufzen.

Danke schön, dachte sie, *das* kann ich nicht gebrauchen. Keinen einssiebzig großen, spätpubertären Teddybären, dessen Fell an allen Nähten aufplatzt.

»Du solltest aufhören herumzuspinnen und deine Berichte schnuckelig finden«, belehrte ihn die Stimme der Frau Chefin.

Irgendwie hatte Kathrin nach diesen internen Ermittlungen Probleme mit Hoffmanns Grinsen gehabt. Aber das legte sich. Er war ein Mensch, der Unmengen von Fastfood in sich hineinstopfte und auch danach aussah. In den Pausen schleppte er sie zu McDonald's, und der Kontakt mit den dortigen Nahrungsersatzstoffen führte bei ihm zu einer Spontanmutation. Seine Hamsterbäckchen glänzten dann so gut gepolstert wie das schaumig-weiche, warme Brötchen, in das er sich hineinarbeitete, als wolle er mit ihm verschmelzen. In seinen Augen erschien eine stille Seligkeit. Irgendwie entrückte er der Welt. Er verwandelte sich in einen hundertzehn Kilo schweren, wundersam bewegungsfähigen Cheeseburger in der Form eines Teddybären. Es war ein Wunder, dass noch niemand auf die Idee gekommen war, ihn für irgendwelche Werbezwecke zu engagieren.

Er war ein fairer Kollege, er hörte zu. Manchmal war er zu weich für diesen Job. Die Wessis hielten ohnehin nicht viel aus. Vor allem die Frauen waren verzärtelt und träumten von einem Haus, zwei Kindern, einem schönen Zweitwagen (rot wäre nett) und einem Mann, der das alles begeistert finanzierte. Sie selbst hatte ihren Lebensunterhalt immer selbständig bestritten, und sie war gut damit gefahren.

Die Wessis waren alle viel zu nervös. Bei ihnen wäre die Revolution vor zehn Jahren zu einem Blutbad geworden. Aber wahrscheinlich hätten sie nicht einmal mit einer Revolution begonnen, sondern sich stattdessen vor ihre Fernseher gesetzt und in den Werbepausen über die Zustände gejammert.

Hauptkommissarin Nadine Jansen war weder zu weich noch zu nervös. Sie war kalt und kompetent. Einen Monat, bevor Kathrin zu ihnen gestoßen war, hatte sie bei einer Schießerei zwei Menschen getötet. Sie sprach nicht einmal darüber. Nadine verschob jeden ihrer Termine beim Polizei-Seelenklempner.

Kathrin glaubte, dass Nadine wirklich ein Problem hatte, aber sie hielt sich nicht für eine Psychologin. Und sie wusste, wann es besser war, ihre Meinung für sich zu behalten. Sie nippte lieber am Rotwein und hörte Keith Jarrett oder Al di Meola. Und kochte sich etwas Feines.

Wildes Ostweib her oder hin. Ihre erotischen Abenteuer am Niederrhein hatten sich in den engen Grenzen eines One-Night-Stands bewegt. Der Typ hatte ein erbärmlich kleines Werkzeug besessen, ihre Klitoris demonstrativ missachtet und drei Minuten herumgewackelt, ehe er sich waschen ging. Sie hatte danach auf weitere Treffen verzichtet.

Am Donnerstag kochte sie abends für Hoffmann, damit der mal etwas Ordentliches zwischen die Zähne bekam. Es würde seinen Cholesterinspiegel nicht retten, aber sie kochte gerne. Sie hatte ihm freundlich, aber unmissverständlich klar gemacht, dass er *nur* zum Essen kam. Hoffmann war ein Mensch, der sich schon deshalb an solche Regeln hielt, damit man ihn weiter mochte.

Am Abend erschien er mit einem unmöglich bunten Blumenstrauß, einer Flasche Rotwein vom Discounter und einem Sixpack Altbier für sich selbst. Seine Haare waren frisch gewaschen, und er trug ein schlecht gebügeltes weißes Hemd wie ein pubertierender Tatzenträger, der zu einem Rendezvous geht, obwohl Mama Bär ihn gerade nicht versorgen kann. Kathrin beschloss, ihm notfalls noch einmal alle Regeln zu erklären, aber sein Gesicht verriet ihr, dass er einfach nur höflich sein wollte.

Hoffmann strahlte.

Kathrin nahm ihm die Blumen ab und stellte sie auf den Esstisch. Ihre Wohnung war ein wunderbares Sammelsurium aus all den verwaisten, einsamen Merkwürdigkeiten, die sie irgendwann auf Flohmärkten um sofortige Adoption angefleht hatten. Ihr Geschmack orientierte sich an ihren Augen, keinen Trends oder Modekatalogen.

»Ich habe etwas Tolles vorbereitet«, verkündete sie und lächelte ihn an, »machst du die Weinflasche auf?«

Hoffmann nickte. Er sah blass aus, als er mit dem Korkenzieher kämpfte.

»Was ist aus der kleinen Schulz geworden«, fragte Kathrin.

Er blickte traurig auf.

»Du liest meine Gedanken.«

»Das können alle Ostweiber«, versicherte sie.

»Nur bei mir?«

»Bei Männern und Frauen. Ostweiber sind telepathisch bisexuell.«

Er sah sie einen Augenblick skeptisch an. Sein Gesicht änderte zweimal die Farbe. Dann lächelte er entschuldigend und wechselte das Thema.

»Tanja redet noch immer kein Wort über das, was geschehen ist. Die Ärzte und Psychologen hacken auf ihr herum. Es ist alles psychogen, sagen sie. Was soll es auch sonst sein – bei dem, was sie mitgemacht hat?«

Hoffmann zerrte an dem Korken, als wolle er die Flasche zerreißen. Sie nahm ihm das Ganze aus der Hand und drehte leicht am Mechanismus. Der Korken flubbte heraus.

»Hol mal die Gläser aus dem Sideboard«, sagte sie.

»Du bist fürchterlich selbständig«, maulte er und kramte Weißweingläser für den Rotwein hervor.

»Die großen«, schlug sie sanft vor, und er suchte. Sein Kopf verschwand hinter der geöffneten Tür. Irgendwie sah das bei ihm aus, als müsse er jeden Augenblick wieder dahinter hervorkommen und »Kuckuck« rufen.

»Du hättest Tanja aufnehmen sollen«, sagte er von dort.

»Sie ist also tatsächlich bei Nadine?«, fragte sie.

»Ausgerechnet unsere Chefin als Ersatzmutter«, grummelte er.

»Immerhin hat sie schon eine Tochter«, bemerkte Kathrin, »und das gab wohl auch den Ausschlag für das Jugendamt, so auf die Schnelle.«

Er hielt zwei blaurote Becher hoch.

»Schöne Gläser.«

»Recyclingglas. Du wirst nicht glauben, wo ich die her habe.«

»Sag es mir lieber nicht.«

Er stellte die Gläser neben die Teller, und sie drückte ihm den Wein in die Hand.

»Also. Tanja Schulz wird die nächste Zeit bei Nadine und Nadja –«

»Nina.«

»Bei Nadine und Nina wohnen.«

»Nina«, sagte er, während sein Körper auf den protestierend knarrenden Stuhl plumpste, »ist der einzige Mensch, der Nadine ehrlich die Meinung sagt.«

Kathrin bändigte die heiße Suppenschüssel mit einem Spültuch und trug sie vorsichtig vor sich her.

»Rote-Bete-Suppe, verfeinert mit Sahne«, erklärte sie.

Hoffmann mühte sich mit der Suppenkelle ab. Er hielt eine ihrer schönen Weihnachtsservietten drunter und kleckerte sie voll. Es ließ sich alles waschen. Kathrin nippte am Wein, sah ihm zu. Er pustete in die Suppe.

»Ohne Nina wäre Nadine noch schlimmer«, meinte er düster und schlürfte seinen Löffel leer. »Lecker«, schmatzte er.

»Ist schon was anderes als Hamburger. Was sagen die Eierköpfe?«

Er löffelte und schlürfte wie ein Hochdruckreiniger.

»Sie sagen, dass Schulz seine Frau beschlafen hat, und die beiden haben wohl auf SM gestanden. Aber du glaubst nicht, was es alles gibt.« Seine Augen wurden groß. »Ich habe mal in einem Pärchenclub in Düsseldorf ermittelt. Da rannte ein Zwerg von Mann herum, mit einer Plastiktüte auf dem Kopf. Seine Frau war doppelt so groß und dreimal so schwer wie er: mit einem riesigen weißen Schlüpfer unter einer schwarzen Stützstrumpfhose. Sie haben diese Luftnot-Nummer gemacht, und er grinste die ganze Zeit stolz, die Aldituüte auf dem Kopf. Und als ermittelnder Bulle kannst du doch nicht lachen. Schauderhaft.«

Hoffmann kippte den Teller, um auch den letzten Rest Suppe zu bekommen.

»Schulz hat seine Alte umgebracht, außerdem zwei seiner Kinder, ist zum Geroweiher gefahren und hat sich selbst das Gesicht weggeschossen.«

»Warum? Warte, ich hole den Salat.«

»Warum hat Nadine auch gefragt und warum bringt er alle um, noch dazu im Nikolauskostüm. Und aus welchem Grund lässt er grade Tanja leben?«

Sie stellte die Suppenteller in die Spülmaschine (das Wichtigste, was zweitausend Jahre technologischer Fortschritt gebracht hatten).

»Jetzt gibt es Lammpäckchen mit Rucolasalat«, verkündete sie.

»Vielleicht«, sagte Hoffmann, »hat er seine Tochter so geliebt, dass er sie einfach nicht umbringen konnte.«

Sie schüttelte den Kopf und fischte die Backpapier-Beutel mit spitzen Fingern auf die Teller.

»So etwas machen Amokläufer nicht. Haben sie uns zumindest auf der Polizeischule beigebracht.«

»Er muss diese Sado-Maso-Sachen wirklich geliebt haben«, sagte Hoffmann angewidert.

»Vorsichtig auspacken, es ist heiß.«

»Hu, aber lecker. Auf jeden Fall hatten sie eine Menge Leder und anderes Spielzeug in ihrem Schlafzimmer. Ketten und Peitschen und so einen Kram. Schulz war der Sklave, seine Frau die Domina. Seine Leiche hatte Striemen auf dem Hintern und Wunden an den Brustwarzen.«

»Jeder, was er will«, meinte Kathrin und pustete auf Lammfleisch, Tomate und Kartoffeln.

»Es ist alles merkwürdig«, brummte Hoffmann.

Sie sah ihn an.

»Irgendetwas stimmt nicht in diesem Fall.«

Er verknitterte sein Gesicht. Er konnte aussehen wie Winnie the Pooh, der Bär aus den Kinderbüchern, nur mit anderer Frisur. Und dicker.

»Hast du einen Fernseher?«, fragte er und platschte seine großen Hände flach gegeneinander. »Ich möchte sehen, wie Borussia den Gegner abschlachtet. Es wird ein Vernichtungskampf bis zum Letzten.«

Kathrin verzog das Gesicht.

»Wahrscheinlich verlieren sie wieder.«

»Es ist einfach manchmal zu viel«, seufzte er.

»Ich habe das starke Gefühl, dass wir noch einige Überraschungen erleben«, antwortete sie.

»Ja?«

»Es gibt Mousse au chocolat zum Nachtisch«, verriet sie ihm.

»Dieser Job macht uns alle pervers«, sagte Hoffmann.

Kathrin brachte die Mousse.

»Es ist entschieden besser, wenn du die Hand da wegnimmst«, sagte Nina Jansen. Sie küsste den Jungen hastig auf den Mund.

Tommy seufzte und machte weiter. Seine rechte Hand war ein selbständiges Wesen, eine neugierige Katze, die eine unbekannte Gegend erforschen musste. Er konnte das nicht kontrollieren.

»Tommy«, stöhnte Nina.

»Ich liebe dich«, schwor er und zerrte die Knöpfe seiner Hose mit der linken Hand auf.

»Wenn meine Mutter reinkommt, bringt sie uns um«, flüsterte Nina.

»Fass mich nur einmal an.«

Ninas himmelblaue Riesenaugen ertränkten ihn in einem Vorwurf, der gleichzeitig maßlose Begeisterung signalisierte.

»Ich habe dich schon oft genug angefasst und weiß, wie das endet. Ich sollte mich um Tanja kümmern. Meine Mutter bringt uns um. Sie hat eine Kanone, und sie ist bei der Mordkommission. Sie weiß, wie man jemanden umbringt.«

Tommy wühlte seine rechte Hand in ihre Bluse, dorthin, wo es sich am allerbesten anfühlte.

»Du bist das tollste Mädchen des Universums.«

»Das sagst du wahrscheinlich jeder«, seufzte Nina todtraurig. Aber sie griff nach unten, schon, um nicht als prüde zu gelten. Außerdem hatte Sandra, ihre beste Freundin, schon mit dreien, und Tommy-Schatz war ihr Erster. Und Einziger. Und das nicht einmal richtig. Kein Mensch konnte garantieren, dass es nicht *höllisch* wehtat beim ersten Mal.

»Lass mich nicht wieder los, du machst das wundervoll«, keuchte er, »und du fühlst dich überall so wunderbar an.«

Sie verzog den Mund.

»Kleckere mir bloß nichts voll«, stöhnte sie.

Es würde gleich passieren, und Mutter würde todsicher die Flecken finden und genauso todsicher wissen, um was für Flecken es sich handelte. Warum konnten Männer ihren Orgasmus nicht kriegen wie Frauen, eben ohne gleich immer alles voll zu sauen? Nina war mit der Natur unzufrieden. Sie selbst hätte zuerst die Menstruation abgeschafft und dann alles besser gemacht.

Sie verlagerte ihre Hand in einen sicheren Winkel.

»Wir müssen auf meinen Pullover aufpassen«, keuchte er und zippelte ihn mit der freien Hand hoch. Irgendwie hatte sich die Form seines Gesichts aufgelöst, und sein Mund hatte eine merkwürdige Kerbe. Männer waren komisch. Er sah aus, als würde er jetzt gleich einen Schlaganfall bekommen, aber es tat ihm gut.

»Nina!«

»Scheiße, meine Mutter!«

Sie sprang auf und zerrte an ihren Kleidern.

»Zieh dich an, Tommy, oder es gibt ein Heidentheater. Herrjemine. Mein Gott, pack dein Ding weg.«

»Es ist gar nicht so einfach«, jammerte er, »ich wäre in einer Sekunde.«

»Du hättest mir doch alles voll gekleckert«, schnaufte sie anklagend.

»Nina!«

Nadine klopfte an die Tür. Nina meldete sich.

Ein zweiter hellroter Frauenschopf erschien im Zimmer. Der dazugehörige Körper war schlanker, reifer und sportlicher. Er war schwarz gekleidet und bewegte sich wie eine große Katze auf Beutefang.

»Du solltest auf Tanja Acht geben«, sagte Nadine anstelle einer Begrüßung.

Ihr Blick fiel auf Tommy.

»Hallo Tommy – lass mich raten: Ihr habt zusammen Hausaufgaben gemacht.«

»Richtig«, versicherte Tommy.

Die Katzenmutter präsentierte ihre Reißzähne.

»Dann solltest du die Colaflasche aus der Hose nehmen. Kann ich dich kurz allein sprechen, Nina?«

Tommy beobachtete Mutter und Tochter, wie sie die Treppe hinunter in den Flur zogen, er hörte Nina »Ich bin sechzehn!« schnaufen. Dann redete nur noch Nadine. Sie schrie nicht. Sie redete gefährlich leise. In Tommys Leisten pochte die Ejakulation, die nicht stattgefunden hatte. Ein abscheuliches Gefühl.

»Wir können uns morgen wieder sehen«, knurrte Nina, als sie zurückkehrte. Tommy fand sie überwältigend schön mit ihrer roten Haarmähne, den aufgeworfenen Lippen und diesem traumhaften Busen. Ihre entsetzten und zugleich begeisterten Augen waren so blau und endlos wie ein Sommerhimmel.

»Deine Mutter meckert zwar, aber sie könnte fast deine Schwester sein«, erklärte er.

»Wir müssen uns morgen nicht sehen«, antwortete Nina böse.

»Hey …«

»Du kannst dich ja mit ihr treffen. Sie braucht das, was du im Übermaß anbietest.«

»Ich liebe dich. Nur dich«, versicherte er.

»Ich muss mich um Tanja kümmern, die große Schweigerin«, sie zog ihre Nase in Falten. »Gut, sie ist eine arme Sau. Aber ich hocke da bei ihr, sie sagt nichts und starrt nur gegen die Wand.«

Besorgt sein, dachte Tommy, kommt immer gut an. Er versuchte, besorgt auszusehen.

»Vielleicht klappt es mit Musik«, schlug er vor.

»Hilft nicht. Ich habe ihr sogar Tee gemacht. Grünen Tee mit Bananenaroma. Mein Tee ist göttlich. Sie hat ihn nicht einmal angerührt«, sie rollte die Augen, »und was sagt Mom? So ist das Leben, sagt Mom.«

»Wir könnten uns zusammen um Tanja kümmern«, schlug er vor.

Sie spitzte die Lippen.

»Es reicht mir, dass du auf meine Mutter stehst. Tanja ist blond.«

»Was heißt denn das?«

»Du hast mir vor einundzwanzig Tagen selbst gesagt, dass du auf Blond stehst.«

»Auf helle Haare, habe ich gesagt. Rot und blond.«

»Rot hast du nur gesagt, weil ich dabei war. Ich muss jetzt zu Tanja.«

»Die schöne Stumme?«, fragte er gehässig.

Nina packte seine Jacke. Das grünblaue Tuch landete in seinem Gesicht.

»Ich kümmere mich jetzt um Tanja, und du gehst nach Hause.« Tommy war mittlerweile schlecht.

»Kann ich eben mal auf die Toilette?«, fragte er.

»Mach nichts voll«, antwortete sie großzügig, »und viel Spaß.«

»Ich gehe besser nach Hause«, murmelte er. Seine Lenden pochten schmerzhaft.

»Solltest du«, sagte Nina trotzig.

Tanja Schulz war oben im Studio der Maisonettewohnung einquartiert worden, aber sie saß die meiste Zeit vor der verglasten Wohnzimmer-Rückwand und sah durch die Perlen der Regentropfen auf die Neubausiedlung. Es war ein Tag, grau, zum Fürchten. Kalt, ungemütlich und hässlich. Die Ein- und Zweifamilienhäuser hockten wie nasse Tiere unten.

Tanjas helles Haar fiel über die rosa Lippen des kleinen, noch kindhaften Mundes.

Eine Elfe aus dem Sommernachtstraum war in die falsche Kulisse gestellt worden. Am Freitag, den 5.12. Einen Tag vor Nikolaus. Der Wetterbericht hatte Sturm angesagt, aber in Holt weinte der Himmel.

Tanja blickte starr auf den Regen, die Vorgärten, die Einfamilienhäuser und den großen Hund.

»Der Hund gehört unserem Nachbarn«, sagte Nina, »er ist der Besitzer der Arena, dieser Disco im Altstadtcenter. Ich darf dort noch nicht hin. Ich bin zu jung, sagt Mom. Sie hat keine Ahnung.«

»Du *bist* zu jung«, erklärte Nadine aus der Küche.

Nina zog Grimassen, die Nadine nicht sehen konnte. Seit Jahren lebte Nina hier mit ihrer Mutter allein. Sie empfand Nadine als äußerst anstrengend. Vielleicht mussten Mütter äußerst anstrengend sein. Aber selbst dann stellte Nadine immer noch eine äußerst anstrengende Mutter dar.

»Du solltest mal in die Arena gehen, Mom. Vielleicht triffst du dort Karlo wieder«, stichelte Nina.

Nadine kam mit einem Tablett voller belegter Brote und einer Teekanne aus der Küche.

»Es ist ein lausiges Wetter«, bemerkte sie und sah zu Tanja.

»Würdest du Tassen für uns holen, Tanja? Sie stehen in dem roten Schrank.«

Tanja stand wortlos auf, durchquerte das Wohnzimmer. Sie deckte zwei Teetassen auf den Esstisch und wollte zurück zum Fenster.

»Ich hatte an drei Tassen gedacht, weil wir zusammen essen wollen«, sagte Nadine.

Tanja sah sie kurz an, nur einen Herzschlag lang. Dann holte sie eine dritte Tasse. Sie bewegte sich wie in einem Nebel.

»Karlo ist Moms Ex und mein Traummann, ich kann das sagen, wo Tommy jetzt weg ist«, seufzte Nina. Sie setzte sich an den Tisch und griff nach einer Schnitte.

»In Beziehungsdingen bin ich schlauer als Mom«, verkündete sie und biss hinein. Sie sah Nadine an. »Was machst du eigentlich heute Abend, Mom? Wie immer gar nichts?«

Nadine antwortete nicht.

Tanja setzte sich so, dass sie weiter auf den grauen Regen sehen konnte.

»Hast du eigentlich einen Freund?«, fragte Nina.

Nadine sah in Tanjas Gesicht. Es blieb starr.

Tanja nippte am Tee und sah aus dem Fenster.

Der Wind trieb die Nässe gegen das Glas.

Unten stand ein schwarzes Auto. Sie bemerkten es nicht, denn es parkte vor dem Gebäude, und sie sahen nach hinten in den Garten.

Ein Mann stieg aus, ein zweiter. Der dritte war noch jung. Er trug sein Haar sehr kurz und hatte eine ungesunde Gesichtsfarbe. Sein Gang wirkte unbeholfen. In seinem Gesicht zuckte einmal ein Muskel. Er sah zum Eingang, dann hinauf.

Ein weißes Haus unter grauem Himmel.

Der junge Mann sah sich um.

Alles war grau im Regen. Gut. Er schloss die Augen, still bis auf den Regen. Die Haut hinter seinen Lidern war dunkelgrau.

Der Mann nickte den beiden anderen zu. Dann stieg er wieder in die schwarze Limousine. Sie folgten ihm. Das Auto fuhr über graue Straßen.

Bald.

VIER

Draußen goss es in Strömen. Wolken wie dreckige, kalte Asche bevölkerten das Firmament. Sieben Patienten an diesem Tag reichten Hanna. Es wurde Zeit für den Urlaub. Sie war unkonzentriert, malte Vierecke auf ihren Notizblock statt Stichworte, verband die Vierecke zu kleinen fetten Vierecksmännchen. Dabei lauschte sie den wortreich ausgeschmückten Hasstiraden von Frau Kötter, anorgasmisch und privat versichert. Seit nunmehr ungezählten Stunden für immerhin jeweils zweihundertfünfzig Mark ein mit sich überschlagender Stimme beschimpfter, bitterböser Ehemann, der sich weigerte, dem Papa zu gleichen. Hanna legte den Stift zur Seite, betrachtete die viereckigen Strichmännchen und duselte ein.

Ein schneeweißer Vogel tanzte schwerelos in den hellblauen spanischen Himmel. Sein Schatten bedeckte ihre Augen und huschte über das spiegelnde Meer.

»Sie schlafen, Frau Doktor«, jammerte Frau Kötter schrill aus dem Off.

»Ich höre mit geschlossenen Augen zu«, antwortete Hanna und unterdrückte ein Gähnen.

Frau Kötter war im analytischen Setting auf das fünfte Lebensjahr zurückgeführt und hasste Hanna als mütterliche Rivalin seit sechzig Behandlungsstunden mit infantiler Inbrunst. Sie triumphierte mit der Stimme eines siebenunddreißigjährigen Kindergartenkindes:

»Aber Sie haben mit geschlossenen Augen leise geschnarcht.«

»Störe ich Sie?«, wollte Vincent wissen, als sein Anruf Hanna nach der Sitzung erlöste.

»Mich stört eher der Regen«, antwortete Hanna säuerlich.

»Arbeiten Sie?«, fragte er vorsichtig.

Hanna wechselte das Thema. »Was halten Sie von Bertrams?«

»Er ist ein Spinner. Aber er hat niemals ernsthaft geglaubt, ein Erzengel zu sein. Es ist seine Art, Aufmerksamkeit zu erzeugen.«

Hanna holte Luft. Gut. Es regnete. Es war ein Wetter, um sich in den Kissen zu rollen, aber mit Vincent Rosebud würde sich keine vernünftige Frau einlassen. Zumindest dem äußeren Eindruck nach nicht. Er war ein hochgradig egozentrischer Charakter. Und wirkte gespalten, geradezu gefährlich. Seine Stimme und seine Geschichten waren intelligent, witzig, und er besaß dieses ... Sie betrachtete ihren Kugelschreiber, klickte die Mine heraus und wieder hinein.

»Sie dürfen mich zu einem Kaffee einladen«, sagte sie. Erschrak über diese Unverschämtheit. Und sagte sich, dass sie nicht erschrecken musste. Wer war hier die Therapeutin? Wenn sie nicht mit Problemen fertig wurde, dann niemand: Hirn einschalten und trotzdem keine Handbremse für die Libido anziehen.

»Ich habe an Sie gedacht«, gestand er.

Vorsicht bei Nordseeaugen. Allergrößte Vorsicht. Mädchen, vielleicht brauchst du nur einfach mal wieder einen Schwanz.

Sie sah aus dem Fenster. Verfluchter Winter. Es goss wie aus Kübeln. Es war nass und kalt seit Anfang Oktober, drei Grad, unzählige Hektoliter Regen, manchmal Wind. Willkommen am Niederrhein, früher war alles hier Sumpf, und die Natur versuchte seit Jahren, diesen Zustand wieder herzustellen.

»Fachlich?«, fragte sie.

»Nein«, sagte seine Stimme. Sie hatte natürlich nichts anderes erwartet.

Nordseeaugen.

Komplett ausgebildete Psychoanalytiker machen sich nichts vor. Sie sind selbst durchanalysiert, nichts tastet sie an, nichts ist ihnen fremd. Sie kennen sich.

Hanna konnte seine Augen sehen, wenn sie die Lider schloss. Aber wer zieht sich selbst aus dem Sumpf außer Münchhausen?

Natürlich die Therapeuten. Sie haben es gelernt. Sie haben ihre Lehrjahre auf der Couch hinter sich. Sie kennen die eigenen Fehler und Probleme und haben alle gründlich gelöst.

»Sind Sie noch dran?«, fragte die Stimme hinter den Augen aus Flut.

Hannas Herz überholte den Verstand. Sie bemerkte das und vergaß es beim nächsten Herzschlag.

»Treffen wir uns in der Altstadt und plaudern.«

Plaudern, haha!

Sie legte auf und stolperte vor den nächsten erreichbaren Spiegel.

Diese Haare! Und sie hatte tatsächlich rein gar nichts zum Anziehen.

Dr. Vincent Rosebud betrachtete seine schlanken Hände.

Er betrachtete die Dächer der gegenüberliegenden Häuser und
dann die Straße unten, während er sich mit den Ellenbogen auf die
brusthohe Fensterbank stützte, als könne er sich sonst nicht halten.
Auf dem Asphalt unten schuf der Regen ein optisches Stakkato ohne Synkopen. Der Regen war wie ein Schleier über der Stadt, und
Vincent lächelte bei diesem Anblick. Es änderte sich nichts. Die Be-
ständigkeit hatte etwas Tröstendes.

Auf seinem Wohnzimmertisch lag ein schwarz geränderter Brief.
Er kam aus Thüringen, aber zeigte einen Tod in München an: Lea
Bertrams.

27.4.1967 – 1.12.1999.

Heroin, dachte Vincent, oder der gestreckte und gepanschte
Dreck, der für Heroin gehalten wird, lähmt bei einer Überdosis das
Atemzentrum. Es lässt dich ersticken. Bei intravenöser Injektion erreicht es innerhalb von Sekunden das zentrale Nervensystem, überschwemmt die Blut-Hirn-Schranke, explodiert in den tiefen, anima-
lischen Zentren und überschwemmt das Selbst mit Helligkeit. Eine
Explosion, und alles wird ruhig, alles friedlich, alles so endlos leicht.
Illumination. Dann Verwunderung. Kein Luftholen ist möglich, kein
Atmen, keine Zirkulation, die Luft, sie bleibt stehen in dir. Angst,
trotz der biochemischen Glückseligkeit. Du röchelst, du strampelst
und zuckst. Das Ende aufgrund einer Überdosis ist erbärmlich, es
erwürgt dich von innen.

Vincent fuhr sich mit den Händen durchs Haar und betrachtete
erneut seine Nägel. Sie waren sauber und maniküirt, er hatte sich gekämmt, deodoriert und mit Aftershave besprüht. Sein Bart war wie
immer an jedem vierten Tag gekürzt worden, sein kommunikativer
Köcher mit den Sprüchen, Witzen und kleinen intelligenten Bon-
mots bestückt. Vincent atmete flach und probte an der Scheibe sein
Lächeln, das kaum Platz für Schmerzen ließ. Nichts einfacher, als
den großen, intelligenten Jungen zu spielen.

Vincent spitzte die Lippen, seine Augen brannten nur wenig, und
eine gewisse Unruhe, die er verspürte, lag in der Natur der Sache. Er
nickte sich selbst zu und unterdrückte den Zweifel, was leicht ge-

lang. Nur die Erinnerung, die ihm wie ein lästiges Insekt über den Nacken gekrochen war, hielt sich hartnäckig.

Der Regen war Vincents zuverlässigster Begleiter in dieser Stadt.

Er sah Dr. Rosebud, den geduldigen, zugewandten Therapeuten.

Vincent, den charmanten Lebemann, vertraut mit Rotwein, klassischer Musik, Literatur, bildender Kunst, Geschichte und Plauderei.

Der Regen sah auch das, was sich unter dieser Schale verbarg. Aber er fiel aus staubigem Himmel und schwieg.

Vincent dachte an den Regen, an Hanna und …

Ein Abbild ist nie das Original. Eine Sinnestäuschung, ein flüchtiger Nebel, in dem sich die eigene Erinnerung wie eine Fata Morgana oder etwas weit Entferntes spiegelt. Und die Erinnerung hielt er für eine Hure.

Also wandte er sich um, zog den Mantel an und fuhr.

Er besuchte zunächst Kathrin Seitz auf dem Revier. Sie hatten sich durch ein Gutachten über einen harmlosen Exhibitionisten, der sich zwanghaft in Bäckereien entblößte, grinsend »Stuten« verlangte und infolge einer Verwechslung in die Ermittlungsmaschine der Mordkommission geriet, kennen gelernt. Und Vincent hatte es angenehm und praktisch gefunden, diesen Kontakt zu pflegen. Vincent besuchte Kathrin regelmäßig.

Sie saß in ihrem wenig aufgeräumten Büro, knabberte an einem Apfel und las die Westdeutsche Zeitung.

Als Vincent klopfte und eintrat, flogen ihre Füße vom Schreibtisch, und sie zeigte ihm ihr bezauberndes Lächeln.

»Doktor Vincent Rosebud«, strahlte sie. Ihr Mund war breit. Sie kann todsicher himmlisch küssen, fiel ihm ein. Er glaubte an der Form des Mundes erkennen zu können, was eine Frau beim Küssen anstellte.

Sie hatte die Haare dienstlich hochgesteckt, aber man sah, wie hell sie waren. Er musterte sie und strahlte sie an. Kathrin war ruhig, wirkte bescheiden – und arbeitete effizient. Es konnte ein entscheidender Fehler sein, sie zu unterschätzen.

»Hallo Kathrinmädchen, ich hatte solch eine Sehnsucht. Ich musste zu dir«, sagte er.

Sie lächelte, und er hätte sie am liebsten geküsst. Aber es gab Grenzen, die dieses Spiel ihm jetzt noch diktierte. Er küsste ihre Stirn.

»Was gibt es Neues?«, fragte er im Plauderton. »Schreckliche Verbrechen, kaltblütige Killer und lauter Schauergeschichten?«

Sie machte ein unschuldiges Gesicht. Jetzt sah sie nahezu umwerfend aus.

»Es gibt fast nichts Neues.«

»Keine Verstümmelungen?«

»Ein Kollege. Du wirst die Sache in der Zeitung gelesen haben. Und es ist der nervigste Fall überhaupt. Irgendwie steckt der Wurm drin. Berichte sind verlegt, Laborberichte verzögern sich … als gäbe es jemand, der nicht will, dass wir weiterkommen. Aber das ist natürlich Unsinn.«

Sie zog bezaubernde Falten über ihre runde Nase. Natürlich konnte sie nichts wissen.

»Es erwischt sowieso immer die Falschen«, seufzte sie. »Möchtest du Tee?«

Vincent mochte. Sie wühlte Akten beiseite, übermäßige Ordnung war definitiv nicht ihr Metier. Sie hantierte mit der Kanne und ließ Wasser aufsprudeln.

»Darf man bei der Mordkommission sagen, dass immer die Falschen ermordet werden?«, fragte er dann über eine Tasse mit schartigem Rand.

»Wenn wir unter uns sind, darf ich alles sagen«, sagte sie. Vincent musterte ihr Gesicht und las darin plötzlich eine ganze Palette von Emotionen: unterdrückte Wut, Hilflosigkeit, Zorn und Müdigkeit. Sie war ein Beispiel der aussterbenden Spezies anständiger Menschen, und darin lag ihr Problem.

»Wen sollte man ermorden?«, fragte er beiläufig.

Sie zuckte die Achseln, mit einem Mal blass, und überlegte.

»Natürlich niemanden ernsthaft, aber verdient hätte es mancher Politiker, in Gladbach vielleicht jemand wie dieser Seligmann, der in dieser Stadt seine Nase und Finger in jedem Geschäft hat.«

Draußen fegte der Wind weiter den Regen.

Vincent lächelte bitter und schwieg.

Er fuhr mit schwebenden, kalten und merkwürdigen Gefühlen zu Hanna.

Hanna sah durch die verglaste Wand des Wintergartens auf das nasse Winterwetter. Also wieder ein Mann, dachte sie. Vielleicht würde es

Mutters Blutdruck senken. In diesem Haus war sie geboren worden. Ihre Eltern hatten es prächtig ausgebaut, sie waren seitdem nicht umgezogen.

Mutter hatte ihr in der vorletzten Woche Blumen gebracht, Narzissen.

Sie hatte geschellt, und Hanna hatte verschlafen nach dem Morgenmantel neben dem Bett gegriffen. Ihre Haut hatte noch nach dem gerochen, was in der Nacht gewesen war. Mutter hatte draußen gestanden, leidend hinter dem verpackten Strauß.

»Es ist fürchterlich kalt«, hatte Mutter zur Begrüßung gesagt und war ohne Aufforderung eingetreten.

Maria hatte sich hinter Hanna in dem zerwühlten Bett aufgerichtet, müde aus dem vom Schlaf zerknautschten Gesicht geblinzelt und nach der Decke getastet, um sie über ihren entblößten Busen zu ziehen.

Mutters Blick schoss in das Schlafzimmer, dann wandte sie sich um zur Küche und suchte eine Vase. Ihr Gesicht war versteinert. Sie ließ Wasser in die Vase laufen und drehte den Hahn ab, packte die Blumen aus, faltete das Papier und sortierte die Narzissen in der Vase. Sie öffnete die Tür unter der Spüle und deponierte das Papier im Mülleimer, drückte es fest, mit spitzen Fingern, weil es überstand.

»Du hast deinen Morgenmantel nicht richtig geschlossen«, hatte sie gesagt.

Hanna zog ihn zu. Ihre Hände zitterten nicht. Es war mit einem Mal wie ein Rausch, und sie hatte begriffen, dass es Zeit war. Für ein Urteil, eine Rache und für eine Hinrichtung.

»Das ist Maria«, hatte sie gesagt.

»Was hältst du von Vaters Plan, dieses Jahr unseren Urlaub zu verlegen?«, hatte Mutter gefragt.

Ihre Augen bestanden aus nichts als kaltem Hass. In nicht länger homöopathischer Dosis.

»Ich kenne Maria schon seit der Zeit in der Klinik«, hatte Hanna tonlos erwidert.

»Wie gefallen dir die Blumen?« Das Gesicht ihrer Mutter war Stein, und die spitzen Finger liefen wie Spinnen durch die Blüten.

»Ich habe schon mit einer Menge Frauen geschlafen«, hatte Hanna gesagt, »ich schlafe mit Männern und mit Frauen!«

»Vaters Position erfordert, dass du diskret bist, mein Kind.« Ihre Mutter öffnete den Küchenschrank und suchte nach Kaffee. Hanna löffelte ihn in den Filter und schaltete die Maschine an.

»Du hast das Wasser vergessen«, sagte Mutter und füllte es ein.

Sie stellte zwei Tassen bereit, eine für Hanna und eine für sich. Sie setzte sich hinter die eine und ließ einen Löffel Zucker hineinrieseln.

Hanna atmete durch die Nase und lauschte in ihren Körper. Keine Übelkeit. Es war Zeit. Sie öffnete den Küchenschrank. Eine Tasse und eine Untertasse für Maria. Das Porzellan war jetzt wärmer als ihre Haut. Sie stellte sie auf den Tisch.

Mutters Körper wuchs aus dem Stuhl. Es schien, als würde er sich an der gespannten Halsmuskulatur selbst emporziehen. Sie war ohne ein weiteres Wort gegangen.

Also wieder ein Mann.

Regen auf der Scheibe. Rein chaostheoretisch betrachtet ist Regen ein Abbild der Welt. Kein Muster gleicht dem anderen. Alles ist beständig neu. Hanna bemerkte ohne wirkliche Verwirrung, dass sie ins Träumen kam. Trotz Sauwetter.

Ein Café in der Altstadt. Kanapee hieß der Laden. Sie tranken Latte Macchiato.

»Rauchen Sie?«, fragte Vincent.

»Ich mag keinen abgestandenen Rauch«, antwortete Hanna.

Er räumte den Aschenbecher weg und sah Hanna an. Er war ein schöner Mann, aber sie registrierte befriedigt, dass ihm dies zumindest nicht *immer* bewusst war. Seine Augen, der Mund …

»Ich freue mich …«, sagte er und kam nicht viel weiter. Hannas Blick glitt von den Mustern der feuchten Scheibe zu seinem Mund.

»Ich möchte dich küssen«, gestand er.

Sie sah ihn irritiert an.

Er küsste sie. Kurz und dann irgendwie endlos, sog an ihren Lippen, seine Zunge an ihrer. Manche Frauen küssen, indem sie einfach den Mund aufmachen und die Zunge nach hinten reißen. Sie wusste, wie scheußlich das ist. Hanna küsste ihn ordentlich. Ohne Zeit.

Dann hielt er ihre Wangen in flachen Händen.

Hanna öffnete die Augen.

»So viel«, flüsterte sie, aber er küsste sie schon wieder.

»So schnell«, sagte er, kippte rasch seinen Kaffee. Montags hatten sie so viel geredet, alles Unfug oder beruflich. Er sah sie an. Ganz offensichtlich, diagnostizierte sie, ist er nervös.

»Ich habe dich lieb«, sagte er.

»Du bist verrückt. Wir kennen uns erst …«

»Ich habe nicht gesagt, dass ich dich liebe«, verteidigte er sich, hielt aber ihre Hand, »das ist ein Unterschied.«

Sie küssten sich. Jetzt schon schwamm Hanna in diesem Gefühl.

Der Kaffee wurde kalt. Ihr Magen konnte heute keinen Kaffee vertragen. Nichts konnte der vertragen, nur hüpfen und Theater machen.

Ihr war schlecht von viel zu schnellem, viel zu wunderbarem Glück. Ihr Kopf schwebte, und ihre Schenkel waren nass. Warme Blutfülle pulsierte im Unterleib.

Draußen regnete es heftiger.

»Hast du einen Schirm?«, fragte er.

»Lass uns machen, dass wir woanders hinkommen«, flüsterte sie.

Seine Nordseeaugen, versinken an einem klaren Herbstmorgen

»Sieh mich nicht so an, sonst lutsche ich dich aus«, seufzte Hanna.

Vincent lächelte.

»Lutschen«, hauchte er, schüttelte langsam den Kopf, um ja zu sagen. Hielt ihre Hand.

»Ein großartiger Vorschlag.«

Er nickte. Sie roch ihn, sog seinen Duft in sich.

Im Regen, draußen. Vincent empfand den Regen nicht einmal.

Wieder dieses Gefühl des Déjà-vu. Die Hure Erinnerung. Lea.

Nicht Lea. Hanna war eine andere Frau.

Auf der kleinen Kunsteisfläche inmitten des Weihnachtsmarktes zog zwischen Backfisch, Pommes, Bratwurst, Champignons mit Knoblauchsauce und Krippenfiguren ein dickliches Kind mit nassen Haaren seine tapsigen, aber schwerelosen Runden.

»Kommst du mit zu mir?«, fragte Vincent.

»Erwarte kein Zieren«, flüsterte Hanna, den Kopf auf seiner Brust, lachte von da herauf, »ich bin eine erwachsene Frau.«

»Durchanalysiert«, sagte er.

»Wie du.«

»Es wird uns nicht retten.«

»Ich möchte gar nicht gerettet werden«, bekannte sie.

Ihr Haar roch nach Wind, ein wenig nach Meer und wie der Staub und das Puder aus den Räumen der Jugend. Als er es roch, fürchtete er wieder, sich zu verlieben. Er hatte fest geglaubt, dass ihm Liebe nicht mehr passieren würde. Was war das hier? Angst, Abwehr oder betrunkene Glückseligkeit – er war sich nicht sicher.

»Es ist …«

»Fast zu viel«, antwortete er ruhig.

»Nicht zu viel.« Sie presste die Stirn gegen seine Brust. Sie war so viel kleiner als er.

»Wenn wir uns gegenseitig analysieren, zerstören wir es«, murmelte sie rasch.

Er küsste sie jetzt endlos.

»Wir können es lassen«, sie rieb ihr Gesicht an ihm.

Er küsste sie erneut. Ihre Zungen wühlten. Vincent flüsterte:

»Ich habe dich lieb.«

»Ich möchte mit dir schlafen«, antwortete sie.

In der Wohnung kamen sie bis zum Flur. Pressten sich dann aneinander. Zogen sich aus, nervös, ungeschickt, wundervoll. Ihm erschien ihr blasser, straffer Körper mit den schweren Brüsten schöner als alles vorher, er schniefte ihren Duft ein wie eine Droge. Sie küssten sich wieder, und er sog an ihr, schleckte Honig unter honigfarbenem Haar zwischen ihren Beinen, massierte jene wunderbare Falte am Ende ihres Rückens und drang mit dem Finger in die warme Enge und die feuchte Weite gleichzeitig. Sie berührte seinen Penis sanft mit den Lippen und nahm ihn dann ganz auf, während er an ihr schleckte und sie gleichzeitig mit den Händen massierte. Sie keuchte, als er schließlich zu ihr kam.

Später aßen sie Käse und tranken Rotwein, natürlich zu viel. Patricia Kaas flüsterte singend in Vincents Ohren, und er liebkoste Hannas Körper. Viel zu schön, zu duftend, zu zart. Er liebte es, Frauen zu berühren, es gab ihm das Gefühl von Ganzheit, aber sie war etwas ganz Besonderes.

Sie durfte es nicht sein.

»Du siehst so jung aus«, flüsterte er.

Sie bog ihren Körper. Er hielt sie, und sie gurrte.

»Du bist schön«, sagte er. Aber ihre Begegnung war kein Zufall, keine Romanze im Winter, kein Christkindgeschenk der Liebe. Niemand wurde erlöst, nur weil irgendwann einer gestorben war.

Im grauen, nassen Winter kam Dr. Vincent Rosebud als der Tod.

FÜNF

Kein Traum.

Nina Jansen lag mit offenen Augen in ihrem Bett. Sie sah im Dunkeln gegen die Decke und lauschte. Im gleichen Zimmer atmete Tanja auf der Matratze. Tanja schlief nicht, und Nina konnte auch nicht schlafen. Nadine hatte sich zeitig unten ins Schlafzimmer gelegt.

Nina überlegte, ob sie Tanja ansprechen sollte. Aber sie würde wohl schweigen wie all die letzten Tage. Tanja war wie eingefroren, und Nina hatte exakt keine Lust, mit einer Statue zu plaudern. Stattdessen dachte sie lieber an Tommy. Sie schloss die Augen. *Ach Tommy …*

Er war einfach zuckersüß. Allerdings redete er zu viel.

Nina hörte, wie Tanja aufstand. Ganz vorsichtig und leise. Nina hielt die Augen geschlossen und lauschte. Tanja schlich durch das Zimmer. Sie begann sich anzuziehen. Nina blieb still, aufmerksam, spielte die Schlafende.

Tanja war leise.

Sie musste jetzt angezogen sein. Nina hörte, dass sie zur Treppe schlich. Dann Schritt für Schritt hinunter.

Nina öffnete die Augen und hob den Oberkörper. Die Decke rutschte an ihr herab, das Zimmer war nur halb dunkel. Die Straßenlaterne draußen erhellte die Umrisse. Unten ging Tanja zur Tür. Nina stand auf.

Die Wohnungstür wurde geöffnet. Verdammt, fuhr es Nina durch den Kopf, wenn sie abhaut, zieht mir Mom das Fell über die Ohren. Sie stolperte in ihre Jeans. Gott sei Dank war sie so unordentlich, ihre Klamotten regelmäßig einfach neben das Bett zu schmeißen. Sie stopfte das T-Shirt, in dem sie schlief, in die Hose und tapste in die Stiefel.

Die Wohnungstür wurde von außen geschlossen.

Nina schimpfte leise. Wo war dieser verdammte Mantel?

Sie fand ihn in dem Schrank, in den er gehörte. Nadine musste ihn dort aufgehängt haben. Nina wurstelte hastig ihre Arme in die Ärmel.

Schnell und leise nach unten. Wo war jetzt wieder der Schlüssel?

Natürlich oben, in der anderen Jacke! Sie stolperte auf der Treppe, stieß mit dem Schienbein an und unterdrückte den Schmerzlaut. Verfluchter Schlüssel! Mutters Schlaf war abscheulich leicht. Der Schlüssel war nicht in der Jacke. Sie durchwühlte ihre andere Hose, fand ihn und stürmte endlich los.

Sie atmete hastig, zog die Tür hinter sich zu und raste die Treppen nach unten, aus dem Haus. Es war kurz vor eins.

Nina sah sich um.

Eine leere Straße. Regennass. Pfützen, in denen sich die Straßenlaternen spiegelten.

Tanja ging langsam voraus, starr und wie in Trance.

Vielleicht ist das Nachtwandeln, dachte Nina, vielleicht ist sie mondsüchtig. Ein bisschen plemplem hatte sie schließlich die ganze Zeit gewirkt. Nina sah hoch, aber es gab nur tintenschwarze Wolken. War es Vollmond? Nein, es war nur nass und kalt, und jetzt beschleunigte Tanja ihren Gang. Tanja ging sehr zielbewusst, weg von dem Wendehammer, an dem das weiße Haus lag, hinaus aus der Fockestraße.

Nina folgte ihr mit Sicherheitsabstand.

Wenn Nadine jetzt aufwachte, bekam sie richtigen Ärger. Aber die Neugierde siegte.

Am Ende der Straße bog Tanja links ein, dann geradeaus. Sie ging weder schnell, noch schleppend. Niemand kam ihnen entgegen, in einer Dienstagnacht lief keiner mehr in Holt herum. Ein einzelnes Auto rauschte vorbei, zu schnell, seine Lichter verloren sich. Es begann zu regnen, und Nina klappte ihre Kapuze über den Kopf.

Jetzt rechts.

Sie geht in Richtung Aachener Straße, dachte Nina. Sie geht nach Hause. Aber dort ist niemand mehr.

Alle waren tot.

Tanja wurde schneller, es schien, als würde etwas sie anziehen, wie ein Magnet.

Sie wollte zweifelsfrei heim.

Nina folgte ihr weiter.

Jetzt rannte Tanja. Sie lief, und ihr Haar klebte nass an ihr. Nina schüttelte den Kopf, trabte hinterher.

Die Ampel war rot, aber Tanja lief einfach weiter. Ein Auto umkurvte sie, hupte, der Fahrer gestikulierte wütend und fuhr weiter.

Dann war es still, bis auf den Regen. Tanja stand vor dem Haus ihrer Eltern, Nina wartete zwanzig Meter von ihr entfernt. Sie fror.

Tanja machte einen Schritt vorwärts, tastete über die Haustür. Sie war verschlossen, Siegel klebten darauf. Tanja ließ die Schultern sinken, sie drehte sich langsam um und hockte sich hin, den Rücken gegen die Tür gelehnt.

Dann begann sie zu schluchzen.

Nina schlurfte zu ihr.

»Hallo«, flüsterte sie betroffen.

Tanja sah sie nicht an, ihr Körper wurde von Weinkrämpfen bewegt. Nina hockte sich vor sie und streckte die Hand aus. Tanja hob den Kopf, blinzelte ein einziges Mal unter Tränen. Nina berührte ihre Schulter.

Ein Auto hielt, Türen wurden geöffnet. Tanja sperrte den Mund auf.

»Ich habe sie gefunden, Mom«, sagte Nina ohne sich umzudrehen.

Tanjas Mund klappte zu, dann wieder auf. Sehr weit, wie ein riesiges dunkles Loch in ihrem blassen Gesicht, über das der Regen floss.

Schritte kamen näher. Nina kannte Nadines Schritte, sie klangen anders.

Nina fuhr auf dem Absatz herum.

Zwei Menschen kamen auf sie zu. Große Gestalten, dunkel.

»Hei«, sagte Nina, wollte noch etwas sagen. Dann verstummte sie.

Die Fremden hatten keine Gesichter. Sie trugen schwarze Masken, wie Nina sie einmal in einem fürchterlich ekelhaften Pornoheft gesehen hatte.

Im nächsten Augenblick fuhr die Hand des Vorderen auf. Etwas Langes, Scharfes blitzte metallisch darin. Nina taumelte rückwärts.

»Sofort die Waffe fallen lassen«, rief Nadine von der Seite.

Sie stand breitbeinig, ihre Dienstwaffe in beiden Händen vorgereckt. Das lange Haar rot und nass. Ganz in Schwarz. Der dunkle Engel. Ihre Augen waren gefrorene Flammen.

Nina zog hastig Luft ein. Der Mann zögerte.

»Leg die Waffe hin, oder ich blase dich weg«, sagte Nadine mit einer Stimme voll eiskalter Wut.

Der Mann ließ langsam den Arm sinken.

»Fallen lassen, du kleine Ratte«, zischte Nadine.

Er öffnete die Hand, das Messer polterte zu Boden.

Nina stand langsam auf. Neben ihr hustete Tanja.

»Mom!«, schrie Nina.

Nadine war schnell, aber dennoch nicht schnell genug. Der dritte Mann hinter ihr schlug auf sie ein, es gab ein dumpfes Geräusch, und Nadines Körper flog zur Seite, fiel. Die Pistole wirbelte fort. Nina schrie. Sie bückte sich in einem Reflex nach dem Messer. Eine flache Hand traf ihr Gesicht mit ungeheurer Wucht. Sie prallte zurück.

Die Männer stürmten vorwärts.

Tanja stieß einen spitzen Laut aus, als sie sie packten.

Nadine rollte über den Boden, der Mann hob seinen Totschläger und drosch auf sie ein. Sie jaulte, zog die Beine an und verfehlte ihn.

»Ich mach dich kaputt, du Nutte«, schnaubte der Mann. Er war groß, massiv und breit.

Nina öffnete den Mund und begann zu kreischen, schrill und anhaltend.

Ein Fenster wurde aufgerissen, gegenüber.

»Ruhe«, brüllte jemand, und das Fenster schlug wieder zu.

Der bullige Typ reckte den Totschläger.

Die beiden anderen hatten Tanja gefasst und zerrten sie mit sich.

Nina stolperte ihnen in den Weg, irgendwie kam ihre Hand an das Messer. Sie hob es auf.

Der eine Mann ließ Tanja los. Ninas Hand mit der Waffe zitterte.

»Jetzt bist du kaputt, Nutte«, japste der Bullige. Nadine breitete die Arme aus.

Der Mann schlug nach Nina, verfehlte sie.

Auch der andere ließ Tanja los, griff in seinen Mantel.

Keiner von ihnen hatte ein Gesicht.

Alles ist nur ein Traum, fuhr es Nina durch den Kopf, alles musste nur ein blöder Traum sein.

Eine Pistole mit Schalldämpfer kam zum Vorschein.

Der Bullige lachte leise.

Nadines Arm kam rasend schnell hoch. Sie hatte ihre Waffe wieder und schoss ihm in den Hals. Er gurgelte, taumelte zurück.

Tanja stand still.

»Ihr verdammten Ärsche«, kreischte Nina und stieß in einem Anfall unglaublicher Wut das Messer vor. Sie wusste selbst nicht, was sie tat. Sie traf nur Luft.

Etwas floppte. Nina sah die Mündungsflamme und fühlte einen Aufprall im Bauch.

Die Männer packten Tanja, zerrten sie zum Auto.

»Nina«, schrie Nadine verzweifelt.

Nina fiel einfach um. Nadine stürzte auf Nina zu, der Bullige torkelte zu seinen Kumpanen, beide Hände auf seinen Hals gepresst. Er krachte auf die Motorhaube des Wagens und lag still. Ein Mercedes, kam es Nina in den Sinn. Ein Schleier tanzte vor ihren Augen, weiß, hell- und dann dunkelrot.

Das Auto sah aus wie ein Leichenwagen.

Es musste ein Traum sein.

Natürlich.

Immerhin hatten sie ihr in den Bauch geschossen, und sie empfand keinen Schmerz.

Ein Bauchschuss musste doch wehtun.

Ihr war nur leicht. Etwas Warmes, Sirupartiges lief an ihrem Unterleib herunter. Zu warm und zu klebrig für den Regen.

»Mein Gott, Nina!«, hörte sie Nadine schreien. »Nina!«

Der Leichenwagen fuhr an, mit durchdrehenden Reifen. Der Körper des Bulligen wurde von der Motorhaube gewirbelt, prallte auf die Straße und blieb liegen.

»Nina!« Nadine fasste ihren Kopf.

Der Leichenwagen war fort.

Etwas tat Nina weh, etwas im Bauch. Es tat sehr weh. Sie öffnete den Mund.

Dieser Schmerz war wirklich unfair. Er …

Nadines Gesicht war über ihr. Ganz nass, vom Regen? Das erste Mal, seit ich träume, dachte Nina, sehe ich Mutter weinen. Und es hat im Traum noch nie so wehgetan.

Sie jaulte. Schrie, aber dann war alles vorbei. Dunkelheit. Völlige Schwärze.

Und Schweigen.

SECHS

Vincent zog die Decke über Hanna, als sie schlief. Er betrachtete ihr Gesicht, das mit einem anderen aus seiner Erinnerung verschmolz, und stellte sich vor, wie es am Grab ihres Vaters aussehen würde. Dann setzte er sich im Dunkeln in sein Wohnzimmer. Die Straßenlaternen tauchten den Raum in ein Licht wie Spinnenseide. Vincent betrachtete seine schlanken Hände und ließ sie schließlich über die Seiten eines Fotoalbums gleiten.

Vincents Mutter hieß Hildegard. Er besaß ein Bild von ihr, in Schwarzweiß und mit gezackten Rändern. Die Erinnerung war eine Hure, das wusste er, aber manches musste tatsächlich so gewesen sein, wie sie es ihm erzählten und wie er es später selbst erlebte.

Auf dem Bild trägt Hildegard eine ordentliche weiße Bluse, und ihre Zöpfe liegen symmetrisch rechts und links neben dem gestärkten Kragen. Sie steht neben lauter anderen sechsjährigen Mädchen mit Bubikopf oder Zöpfen. Alle strahlen, achtzehn kleine Mädchen: pausbäckig, rundgesichtig oder aus elegantem Oval, mit weißen Blusen, gestärkten Kragen und schwarzen Röcken und sauberen Kniestrümpfen. Alle haben den rechten Arm zum Hitlergruß erhoben.

Hildegard lebte in Oberschlesien. Sie hockte auf den Treppenstufen ihres Vaterhauses, als die Russen in groben Stiefeln herantrampelten. Sie trugen erdbraune Uniformen, hatten hellblonde Haare und fremde Gesichter. Es waren drei. Sie standen um sie herum. Vincents Mutter war sechs, aber sie sah jünger aus. Die Russen unterhielten sich, dann beugte sich einer zu ihr herunter, hob ihr Kinn in die Höhe und schüttelte den Kopf.

»Njet«, sagte er und lächelte.

Weil er lächelte, lächelte auch das Mädchen.

Die Russen hoben sie hoch und begutachteten sie. Einer griff in seine Uniform, brachte ein Stück trockenes Brot hervor und gab es dem Kind.

Sie nahm es, und weil sie Hunger hatte, begann sie darauf herumzukauen.

Das freute alle.

Sie kicherte, und die Russen lachten. Sie setzten sie wieder auf die Treppe.

Dann schlugen sie die Tür hinter ihr ein. Hildegard hörte ihren Vater schimpfen, und ihre Mutter schrie. Stimmen keiften durcheinander. Ein Schuss fiel, der Vater kippte wie eine Puppe aus der zerschlagenen Tür, den Kopf voller Blut.

Hildegard hielt sich den Mund zu, Schreien war gefährlich, sagte etwas in ihr, aber drinnen brüllte die Mutter, bis sie nur noch wimmern konnte. Die Russen gingen, einer strich Hildegard über den Kopf, sah auf Vaters Leiche. Er zuckte die Achseln und gab dem Mädchen noch ein Stück Brot.

Ihre Mutter kam aus der Tür, raffte ihren Rock, und sie flohen mit Tausenden anderen Richtung Westen – in das Ruhrgebiet. Hildegard weinte vor Hunger und um ihren Vater, aber niemand konnte jetzt auf solche Kleinigkeiten achten.

Vincents alter Herr war auf den Namen Erwin getauft worden und lebte zur gleichen Zeit in Gelsenkirchen, eine Wüste rauchender Trümmer. Erwin und seine Mutter galten als Verfolgte. Eigentlich hieß Erwin mit Nachnamen Schulzen. Sein Vater war in der SS in Stuttgart für die Deportation nichtarischer Elemente, Buchstabe R, in den Osten verantwortlich gewesen. Aber die kluge Frau des Obersturmbannführers hatte schon Ende '44 dafür gesorgt, dass sie und ihr Sohn für den Fall des ausbleibenden Endsiegs neue Papiere bekamen. Im Februar 1945 war Schulzen voller völkischer Begeisterung freiwillig zu den Überbleibseln der Ostfront abgerückt. Er hatte mit vierzig alten Männern und Kindern des Volkssturms fünfzehn Minuten lang die Aula eines thüringischen Gymnasiums gegen russische Panzer verteidigt, als er für Volk, Führer und Vaterland fiel. Die verirrte Kugel eines des Schießens aufgrund der kurzen Grundausbildungszeit unkundigen zweiundsiebzigjährigen Kameraden traf ihn versehentlich in den Rücken und die linke Herzkammer.

Seine Frau verließ samt Sohn Stuttgart und kam als von den Alliierten Gerettete nach Gelsenkirchen, wo niemand sie kannte. In ihrem Ausweis stand von nun an der Name Rosebud. Ein riesiger pechschwarzer amerikanischer GI strich Erwin über die Haare und schenkte ihm Schokolade.

»Such a pretty Naziboy«, sagte er.

Erwin schüttelte den Kopf, zeigte Zähne, präsentierte seinen behelfsmäßigen Ausweis, der ihn als Verfolgten auswies, und tauschte die fällige Extraportion Schokolade auf dem Schwarzmarkt gegen Zigaretten. Er setzte sich grinsend zwischen die Schuttberge, betrachtete die Haare, die unter der kurzen Hose an seinen Beinen zu sprießen begannen, und rauchte.

Seine Beinhaare wuchsen wie der neue Staat namens Bundesrepublik Deutschland. Als Erwin vierzehn Jahre alt war, musste er seinen Zigarettenhandel einstellen und zum Bergbau gehen. Koks und Kohle waren damals ein Exportschlager, Bergmann ein wichtiger Beruf. Man bekam schwarze Fingernägel, aber Erwin hatte irgendwie einen Riecher für die gerade wichtigen Berufe.

Erwin wurde neunzehn, und das Wirtschaftswunder begann. Er beteiligte sich daran, ganz privat. Hildegard und er hatten sich auf einer Rock-'n'-Roll-Party kennen gelernt. Hildegard musste um halb neun zu Hause sein, es gab bunt bemalte Glühbirnen, der Krieg war vergessen, alles Böse bei den Russen drüben.

Adenauer sagte: »Keine Experimente!«

Erwin erzählte Hildegard seine eigenen Märchen. Sie war hingerissen, sie sah diesen großen, kräftigen Jungen mit dunklen Augen und blonder Locke. Er war der Mann im Haus seiner klugen, verfolgten Mutter und wusste, was man Frauen erzählen musste, um seinen Willen durchzusetzen.

Es regnete in Strömen. Die Zechen bliesen so viel Ruß aus, dass man draußen keine weiße Bettwäsche aufhängen konnte, ohne sie zu versauen. Sie wurde fettig schwarz. Erwin küsste Hildegard nach dem Tanzvergnügen und fasste ihr unter den Petticoat.

Er kannte sich aus. Während sie ihren Hauptschulabschluss machte, spielte er ein großes Monopoly. Das spielten alle, weil ihnen sonst nichts mehr einfiel. Schockiert, obwohl gedächtnisschwach, hatten alle Visionen außer dem verbissenen Arbeiten ihren Sinn verloren. Alles, was mit Gefühl zu tun hatte, war suspekt. Gefühle hatten sie angeblich dorthin gebracht, wo sie mit bürokratisch perfektionierter Begeisterung an den Gashähnen der Konzentrationslager drehten.

Alle Räder drehten sich stattdessen wie wild, und Erwin drehte mit. Er hatte sich in der Zeche aus dem Flöz in die Verwaltung hochgearbeitet und stempelte für den Paketdienst: Wareneinnahme. Erwin war ein Organisationstalent.

Weihnachten '54 entdeckte die Polizei eine von ihm angemietete Gartenlaube, in der sich die organisierten und zum Weiterverkauf bestimmten Sachen bis zur Decke stapelten. Zwei zufriedene Kunden schleppten gerade beste Seife, Papier, Arbeitshosen und Werkzeuge aus Erwins mittelständischem Wirtschaftsbetrieb.

Er gab sich reumütig, sein Talent, die eigene Stimmung den gerade notwendigen Erfordernissen anzupassen, war noch intakt. Die Bergbaugesellschaft verhielt sich kulant. Sie kündigten Erwin nur und ersparten ihm die Anzeige. Er eröffnete mit dem erklauten Startkapital eine Trinkhalle und verkaufte Bier, Schnaps, mehlige Frikadellen und später die Bild-Zeitung mit blutrot unterstrichenen Schlagzeilen. Mitten in der Innenstadt, die man schon wieder aufgebaut hatte. Gelsenkirchen war immer hässlich gewesen, aber das Hässlichste daran baute man nach dem Krieg. Der sozialdemokratische Stadtrat erwies sich in derartigen Dingen nicht minder effektiv als die alliierte Bombardierung.

Mit zwanzig war Erwin Rosebud ein echter Teil des Wirtschaftswunders geworden. Elvis wackelte mit den Hüften und sang, Peter Kraus wackelte auch und sang auf Deutsch. Konrad Adenauer war Bundeskanzler auf Lebenszeit und verkündete regelmäßig, dass ihn sein dummes Geschwätz von gestern nicht interessierte. Die Industrie, die nie etwas mit Hitler zu tun gehabt hatte, applaudierte der Wehrfähigkeit der Demokratie. Hildegard machte eine Lehre als Frisöse. Im Osten liefen den Russen die verbündeten Brüderdeutschen weg. Im Westen litten viele jetzt unter Problemen mit ihrer Erinnerung. Die kluge Oma väterlicherseits bekam einen Schlaganfall und starrte mit Augen wie Glaslampen aus dem hageren Gesicht an die Decke, bis sie nicht mehr atmete. Vincents Oma mütterlicherseits heiratete einen Versicherungsvertreter, so fett wie Wirtschaftsminister Erhard, mit goldener Brille, die pomadisierten Haare von links nach rechts über die Glatze gekämmt. Ihr Hochzeitsfoto zeigt zwei feiste Statuen, entstanden aus Eisbein mit Sauerkraut, mutiert wie die ganze Republik.

»Sag Papa zu mir«, sagte Stiefgroßvater zu Hildegard und tätschelte sie mit Begeisterung.

Er mochte sie sehr. Erwin musste ihn einmal ziemlich verhauen.

Erwin hatte Hildegard auf einem schmutzigen Hinterhof in Gelsenkirchen-Schalke entjungfert wie ein Kater. Hildegard war völlig besoffen dabei, und erst als sie nüchtern wurde, fiel ihr ein, dass sie jetzt schwanger sein könnte.

Erwins Trinkhalle boomte. Die Leute kamen und soffen, um zu vergessen oder weil es einfach wieder genug gab. Erwin bekam nur 1959 Ärger mit der Steuer. Das Finanzamt beschlagnahmte seine Bücher. Die Polizei vernahm ihn. Er heiratete Hildegard, weil ihn seine andere Freundin, eine Katharina Leiffers mit hellroten Haaren, nach dem Prozess nicht mehr wollte.

Seine Trinkhalle musste Erwin für immer schließen, in Gelsenkirchen hielt ihn nichts, und er bekam einen Job am Niederrhein, in einer fußballverrückten Stadt namens Mönchengladbach. Hildegard, einundzwanzig Jahre alt und Frisöse, folgte ihm. In Mönchengladbach regnete es noch mehr als in Gelsenkirchen. Aber es gab weniger Ruß. Und die Gladbacher vermochten mit Kontern die schönsten Tore der Republik zu schießen. Erwin baute Textilmaschinen, hasste es, und weil er keine Trinkhalle mehr besaß, trank er zu Hause. Oder in der Kneipe, mit seinen Freunden und diesen Frauen. *Diese Frauen* nannte sie Hildegard, die wusste, warum sie *diesen* Rheinländerinnen misstraute. Später erzählte seine Mutter Vincent, wie sie Erwin im Hinterzimmer mit einer Rothaarigen erwischte. Gerade als er seine Hose offen hatte, sie glucksend auf seinem Schoß saß und er sein von der Roten herausgefummeltes fleischiges Ding dann doch nicht zur naturgemäßen Verwendung bringen konnte.

Hildegards Vater hätte so etwas nie getan. Er hatte sich für seine Frau von den Russen erschießen lassen. Er war treu, ein Held. Erwin zeugte Vincent, als er nicht ganz nüchtern war, während Hildegard sich an ihren Unterrock klammerte und mit zusammengepressten Lippen die Augen rollte. Die Wände waren dünn und die Nachbarn neugierig. Hilde bettelte: »Mach mir kein Kind. Nicht jetzt.«

Am 27.1.1961 wurde Vincent geboren. Die wirklich wilde Zeit begann. Adenauer hatte davor gewarnt.

Vincent dachte später häufig darüber nach, wie es im Uterus, der Gebärmutterhöhle, war. Warm und dunkel, alle Geräusche gedämpft durch Mutters Bauchdecke.

Hildegard kotzte sich die Seele aus dem Leib, während Vincent in seinem Fruchtwasser schwebte: glücklich wachsend, ein seliger Zellhaufen, ein Tumor, der ihre Gesundheit und ihre Figur ruinierte. Als sie vom Frauenarzt kam, kochte sie ihre Metallstricknadeln im größten Suppentopf aus, nahm sie mit auf die Toilette, um den Tumor wegzumachen. Abtreibung war damals streng verboten, weil man irgendwie ahnte, was die demographische Entwicklung dem wackeligen Fundament der deutschen Rentenkassen noch antun würde. Deshalb musste Mutter Vincent mit der Stricknadel beseitigen. Später erzählte sie es ihm immer wieder.

Erwin rettete seinen Sohn. Er erwischte sie, mit heruntergelassener Hose breitbeinig über der Kloschüssel hockend und die Nadel mit irren Augen betrachtend. Erwin gab einen knurrenden Laut von sich, riss ihr die Nadel aus der Hand und schlug Hildegard blau. Dann ging er mit der Stricknadel im Mantel einen trinken auf den Schreck. Vincent schwamm weiter in seiner warmen Fruchtblase und teilte seine Zellen und wuchs. Nur Metastasen konnte der Tumor nicht machen. Aber er hätte es getan, wenn er dazu in der Lage gewesen wäre. Als er später Medizin studierte, träumte er manchmal davon, ein Tumor zu sein.

Neun Monate in dieser angenehmen Dunkelheit. Leise und warm.

Mutter badete heiß, nahm Medikamente und boxte sich selbst in den Bauch. Sie kotzte, aber Vincent wollte einfach keine Fehlgeburt werden.

Made in Germany war längst wieder ein Markenartikel, als sie ihn aus Mutters Bauch in die Welt zerrten. Er wurde eine schwierige Geburt.

Hildegard schrie wie am Spieß. Sie schrie so laut, dass man Vincents Schrei dabei fast nicht hörte.

Erwin wurde drei Tage nicht gesehen, er hatte Urlaub genommen und zog mit seinen Kumpels durch die Stadt.

Er feierte Vincents Geburt.

Der Säugling war nicht pflegeleicht, fand Hildegard. Er war anstrengend, eigentlich hatte sie das Gefühl, dass er ständig laut und unpassend schrie. Andauernd war er krank, schiss sich voll, bekam Ausschlag oder Fieber oder musste sich erbrechen oder alles gleichzeitig.

»Du bist«, sagte sie später immer wieder, »ein nervöses Kind.« Ihre Stimme klang wie ein kleiner, schriller Vogel.

Es war eine Erlösung für Hildegard, als das nervöse Kind endlich in den Kindergarten durfte. Das Kind machte sich erstaunlich früh Gedanken über alles Erdenkliche. Ein von den Russen ermordeter Großvater wurde Vincents Vorbild. Spätestens seit Hildegard ihm klargemacht hatte, wie wenig sein eigener Vater zum Vorbild taugte, bot sich das an. Die Russen hasste Hildegard, einen Helden zu ermorden hielt sie für eine unglaubliche Unverschämtheit. Vincent hatte keine andere Möglichkeit, als zehn Jahre lang ihrer Meinung zu sein. Einen Helden und einen bösen Feind zu haben, das war etwas Entlastendes. Der Stoff für die Legenden seiner Jugend.

Der alte Vater Rhein war damals noch dreckiger als heute. Es gab keine Grünen, und den Umweltschutz hatte man noch nicht erfunden. Wenn Vincent später an den Rhein fuhr, meistens nach Düsseldorf, dann stand er am Ufer und sah ihm zu. Der Rhein besaß etwas ungemein Beruhigendes. Er war wie ein lebendiges, ruhiges Band, viel zu groß, um wirklich durch etwas beeindruckt zu werden. Vincent ließ Kiesel über die Oberfläche springen und betrachtete die Kreise, in denen sie versanken.

Und es gab einen Schrebergarten, der Freunden von Erwin und Hilde gehörte. Vincent hatte Angst vor Hunden. Er träumte von ihnen. Später blieb ihm ein Bild. Schwarzweiß, doch ohne Zacken. Er trug eine Lederknickerbockerhose und ein kariertes, gebügeltes Hemd. In seinem Gesicht war eine Wunde, oben am Kopf.

In dem Garten gab es Sonne und Blumen, Bienen, Vögel und Knallerbsen und Schmetterlinge. Es duftete nach Lavendel. Der Garten war um die Ecke, tief in der Laubenkolonie.

Hildegard sagte: »Fass die Schmetterlinge nicht an. All die schöne Farbe ist nur aufgestäubt.«

Die Hunde ängstigten Vincent. Wilde Hunde. Er wusste nicht mehr, wie sie aussahen, aber diese wilden Hunde hetzten ihn durch seine Träume. Sie sprachen, sie schrien, ihre Schatten krochen durch den Raum, und sie packten ihn.

Er jaulte und weinte, bettelte, brüllte.

Die Hunde schlugen seinen Kopf gegen die Wand, und ihr Atem roch nach Alkohol.

Außer dem Rhein gab es hier vor allem Regen. Am Niederrhein regnete es ohne Unterlass.

Sie hatten gleich einen Fernseher, als es Fernseher zu erschwinglichen Preisen gab. Sonne sah Vincent öfter im Fernsehen als draußen. Sonne in schwarzweiß.

Mit sechs war er eingeschult worden. Ein Bild von ihm mit Tüte, wieder in Knickerbockerhosen. In der Tüte lagen Schokolade und anderes Süßes, aber etwas fehlte, er wusste es selbst nicht.

Seine Eltern verkrachten sich mit den Gartenbesitzern, obwohl man immer zusammensaß und Bier trank. Aber die Frau des Gartenbesitzers hatte rote Haare. Sie war eine von *diesen Frauen*. Erwin hatte es ihr in ihrem Geräteschuppen zwischen den Pflanzhölzern besorgt.

Vincent durfte jetzt zum Spielplatz. Es gab einen Platzregen. Vincent auf dem Klettergerüst wurde bis auf die Knochen nass geregnet. Mutter kreischte herum, als er heimkam. Sie packte ihn und schlug ihn. Vincent musste ohne Abendbrot ins Bett, sein Kopf brummte und schmerzte von den Schlägen.

Erwin kam spät nach Hause. Vincent schlief. Die Wohnung war klein, ein Altbau mit riesiger Küche. An diesem Abend kam Vater von der Küche in Vincents Zimmer. Er stand wie ein Berg vor dem Licht der runden Neonröhre, die über dem Esstisch hing und an den Winterabenden in der Suppe schimmerte. Die Lampe hatte ein hellrotes Gestell, das irgendwie nicht zu der Kaffeekannen-Tapete in Blau und Grün und Gelb passte.

»Was machst du für einen Unsinn, Sohn«, fragte Erwin aus dem Schatten.

Vincent begann zu weinen.

»Mutter hat dich schon bestraft?«, fragte sein Vater. Die Stimme klang zärtlich und ruhig.

Vincent nickte schluchzend, und Erwins Gewicht senkte die Bettkante. Er roch nur nach Rauch, nicht nach Alkohol, und nahm Vincents Hand. Sein Gesicht sah müde aus. Vincent war erst sechs Jahre, aber er sah, wie müde das Gesicht des Mannes aussah: all die kleinen Fältchen wie eine Landkarte.

»Der Regen hat dich überrascht?«

Vincent nickte und wischte Tränen und Rotz mit dem Unterarm fort.

»Es ist nie wirklich leicht«, sagte Erwin halblaut.

»Es tut mir Leid«, murmelte Vincent.

»Nichts ist wirklich passiert.«

Sein Vater zog die Decke über ihn und saß da, bis Vincent eingeschlafen war.

Mitten in der Nacht weckte Vincent ein Geräusch. Eine Stimme kreischte, etwas polterte.

Er zog den Kopf unter die Decke und presste das Kissen auf seine Ohren.

Etwas Haariges griff nach ihm, brüllte, er würde es ihm schon zeigen, all seine Klamotten im Regen zu versauen. Die Gestalt stank nach Alkohol. Sie packte Vincent, riss ihn hoch. Er wollte jaulen, aber es war viel besser, jetzt ganz still zu sein.

Gar nicht gut, jetzt aufzumucken. Ein Fehler, auch nur einen Laut zu machen.

Das Etwas schleuderte ihn zu Boden. Als er aufprallte, war Vincent immer noch still. Die Tür zur Küche stand offen, Vincent sah die Umrisse seiner Mutter, mit aufgelöstem Haar, ohne Echthaarperücke und im Nachthemd. Hinter ihr Neonlicht.

»Nicht das Kind«, kreischte sie.

Das Monster fuhr herum, stampfte auf Hildegard zu, und die Tür polterte.

Das Licht wurde abgeschnitten.

Vincent kroch auf sein Bett zu. Draußen trommelte der niederrheinische Regen gegen die Scheiben. Es war kalt. Sein Vater hatte sich solch eine Mühe gegeben, und die Alpträume holten ihn doch wieder ein.

Martin Krollmann von gegenüber hatte ein wunderbares Stück Technik besessen, mit viel Chrom und riesigen Knöpfen: einen Kassettenrecorder. Die Kassetten kamen oben in ein Schubfach, das auf Knopfdruck hochschnellte. Man konnte es als Katapult für Plastikindianer und zehn Zentimeter große Ritter benutzen, und das taten Martin und Vincent auch. Sie katapultierten die kleinen Figuren durch die Gegend und lachten, bis sie vor Husten keine Luft mehr bekamen. Martin Krollmann und Vincent saßen stundenlang vor diesem Kassettenrecorder. Sie gingen in die gleiche Klasse und sahen sich jeden Tag. Sie träumten und lachten zusammen und beschlossen, die unwiderruflich beiden ersten Menschen auf dem Mars zu sein. Dort die schönste, die amerikanische Flagge zu hissen. Armstrong war mit einem kleinen Schritt für sich selbst und einem großen für die Menschheit auf dem Mond gewesen. Und sie hatten beide im Fernsehen *UFO* gesehen.

Martin war ein zartes Kind. Auf dem Nachhauseweg von der Schule lauerten ihnen zwei Burschen auf und quälten Martin. Sie warteten immer an der gleichen Ecke, und es waren zwei wirkliche Brocken: groß, blöde und grinsend. Weder Martin noch Vincent hätten eine Chance gegen sie gehabt.

Doch Martin war Vincents Freund.

Martin saß mit offenem Mund vor Winnetou, Siegfried und Ivanhoe auf EUROPA-Hörspielkassetten. Seine Lippen waren hellrot, zart und sehr fein. Wie kleine Monde im Märchenbuch. Vincent bekam eine Zahnspange verordnet und kreischte beim Zahnarzt herum. Man verabreichte ihm Lachgas. Er sah nichts mehr, spürte nichts mehr und hörte nur Stimmen. Es stank nach Chloroform, Äther und Desinfektionsmitteln und Schmerz. Erst war es ungeheuer lustig, dann hatte er furchtbare Angst.

»Er zappelt noch immer«, sagte die Zahnarzt-Stimme.

»Ein unmögliches Kind«, nörgelte seine Helferin.

Er fühlte sich schuldig, weil er kein unmögliches Kind sein wollte und Mutter auch meinte, dass er eines sei, und als er erwachte, drückte ihm die Zahnspange auf seine Zähne. Er hatte das Gefühl, es völlig falsch gemacht zu haben. Seine Lippen würden nie so perfekt wie die von Martin sein.

Vincents Stiefopa starb gleich an seinem ersten Herzinfarkt. Oma rief Mutter an, aber niemand weinte.

»Im Leichenschauhaus darfst du Opa nicht anfassen«, sagte Hildegard, »Leichen sind giftig. Leichengift.«

Das war das erste Mal, dass Vincent bei all seinem vielen Grübeln und Phantasieren ein genialer Gedanke kam. Es war etwas, das lange an den Rändern seines Bewusstseins gewartet hatte. Es war unfertig gewesen, ein in viele Teile zerlegtes Puzzlespiel, das nun plötzlich zu einem Bild wurde. Und diesem Bild entsprang ein Plan.

»Igitt«, machte er, »und wo sind sie am giftigsten?«

»Was weiß ich, ich denke am Bauch, in den Gedärmen.«

Sie nahmen ihn mit nach Gelsenkirchen, zur Beerdigung. Vincent hatte Hildegard eine ganz lange Stopfnadel gestohlen. Erwin sagte:

»Jetzt fressen den Alten die Würmer. Sie haben eine Menge zu fressen.«

Sie sahen sich Opa in der Leichenhalle an, er lag da, und Vincent erkannte ihn nicht mehr. Vincent dachte an Martin, an seinen Einfall. Erwin und Hildegard gingen hinaus, und Vincent betrachtete Stiefopas graue und teigige Hülle. Wie Kerzenwachs. Kleine feurige Spieße krochen über Vincents Gesicht, den Schädel hinauf. Er presste die Lippen gegen die harte Zahnspange. Seine Wangen fühlten sich plötzlich kalt an. Dann kramte er hastig Mutters lange Nadel hervor und stieß sie Großvater in den Bauch. Niemand sah ihn.

Er ließ die giftige Nadel in eine Frühstückstüte fallen, die er am Morgen aus Hildegards Küche genommen hatte, versteckte alles in seiner Kleidung, ganz nah am Herzen, und rannte hinaus. Seine Hände zitterten nicht.

Stiefopas Sarg wurde von schwarz gekleideten alten Männern getragen. Vincent sollte auch zum Grab gehen. Er würde diese Stunden niemals vergessen. Es war ein kalter, klarer Wintertag. Die Sonne hatte keine Kraft, aber es war sehr hell. Vincent sah in die Erde auf den Sarg, das blank polierte Holz. Dort drin war Opa und mit ihm die Würmer. Vincent dankte Opa für das Leichengift. Er warf die Blumen, die ihm Mutter in die Hand gedrückt hatte, in das Loch. Sie fielen zu anderen Blumen auf das glatte Holz. Macht, erkannte Vincent, war Alchemie.

Nach Kaffee und Kuchen und Wurstbrötchen erzählte Onkel Erich Witze, die Vincent nicht verstand, und alle lachten ausgiebig. Sie saßen an langen schmalen Tischen, alle in Schwarz, im Hinterzimmer einer Kneipe. Vincent aß Streuselkuchen und Salamibrötchen. Es schmeckte großartig, und er dachte voller Triumph an seine tödliche Nadel. Später war ihm übel, und er kotzte auf einem Rastplatz bei Krefeld in ein Gebüsch. Erwin war nur froh, dass Vincent ihm nicht in das Auto kotzte. Wahrscheinlich hatte er die Salami nicht vertragen.

Zwei Tage später ging Vincent mit Martin heim von der Schule. Die beiden Brocken von Burschen ragten vor ihnen auf. Sie grinsten.

»Lasst meinen Freund in Ruhe«, brüllte Vincent.

»Du bist als Zweiter dran«, lachte ein Brocken.

Sie rissen Martin den Tornister vom Rücken. Sie taten das stets. Vincent warf sich dazwischen, sie schubsten ihn, dann griffen sie seinen Tornister. Aber daraus lugte Hildegards Nadel hervor. Vincent hatte gewusst, dass sie nach dem Tornister greifen würden.

Einer zuckte zurück und steckte die Hand in den Mund. Er hatte sich gestochen.

Vincent sah ihn an.

»Die Nadel war giftig«, sagte Vincent ruhig. In ihm war ein ungeheures Gefühl von Ruhe und erhabener Macht. Er fühlte sich wie in Ekstase.

»Du bist tot.«

Der Berg klappte den Unterkiefer herunter.

»Du bist bescheuert.«

»Wirst es sehen.«

Sie wandten sich um und liefen weg. Vincent sah ihnen nach und vergaß dieses Bild niemals: die flüchtenden Feinde vor grauen Häusern. Danach las er mit begeistert klopfendem Herzen jeden Tag die Todesanzeigen, aber es stand niemand drin, auf den die Angaben seines vermeintlichen Opfers passten.

Der Kindberg starb nicht, aber weder Vincent noch Martin wurden jemals wieder von ihm oder seinem Kumpanen belästigt. Vincent hatte gesiegt. Er lag in seinem Bett, in tiefer Dunkelheit, doch ohne Angst vor wilden Hunden. Er atmete ruhig und glitt in einen tiefen, traumlosen Schlaf.

Vincent beschützte Martin, bestaunte dessen Kassettenrecorder und den makellosen Mund. Vincent stellte sich als erstaunlich guter Schüler heraus. Erwin behauptete, das sei allein Folge seines einwandfreien Erbmaterials, und da man Hildegard nicht so recht zutraute, dass sie etwas damit zu schaffen hatte, widersprach Erwin niemand.

1971 kam Vincent auf das Gymnasium, und Martin ging zur Realschule. Sie sahen sich nicht mehr.

SIEBEN

Der Pathologe schien einem antiken ägyptischen Grab entstiegen. Er war eine kleine, dürre Mumie, über deren Gesicht sich die Haut gelb wie altes Pergament spannte. Weil er kaum Lippen besaß, zeigte er immer die Spitzen seiner Zähne, als würde er ohne Unterlass grinsen. Er legte Nadel und Faden in eine Nierenschale.

Seine wasserhellen Augen blinzelten hinter der halben Brille. Die Handschuhe waren rot verklebt.

»Die Schusswunde führte zu einer starken Blutung. Das Opfer war verstorben, bevor der Krankenwagen eintraf.«

Hoffmann betrachtete die Leiche. Man hatte sie wieder zugenäht, dennoch bot sie einen schrecklichen Anblick. Graues, bläuliches und hellrotes Fleisch, das sich auf der silbern schimmernden, flachen Sezierwanne auftürmte wie ein Berg von Lehm.

Hoffmann war zur Polizei gegangen, weil er so gerne die Schupo-Geschichten in der Schule gehört hatte und weil ihm Polizisten auf dem Schulweg stets den Eindruck von Sicherheit vermittelt hatten. Ein Grün-Uniformierter hatte ihn einmal über die Straße gebracht. Das war ein großartiges Gefühl gewesen, und da hatte er gewusst, was er werden wollte. Selbst einer von denen sein. Sicherheit geben, um selbst sicher sein zu können.

Warum er schließlich bei der Mordkommission gelandet war, hatte er nie begriffen. Er brachte keine Kinder sicher durch den Verkehr. Er stand hier im Geruch von Formalin und Leichen und Blut.

»Kannten Sie das Opfer?«, fragte der Pathologe.

Hoffmann wandte sich ab, ohne antworten zu können.

»Ein junger Körper«, dozierte der Pathologe, »aber es war eine so große Wunde. Das Blut muss in Massen herausgeströmt sein. Es tut gar nicht so weh, und man verliert schnell das Bewusstsein. Dann ist es vorbei.«

Nadine stand schwarz und bleich und rot in der Ecke. Ihre Lippen waren aufeinander gepresst.

Sie sah den Pathologen an, lauschte und schwieg.

Er zog das Plastiktuch über die Leiche, pellte die Gummihandschuhe von den Händen und wusch sich in einem kalten metallenen Becken mit viel zu großem und langem Wasserhahn.

»Ich habe heute nicht einmal frühstücken können«, seufzte er, »so eilig, wie Sie die Sache gemacht haben. Verstehe aber alles. Sie haben schließlich ein persönliches Interesse.«

Nadine atmete durch die Nase.

»Persönliches Interesse …«

Sie schloss die brennenden Augenlider.

»Sie werden verstehen, warum wir diesen Fall an Oberinspektor Hoffmann übergeben müssen«, hatte ihr verfluchter, verschissener Chef angeordnet.

»Ich will diesen Fall!«

»Sie sind persönlich zu betroffen, die Angelegenheit ist entschieden, Frau Hauptkommissar.«

Nadine öffnete die Augen. Sie spürte die Prellungen nicht, nicht einmal die gebrochene Rippe rechts.

Hoffmann trat auf sie zu.

»Was machen wir jetzt?«, fragte er.

»Es ist dein Fall«, sagte sie ohne Emotion.

Er ließ die Schultern hängen, blickte sich zu dem Pathologen um.

»Offiziell«, murmelte er dann.

»Ich fahre ins Krankenhaus«, antwortete sie mit belegter Stimme, »und du lässt den Computer schwitzen. Liefere ordentliche Arbeit ab.«

Ihr Rücken bog sich gerade.

»Ich will, dass wir Tanja finden.«

Die Intensivstation befand sich im Keller, unterhalb der Stationen, in denen die gesünderen Patienten nach Organen geordnet der modernen medizinischen Gesundheitsproduktion unterworfen wurden. Die Intensivstation lag hinter Gängen voll kaltem, grellem Neonlicht, hinter merkwürdigen Röhren und gekalkten Fluren, weißen Krankenschwestertrachten, weißen Arztkitteln und blau gekleideten Technikern. Ihre Gesichter nahm Hoffmann in dieser Umgebung nicht wahr, sie verwischten.

Man ließ ihn nicht durch die Glastür herein, also wartete er auf dem Flur und sah zu, wie gleichgültige, ängstliche und müde Gestalten an ihm vorbeieilten. Er war niemand, der mit langzähnigen

Krankenschwestern diskutierte. Weibliche Autorität war für ihn unantastbar.

Hoffmann stand auf dem Flur und kramte in seinen Parkataschen. Wenn er dieses schreckliche Gefühl im Bauch hatte wie jetzt, bekam er gleichzeitig Hunger. Aber es gab nicht mal ein lausiges Bonbon, heute schien es gar nichts zu geben.

Vielleicht hätte ich Blumen kaufen sollen, fiel ihm ein, man brachte Blumen mit.

Er hatte keine Blumen dabei, er wusste nicht, was er hätte mitschleppen sollen. Und Blumen waren doch auf Intensivstationen wegen Sauerstoff oder so verboten. Sie wären hier ohnehin eingegangen. Er stand da und wartete. Eine Tür aus Milchglas und dahinter blinkende, piepende Maschinen, das Pling eines Körpersonars während der Tauchfahrt durch Kabel und Schläuche. Die reglosen Körper Tiefseetiere in Korallenbänken aus Leinen. Es war kalt, tief unten, und ein ungeheurer Druck lastete auf allem. Kein Licht, nur die Scheinwerfer. Merkwürdige Anemonen-Krankenschwestern, die Haut pickelig unrein und glänzend vom ständigen Tragen des Mundschutzes, und blasse Assistenzarzt-Kraken mit Papiermündern schwammen vorbei.

Hoffmann lehnte sich an die Wand und atmete. Dann stand eine rote und schwarze Katze vor ihm. »Was willst du hier?«

Er zuckte die Achseln.

»Ich dachte …«

»Denken ist bei dir etwas Neues«, sagte sie.

»Ich …«

Sie schloss die Augen. Er trat auf sie zu, sie starrte ihm trotzig entgegen, und er hob seine Arme. Sie legte die Stirn gegen seine Brust, und er tupfte vorsichtig mit den Händen an ihre Oberarme und, als sie nicht abwehrte, hielt er sie einen Augenblick.

»Sorry«, sagte sie dann.

Er fühlte sich hilflos. Sie war die, die alles ertrug, sie trieb ihn an, wischte die Gefühle zur Seite. Was sollte er ihr sagen?

Ihre Augen waren ohne Tränen.

»Wie geht es Nina?«, fragte er.

»Ich verstehe es bis jetzt nicht ganz«, flüsterte sie.

»Nina …«»Ich habe mich so beeilt, und ich … hätte den Dritten nicht übersehen dürfen. Aber ich war müde. Ich war einfach müde und überarbeitet.«

Sie hustete, legte den Kopf in den Nacken. Jetzt hatte sie Tränen in den Augen. Er kannte sie, aber er wusste nicht, ob vor Schmerz, Verzweiflung oder Wut.

»Einen konnte ich erwischen«, sagte sie leise und schüttelte den Kopf.

»Du siehst völlig fertig aus«, sagte er.

Ein hochgewachsener, blonder Junge, vielleicht siebzehn Jahre alt, kam durch den übergrell beleuchteten Gang auf sie zu. Nadine löste sich von Hoffmann.

»Tommy«, sagte sie müde, »geh nach Hause. Du kannst hier nichts machen.«

Tommy fuhr sich mit den Händen durch das Gesicht.

»Was ist mit Nina?«, fragte er verzweifelt.

»Man hat ihr in den Bauch geschossen. Frag mich nicht, warum, ich weiß es nicht. Sie ist jetzt dort drinnen, an den Geräten. Sie schläft. Die Ärzte sagen, dass sie ihr Möglichstes tun, man hat sie operiert.«

Sie sah ihm in die Augen.

»Sie hat viel Blut verloren, und Organe sind verletzt. Wir müssen warten, Tommy, geh nach Hause.«

Tommy senkte den Kopf.

»Ich bleibe hier.«

»Man lässt nur Verwandte herein, Tommy. Du kannst nichts machen.«

»Mein Gott«, sagte Tommy und begann zu weinen. Er war mehr als einen Kopf größer als Nadine, aber sie legte ihm die Hand auf die Schulter und nahm ihn dann wie ein Kind in den Arm. Hoffmann drehte seinen verspannten Rücken und merkte, dass die alte Rollenverteilung einen gehorsamen Inspektor beruhigte.

»Ich melde mich bei dir, wenn es etwas Neues gibt«, versicherte Nadine. Tommy nickte schluchzend und schlurfte durch die kalten Gänge fort.

Nadine schnaufte.

»Es ist grauenvoll hier«, sagte sie und rieb sich die Augen, »wer baut so etwas?«

»Menschen«, antwortete Hoffmann. Er neigte sich zu ihr.

»Du solltest auch nach Hause und etwas schlafen«, schlug er vor.

»Ich brauche nur einen Kaffee.«

»Wie viele Tassen hattest du in den letzten vierundzwanzig Stunden?«

»Weniger als zehn. Besorgst du mir die zehnte?«

Hoffmann hob die Achseln und stimmte zu.

Nadine atmete langsam.

»Danke«, antwortete sie ein wenig sanfter.

»Es gibt diesen Kerl gar nicht«, sagte Kathrin und schüttelte den Kopf.

Hoffmann sah seinen Hamburger an. Er hatte einmal hineingebissen und dann jeglichen Appetit verloren. Dabei war es das Einzige, was er außer Pizza und Gyros wirklich gerne aß. Und natürlich außer all dem, was seine Mutter bei seinen regelmäßigen Besuchen kochte.

Er war Mitte dreißig, und die wichtigste Frau in seinem Leben war seine Mutter, so traurig das auch klang. Er dachte manchmal daran abzunehmen, um Frauen kennen zu lernen. Man muss abnehmen, wenn man vierunddreißig ist, und die wichtigste Frau im Leben ist die Mutter. Aber er konnte es gerade deshalb nicht.

»Nun«, sagte er, legte den Hamburger weg und wischte sich die Hände an der Serviette ab.

»Du solltest so etwas nicht essen«, sagte Kathrin angewidert.

»Was ist mit der Leiche?«

»Sie ist nicht vorhanden. Meldetechnisch nicht existent.«

»Er hat einen Personalausweis auf den Namen Katernburg, neunundzwanzig Jahre, geboren in Düsseldorf, bei sich gehabt. Also?«, sagte Hoffmann.

»Nichts also. Es gibt keinen Katernburg.«

»Eine gute Fälschung?«, fragte er.

Sie reichte ihm ein Blatt Papier herüber.

»Es ist keine Fälschung, oder eine so gute, dass nicht mal unsere Damen und Herren im Labor etwas daran entdecken konnten. Und dennoch hat diese Person nie existiert.«

»Die Waffe, mit der auf Nina geschossen wurde?«

»Ein ungewöhnliches Ding. Der Ballistiker sagt, dass er so etwas lange nicht mehr hatte. Es ist eine Armeewaffe. Etwas, das die Offiziere der Roten Armee bei sich trugen.«

Hoffmann war endgültig schlecht. »Nicht die Russenmafia«, stöhnte er.

Kathrin blickte ihn verständnisvoll an.

»Katernburg sah slawisch aus«, sagte Hoffmann düster. »Was hatte er sonst noch bei sich?«

»Dreihundert Mark in verschiedenen Scheinen. Etwas Kleingeld. Keine Bankkarte, keine Kreditkarte, keine Rechnungen, keine Bilder. Nur den Ausweis, das Geld, eine halb leere Packung Hustenbonbons und das hier ...«

Sie schnippte ihm eine gelbblaue Plastikkarte auf seine Seite des Schreibtisches.

Er las: Arena VIP-Card No. 243.

»Auf so ein Ding bin ich seit Jahren scharf«, sagte er, »damit spart man beim Eintritt.«

»Wie kommt man da ran?«, fragte Kathrin.

»Wenn ich das wüsste«, sagte Hoffmann und warf die Fast-Food-Tüte in den Mülleimer, »hätte ich auch eine. Aber ich weiß, wer sie verteilt.«

Er stand auf, angelte nach seinem Mantel und sah sie fragend an.

»Nehmen wir deinen oder meinen Wagen?«

Sie nahmen ihren, weil Kathrin in Hoffmanns altem Mini Rückenschmerzen bekam. Insgeheim hatte sie ihn im Verdacht, extra eine solche Klitsche zu fahren, um im Dienst von ihr und Nadine chauffiert zu werden. Bei Nadine klappte das manchmal, bei ihr natürlich jedes Mal.

Autofahren im Weihnachtsverkehr war ab dem Zeitpunkt, wo die Invasion aus den umliegenden Dörfern begann, eine Qual. Für den Niederrhein war Mönchengladbach eine Großstadt, in der das flache Land seine Weihnachtsgeschenke einkaufte. Advent egalisierte die Republik, indem es alle auf die gleiche Stufe der Verblödung brachte. Graue Provinzialität verwandelte sich für vier glorreiche, hektische Wochen in ein grellbuntes Konsumparadies voller Wagen mit desorientierten, aggressiven Fahrern. Hastige Hände an den Lenkrädern, auf dem Weg zum Einkauf der festtäglichen familiären Beglückung.

Kathrin fischte den Autoschlüssel aus ihrer Tasche und drückte ihn Hoffmann in die Hand.

Er kniff die Augen zusammen und machte Winnie the Pooh. Aber er sagte nichts.

Ampeln sind die Freunde der Autofahrer, hatte Kathrins Fahrlehrer gesagt. Er konnte definitiv nie in einer westdeutschen Mittelstadt gewesen sein. Hier waren die Ampelphasen wie ein Mensch-ärgere-dich-nicht-Spiel geschaltet. Rot und Stopp an jeder Kreuzung: Entweder glaubte man bei den Stadtverwaltungen, dass die Heimat einfach so wunderschön war, dass man gar nicht oft genug anhalten und das Umfeld bewundern sollte. Oder man hatte Schwierigkeiten mit dem Rechnen.

Immerhin gab einem die Verdopplung der Fahrzeiten das faszinierende Gefühl, in einer *echt* großen Gemeinde unterwegs zu sein.

»Willst du zu Nadine?«, fragte sie, als er in Richtung Holt fuhr.

»Zu ihrem Nachbarn. Er ist der Wirt der Arena. Holt ist das Grauen. Kein Wunder, dass dort Amokläufer gedeihen. Immerhin gibt es über Holt lauter Lieder.«

»Ja?«, fragte sie desinteressiert.

»I wanna holt your hand, holt me now …«

»Witzig.«

»Holt the line. Holtes Mädchen, darf ich's tragen …«

»Wagen«, verbesserte sie.

»Ich fahre ihn ja schon. Ich passe schon auf deinen Wagen auf. Holt me in your arms. Holting out for a hero, if I said you have a beautiful body would you holt it against me.«

Kathrin versuchte ihr Gehör auszuschalten.

Sie mussten eine Weile klingeln, bis Udo Lamee im Morgenmantel erschien. Er war ein großer, kräftiger Mann mit Haaren, die verdächtig nach Dauerwelle aussahen. Sein Gesicht wirkte so verschlafen, als hätte er zehntausend Jahre Nachtdienst gehabt. Hoffmann registrierte befriedigt, dass auch er offensichtlich ständig zunahm.

»Hallo Udo«, sagte Hoffmann.

»Meine Frau ist mit den Kindern bei ihrer Mutter. Wie spät ist es?« Udo blinzelte träge.

»Es ist bald vier«, klärte ihn Hoffmann auf.

»Wenn ich nicht da bin, läuft dieser Laden einfach nicht. Ich sage nur Personal. Habt ihr eine Ahnung, ich muss mich um alles kümmern.«

»Wir kommen wegen einer VIP-Card«, sagte Kathrin.

Udo wedelte mit den Händen. »Habt ihr noch keine?« Er lächelte Kathrin verschlafen an. »Ich bin übrigens Udo.«

»Kathrin Seitz.«

»Bist du auch bei der Polizei?«

»Können wir reinkommen«, fragte sie.

Er strahlte und machte den Weg frei.

»Natürlich. Fallt nicht über die Spielsachen. Wollt ihr 'nen Kaffee?«

Sie folgten ihm in die Küche und setzten sich. Er tapste ohne Schuhe in Socken und Bademantel vor den Schränken herum. Holte Pulver heraus und ließ Wasser rauschen.

Dabei lächelte er Kathrin an.

»Mordkommission?«, vermutete er und löffelte Kaffeepulver in die Maschine.

»Wie Sebastian«, sagte sie.

»Biste von hier?«

»Von Dresden.«

»Ah, hört man nicht. Gefällt es dir in Gladbach, also ich denke, dass man in Gladbach leben kann. Is nicht so schlecht.«

»Kann man«, bestätigte Kathrin süßsauer.

»Wir sind wegen einer VIP-Card da«, sagte Hoffmann.

»Hättet mich auch früher fragen können, krieg jedes Mal 'nen Schreck mit der Polizei im Haus, wegen dem Laden. Ist alles schwierig, weißt du.«

Udo schaltete die Kaffeemaschine ein.

Hoffmann kramte die Karte umständlich aus seiner Gesäßtasche.

»Es geht um die hier. Weißt du, wem sie gehört?«

Udo kniff die Augen zusammen und hielt die Karte von sich weg.

»Es gibt einige von den Dingern«, sagte er, »ich kann sie mir nicht alle merken.«

»Es wäre wichtig«, betonte Hoffmann.

Udo blinzelte Kathrin zu. »Ja?«

»Wirklich wichtig«, sagte sie.

»Du kommst bei mir ganz umsonst rein«, strahlte Udo.

»Es ist ernst. Kann man nicht herauskriegen, wer der Besitzer ist?«

Udo seufzte und betrachtete das gelbblaue Plastikstück. Dann begann er zu wiehern.

»Echter Zufall. 24.3. ist mein Geburtsdatum. Ich hab sie diesem Doktor gegeben, diesem Irrenarzt. Es war eine mordsmäßig nasse

Fete. Vincent, warte … Sein Name ist Rosebud, ja, Vincent Rosebud.«

»Ich kenne ihn«, sagte Kathrin verwirrt.

Hoffmann fischte sein Handy hervor und wählte.

»Jansen.«

»Ich bin es.«

»Du hast Glück. Ich bin grade in der Cafeteria. Im Keller hättest
du mich nicht bekommen. Dort hat man kein Netz.«

Hoffmann erzählte.

»Ich fahre zu diesem Doktor«, entschied Nadine nach kurzem
Zögern.

»Was machen wir?«, fragte er.

»Kaffee trinken«, schlug Udo vor und lächelte Kathrin immer
noch an.

Hoffmann hielt den Hörer zu.

»Nach dem Kaffeetrinken«, flüsterte er.

»Habt ihr die Adresse gecheckt, die in dem falschen Ausweis
war?«, fragte Nadine.

»Nein, wir …«

»Ihr seid Spezis. Wenn ihr genug Kaffee getrunken habt, fahrt ihr
hin!«

Hoffmann legte auf.

»Sie hört alles, was sie nicht hören soll. Sie erinnert mich an meine
Mutter«, stöhnte er und machte sein Sofakissen-Winnie-the-Pooh-
Gesicht.

Udo stellte Kaffeetassen auf den Tisch und füllte sie.

»Deine Chefin war lange nicht mehr bei uns«, sagte er, »hat sie
'nen neuen Freund?«

»Sie ist solo«, erklärte Hoffmann mit Grabesstimme.

Udo nippte am Kaffee.

»Verstehe. Ihr habt es nicht leicht mit ihr?«

»Ach«, machte Hoffmann, er sah Kathrin an.

»Die Chefin fährt selbst zum Irrenarzt. Sie will, dass wir zu der
Adresse in dem Ausweis düsen.«

»Mit oder ohne SEK?«

»Ohne, du glaubst doch nicht, dass dort jemand ist.«

Kathrin hob die Achseln.

»Manchmal sind die Dinge so einfach«, orakelte sie.

»Sind sie nicht«, Hoffmann stöhnte, »die Großfahndung hat nichts erbracht, und dann sollen sie uns quasi eine Visitenkarte vorbeibringen. Wir fahren allein, sonst machen wir uns lächerlich.«

»Du bist in dieser Sache der Boss«, sagte Kathrin.

»Soll ich mitkommen?«, fragte Udo. »Ich wollte schon immer mal …«

»Am besten im Morgenmantel«, schlug Kathrin vor.

»Wir trinken erst mal Kaffee und erzählen dir alles beim nächsten Karaoke«, entschied Hoffmann.

»Dann singen wir im Duett«, lachte Udo.

»Smoke on the water?«, fragte Kathrin.

»Ja«, seufzte Hoffmann.

»Nein«, sagte Udo, »wir singen den Kriminal-Tango.«

ACHT

»Wir brauchen Musik«, sagte Hanna.

»Was magst du?«, fragte Vincent, um irgendetwas zu sagen.

»Klavier. Keith Jarrett, Debussy, so was.«

Sie wandte sich um, die Gläser in der Hand, und strahlte ihn an. Sie saß auf seinem Sofa, wackelte mit den Zehen in dicken Socken, die sie mit der ernsthaften Erläuterung »kalt« aus seinem Schrank geklaut hatte. Plötzlich sah sie aus wie ein kleines Mädchen und war einfach zu schön.

Er atmete durch. Es musste einfach der Trieb sein, die Geilheit, *die libidinöse Energie*. Er hatte von Hanna geträumt. Von ihrem Körper, ihrem leisen, wunderbaren Keuchen, als er in sie eindrang, als die Pupillen sich weiteten. Er hatte eine Menge wunderbar schweinischer Gedanken gehabt. Jetzt belog er sich gerade damit. Und Hanna …

Sie saß auf seinem Sofa, grinste, weil sie wusste, dass sie ihn so überwältigte. Sie streckte ihm das Glas entgegen und blinzelte mit plötzlich samtweichen Katzenaugen.

Er füllte roten Wein in das Glas aus Kristall. Es war das Beste, sich jetzt zu betrinken.

Ihre Lippen legten sich auf den Glasrand, sie nippte, rollte die Augen und kippte den Wein dann in sich hinein. Er sog langsam Luft durch die Nase, ihre Maßlosigkeit stieß ihn ab und zog ihn dennoch an. Er hatte selten eine solch offene Gier erlebt.

»Ärzte haben ein echt großes Suchtgefährdungspotenzial«, erklärte sie eine ganze Rotweinflasche später ohne Reue. Ihre Stimme und die Augenlider waren schwer geworden.

Er versuchte, nicht an Lea zu denken, an Gabriels verfluchte, geliebte Schwester Lea.

Als Hanna schlief, kramte er wieder sein Fotoalbum hervor.

Die Chronologie der Bilder hörte nicht mit Martin Krollmann auf. Es fing danach erst richtig an. Nur Leas Fotos hatte Vincent fortgeworfen, aber er brauchte sie nicht, um sich an Lea zu erinnern.

Die Bilder aus den Siebzigern waren bunt. Geschmacklosigkeit war Trumpf: je geschmackloser, umso besser, umso moderner. Willy Brandt war 1969 Kanzler geworden, und überall wagte man mehr Demokratie. Jeder mischte sich jetzt überall begeistert ein, eine Vorstellung, die zumindest für den durchschnittlichen Mönchengladbacher so etwas wie die irdische Variante des Paradieses bedeutete. Es schien, als habe die niederrheinische Lebensart sich endlich allerorts durchgesetzt.

Als Vincent vierzehn wurde, beschloss Erwin, dass sie Urlaub machen mussten. Sie hatten vorher nie Urlaub gemacht, aber jedermann flog nach Mallorca, auch die Rosebuds.

Vincent schwebte mit Spantax Airlines über der Welt. Beim Start und bei der Landung kaute er Kaugummi, weil Hildegard in ihren Frauenzeitschriften gelesen hatte, dass man es wegen der Ohren macht. Hildegard wurde luftkrank. Direkt nach dem Bordmenü griff sie nach einer Tüte und steckte das Gesicht hinein. Sie verkündete, jetzt sterben zu müssen, aber sie überlebte.

Auf Mallorca gab es keinen Regen. Hildegards Rücken verbrannte gleich am ersten Tag, er wurde feuerrot, und Erwin nannte sie seinen fetten Krebs. Vincent erkannte sie schon deshalb nicht wieder, weil sie ihre Echthaarperücke nicht trug. Irgendwie dachte er die ganze Zeit, sie würde gleich ins Bett gehen. Weil sie sonst immer zu Bett ging, wenn sie die Echthaarperücke absetzte.

Nach dem Urlaub nahm ihn seine Oma mütterlicherseits mit in ein klassisches Konzert. Es gab zuerst die Ouvertüre zu Figaros Hochzeit, und Oma schwärmte mit aus dem feisten Gesicht ragenden, gespitzten Lippen. »Mooozart«, seufzte sie. Dann schlugen Glöckchen, und die Bläser tupften eine merkwürdig einfache Melodie. Es war die vierte Symphonie von Gustav Mahler, und der langsame Satz schien endlos leicht und dann nachtschwarz und traurig. Zum Schluss stand eine wunderschöne Frau, deren Haare hellrot schimmerten, vor dem Orchester auf und sang vom himmlischen Leben. Aber alles war nur ein Traum.

»Das ist modern«, sagte Oma angewidert.

Vincents Herz raste. Mozart redete wie ein geistreicher Plauderer über die Unfälle anderer. Mahler war jeder Knochen tatsächlich gebrochen worden. Und er kannte alle Lügen der Sanitäter. Vincent kaufte sich von seinem nächsten Taschengeld eine Langspielplatte.

1977 verlor er seine Unschuld an Katharina Müllesohn. Sie wohnte in Mönchengladbach-Holt, und ihr Mann baute in Nachtschichten Textilmaschinen.

Katharina war achtunddreißig. Sie trug einen Kittel ohne Unterwäsche darunter, das zeigte sie dem staunenden Vincent. Dann war Katharina mit ihrem Mann und dessen Nachtschicht nach Stuttgart umgezogen. Keine Liebesbriefe von ihr, kein Abschied und keine Träne.

Vincent lernte Ricarda kennen. Er erinnerte sich an Ricardas Bude mit Postern von Sweet, Slade und Deep Purple. Ricarda lag da.

Vincent lauschte angestrengt auf ihren Atem, aber der veränderte sich nicht. Es war kalt unter ihrer Wolldecke, und das Gewebe kratzte auf seiner Haut. Mit Katharina hatte er sich in einem weichen Ehebett gewälzt, das nach dem Schweiß eines anderen, älteren Mannes roch.

Ricarda atmete gleichmäßig ruhig und hielt die Augen offen.

»Ich will kein Kind«, betonte sie. Nur einmal klappte sie den Mund auf, seufzte in kleinen Portionen und schwieg.

In Vincents Klasse gab es Tatjana. Mit sanften Augen und den Wochentagen auf ihren Schlüpfern aufgedruckt. Sie ließ Vincent nachsehen, was für ein Tag es gerade war. Sie sahen sich und redeten mit intellektueller Miene über Genesis und James Joyce und probierten alle Stellungen aus, die sie in interessanten Büchern aufgemalt fanden. Der Musterungsarzt tastete mit weichlich zuckenden Lippen noch einmal gründlich Vincents Hoden ab, aber Vincent erwies sich infolge psychischer Labilität als untauglich für die deutsche Bundeswehr.

Ein maschinell erstellter Brief der Zentralen Vergabestelle für Studienplätze schickte Vincent zur medizinischen Fakultät nach Tübingen. Vincent war sicher, dass Leichen und Krankheit ihn nicht erschrecken würden. Das schwarze Faktum des Todes, seine ultimative Macht jenseits aller Argumente, faszinierte ihn mehr als die Vorstellung, Menschen zu heilen. Im Grunde hielt er sie für unheilbar. Er vermisste Tatjana, aber sie hatte einen Peter kennen gelernt, mit dem sie zusammen in Düsseldorf Jura studierte. Sie sagte am Telefon, es täte ihr Leid. Vincent irrte durch Mönchengladbach und Tübingen und hatte das Gefühl, sterben zu müssen. In seinen ersten Semesterferien kaufte er in Venlo hinter der niederländischen Grenze ein wundervolles Schnappmesser. Er betrachtete die Klinge, wie sie schimmernd herausschoss. Auf einen Knopfdruck, verlässlich, wenn man es wollte.

In diesem Jahr brannte der Sommer sich aus, und der Herbst war merkwürdig starr, eine Helligkeit zwischen den Häusern und unter den Brücken, die er nie wieder in seinem Leben so wahrnehmen sollte. Es war Licht wie aus Glas. Vincent kam aus Venlo zurück und wartete mit seinem Messer vor Tatjanas Haus. Die Klinge ruhte still und wartend im Heft.

Es wurde Abend, dann Nacht, aber Vincent wartete stoisch und lächelnd, die Hand auf dem Auslöser. Er kannte keine Zeit. Er war eins mit allem und sich. Schließlich kam Tatjana heim, in Peters Arm. Die beiden lachten, und Tatjana lachte, wie sie mit Vincent gelacht hatte.

Er trat aus dem Schatten in ihren Weg. Sie stoppten.

»Hallo, Vince«, brachte Tatjana hervor.

Peter starrte ihn an, und Vincent wusste, dass sie beide seine hellen Augen auch im Dunkeln sahen. *Die Hand auf dem Auslöser beherrschte die Klinge.*

»Tatjana«, sagte er und fühlte die Angst bei ihnen. Sie konnten nichts von der Klinge wissen, dieser schlanken, schimmernden, tödlichen Waffe. Aber sie hatten Angst.

»Es wird langsam kühl«, sagte Vincent immer noch lächelnd, »manchmal merkt man nicht, wie kühl es wird.«

Er wandte sich um und ging in die Nacht.

In der Anatomie lernte er ein Jahr später neben einer stechend nach Formalin stinkenden Leiche Anja kennen. Sie war evangelisch, schön und wurde erst zwei Jahre darauf suspekt.

Anja präparierte die Körper im Anatomiekurs, als ginge es um ein Kunstwerk. Wenn Vincent später an sie dachte, fiel ihm ein, wie sie höflich lächelnd im Physiologiekurs einen lebendigen Frosch decapitierte. Dabei dringt eine Schere in das Maul, klappt auf und trennt mit einem schnellen Schnitt den Hirnschädel vom restlichen Kopf. Der Frosch zuckt und ist zur Sektion bereit. Anjas Schere war zu klein, sie schnitt dem Tier seinen Schädel ab, als würde sie mit einem Bastelbogen arbeiten. Man hatte ihnen erzählt, dass die Frösche starben, damit sie gute Mediziner wurden, und Anja glaubte alles, was die Professoren sagten. Vincent hingegen studierte voller Erstaunen die Zerbrechlichkeit des menschlichen Organismus. Es war so einfach, seine Uhr anzuhalten, wenn man den komplexen Aufbau der Räder kannte.

Anja erklärte, dass sie ihn liebte, er glaubte ihr kein Wort, und er traf pünktlich zum ersten Teil des Staatsexamens und zu seinem vierundzwanzigsten Geburtstag Annette. Annette erinnerte ihn an Johanna von Orleans auf dem Scheiterhaufen, aber alle vergaßen, ihn anzuzünden. Er war so fasziniert von ihrer absonderlichen und braven Intellektualität, dass er ihr einmal die Woche gelbe Nelken kaufte. Sie stammte aus genau dem Elternhaus, dem *sozialen Umfeld*, jener mysteriösen, geordneten bürgerlichen Märchenwelt, aus der alle Regeln und Gesetze kamen. Das liberale Wissen um ein geheimes Richtig und Falsch.

Sie paukten hervorragend und schliefen pflichtgemäß zusammen. Vincent hatte genug zu tun, Praktika, Vorlesungen, Doktorarbeit, Bücher, Formeln und Prüfungen. Er betrachtete Annettes heilige Frisur, ihr blasiertes Gesicht und ihre mit gekräuselter Oberlippe vorgetragenen Reden.

Dann beschloss sie, dass es Zeit war zu heiraten.

Vincent wurde achtundzwanzig. Als er sich Onkel Doktor nennen durfte, weinte Hildegard, und Erwin weinte auch. Erwin allerdings hatte Probleme mit der Balance, und sein Atem roch nach Alkohol, während er die Treppen des Auditorium Maximum zwischen anderen stolzen Eltern hochtappte.

Vincent schenkte Annette am gleichen Tag Narzissen. Sie hielt es für einen Heiratsantrag. Dann verkündete Vincent, dass es aus war, und ging, ehe sie anfing zu heulen.

So frei fühlte er sich nie wieder, so unglaublich frei. Er begoss Nutten im Whirlpool mit Sekt, zog mit Freunden durch die Kneipen. Er kaufte sich ein knallrotes Cabriolet. Er fuhr durch einen wahnsinnigen Sommer und Chesney Hawks sang: »I am the one and only«. Deutschland hatte sich wiedervereinigt, das Pantheon der Geschichte tat sich auf: Es gebar eine extramassive Säule, auf die sich der Pfälzer Riese Kohl neben Bismarck stellen durfte, gesponsert von anonymen Herren. Die Skorpions sangen vom »Wind of Change«, die Mauer fiel, Millionen feierten, die Deutschen wurden Fußballweltmeister und lagen sich in den Armen.

Und Lea änderte alles.

Vincent arbeitete als Arzt im Praktikum in einer psychosomatischen Klinik bei Mönchengladbach, machte Urlaub in Holland und traf eine Frau aus Ostdeutschland. Es war ein unbeschreiblicher Sommer. '89 bis '95 waren alles unbeschreibliche Sommer. Deutschland wie ein Ferienland, die Nordseeküste glich dem Mittelmeer.

Lea lag splitternackt am Wasser im Sand.

Menschen drängten sich auf den Straßen, standen vor Imbissstuben und Andenkenläden, saßen in den Cafés und Eisdielen. Menschen aßen, tranken, fingerten an bunten Plastikringen und Schlauchbooten, ein Säugling plärrte krebsrot auf dem Arm seiner Mutter. Die Sonne brannte wie ein freundlicher Ofen darüber. Ein sonnenverbrannter Halbwüchsiger rannte hakenschlagend zwischen den Passanten hindurch, rempelte Vincent an und hastete ohne Entschuldigung weiter.

Vor dem Deich stand ein großes, dürres Mädchen.

»Ihre Kurkarte bitte!«

Vincent kramte sie hervor. Sie nickte und zog sich in den Strandkorb zurück, in dem sie gesessen hatte. Oben auf dem Deich blieb Vincent stehen. Ebbe, dunkelgraues und schwarzes Watt, soweit der Blick reichte. Bunte Farbtupfer krochen darüber: Touristen, die zu den Muschelbänken oder der Schifffahrtsrinne wanderten.

Unterhalb des Deichs, der Promenade und eines Holzzauns lag der Sandstrand. Vincent stiefelte zu seinem Strandkorb. Die Sonne brannte auf seinen Körper, Kinder lachten und spielten, ein Plastikdrache knatterte wie ein dürres Gespenst in der Luft.

Nach einer Weile stand Vincent auf. Er ging zu jener Stelle, bis zu der das Wasser bei Flut vordrang, und grub die nackten Zehen in den Sand. Söhne mit ihren Vätern bauten Burgen im Schlick.

Etwas stieß ihn von hinten an, er stolperte nach vorn, fing sich und fuhr ärgerlich herum.

»Sorry!«

Sie lachte verlegen und hob ihre Arme. Eine schlanke Frau Ende zwanzig, mit hochgesteckten Haaren, die so rot waren, dass die Sonne in ihnen glühte. Dunkelgrüne Augen musterten Vincent über die kleine Sonnenbrille. Sein Blick fiel auf eine schwarze Bikinihose und ihre nackten, schönen Brüste.

»Das macht nichts«, murmelte Vincent, sie lächelte und ging weiter.

»Aha«, sagte sie, ihre Augen über der Sonnenbrille noch einmal in seinen.

Die Sonne stand nun senkrecht. Er sah ihr nach, wie sie zwischen pickeligen Jünglingen, Familien und einem alten Mann in viel zu großen Shorts tänzelte und ihr Hintern unter der gebräunten, schlanken Linie des Rückens rotierte. Dann kam sie bei ihrem Handtuch an. Sie ließ sich darauf fallen, strampelte die Bikinihose von den Beinen und streckte sich aus.

Vincent starrte sie an, und etwas in ihm, das er vorher nicht gekannt hatte, lachte die ganze Zeit.

Die Rothaarige lag da wie ein Kunstwerk, sie las »Der Name der Rose«, biss entschlossen in einen Apfel, trank aus einer Zweiliter-Plastikflasche Mineralwasser, kämpfte mit ihren Haaren und kippte aus einer anderen Flasche Wasser darüber, schüttelte nasses Herbstlaub aus und drehte es zu einer Haarschnecke hoch. Einmal tänzelte sie ins Wasser und kam dann zu dem Handtuch zurück. Sie war unbeschreiblich – wie sich straffe Muskeln kaum merklich unter der beperlten Haut bewegten – und Vincent sah sie an, ohne den Blick von ihr lassen zu können. Die kleine Brille spiegelte das Meer und das Gleißen des Himmels, purpurn lackierte Nägel verteilten Sonnenmilch über die Schultern. In dem Gemurmel aus menschlichen Stimmen, Wind und träger Brandung zerfloss Vincents Zeitgefühl.

Am Nachmittag schlug das Wetter um. Die Sonne verschwand, graue, massive Fabelwesen-Wolken und Staubschleier zogen träge, ohne dass die Hitze sich legte. Vincent hockte in seinem Korb, und der Strand leerte sich. Schließlich kam ein unangenehmer Wind auf, der den Sand aufwirbelte und vor sich hertrieb.

Als die Rothaarige aufstand und sich anzog, hatte er nur geträumt und es verpasst, sie anzusprechen.

Dann stampfte sie durch den Sand, tänzelte die Treppe zum Deich hoch und verschwand zwischen Spaziergängern, spielenden Kindern und Sonnenschirme schleppenden Jugendlichen.

Vincent kramte missmutig seine Sachen zusammen und wanderte oben am Ufer entlang. Fast übergangslos wurde es kühl, das Meer rollte dunkelgrau gegen die Küste. Vincent erreichte den Hafen am anderen Ende der Bucht. Es begann zu regnen, und er lief schneller. Das Meer schäumte gegen die Mole, die Hafengebäude und die Aufbauten der ankernden Schiffe waren nur verschwommene Formen. Der erste Regensommertag brachte Vincent zu Lea.

An einem hölzernen Unterstand am Hafen stand die Rothaarige so pudelnass wie er. Das Haar klebte an ihrem Kopf, und auf der vollen Oberlippe standen Wassertropfen.

»Es regnet«, bemerkte sie und zog ihre Knollnase mit ein paar Sommersprossen in Runzeln. Sie sah unbeschreiblich süß aus und war gleichzeitig atemberaubend.

Sie sahen sich an und lachten sich schräg.

»Ich heiße Leonora«, sagte sie, »aber wenn du mich auch nur ein Mal anders nennst als Lea, erwürge ich dich.«

Sie aßen zusammen chinesisch zu Abend, und ihr fröhliches Chaos war wie Helium in einem Ballon, der ihn mit in strahlendblaue Himmel zog.

Sie standen in der milden Sommernacht auf dem Deich, und das Meer war blauschwarz, irgendwo blinkten Positionslichter von vorbeifahrenden Schiffen. Die Sterne darüber wie Glasscherben. Stimmen und Musikfetzen drangen zu ihnen herüber. Er küsste Lea, und sie roch nach Sonne und Haut. Er hätte schwören können, dass keine Frau vorher so gerochen hatte.

Sie wanderten am Ufer entlang, und Lea legte den Kopf auf seine Schulter. Zum ersten Mal war alles richtig, dabei verstand er nicht einmal, warum.

»Hast du mich extra angerempelt«, fragte er, und sie lachte und lachte. Sie hatte einen wundervoll breiten Mund. Wenn sie lachte, gab es nur ihn, nur diesen Mund und sonst nichts. Das Universum strahlte.

»Frag mich das doch in ein paar Tagen noch einmal.«

Sie küssten sich, ihre Zungen tanzten energisch, und sie nahm Vincent mit in ihr Hotel. Sie stand in der Mitte des Raumes, sah ihn an. Lächelnd. Dann kam sie zu ihm und erwies sich als zärtlich und dann wilder als jede zuvor.

In der Nacht lag er neben ihr und rannte in Alpträumen durch Gänge, die er nicht kannte. Schattenhafte Hunde verfolgten ihn, drängten ihre aufgerissenen Schnauzen voller nadelscharfer Zähne heran. Sie waren größer als er, unkenntlich in ihrer Form, und er prallte gegen eine Wand. Der Gang endete hinter ihm als Sackgasse. Eine alte Lampe pendelte und warf ihr Licht stroboskopartig in seine Augen und auf die heranspringenden Tiere.

Er erwachte.

Lea hockte neben ihm, er legte eine Hand auf ihren Oberschenkel, ihre Haut war warm und straff, von einem leichten Schweißfilm überzogen.

»So viele Träume«, flüsterte sie. Ihre Augen sahen wunderbar aus in der Dunkelheit. »Ich habe über deine Träume gewacht.«

Vincent küsste ihre Haut. Knabberte an ihr. Ihm fiel ein, wie nah sie bei ihm lag und dass er es sonst nie ertragen hatte, so nah bei einer Frau zu schlafen.

»Irgendwann bemerkt man, dass sie alle lügen«, sagte Vincent. Er blickte an ihr vorbei aus dem Fenster. »Alle, die ihren Kindern erzählen, es gäbe keine Monster. Sie lügen.«

Sie sah zu ihm hoch. Ihr Atem war ruhig.

»Monster …«, murmelte sie, »woran erkennt man die?«

Er lachte leise und gallig. »Sie laufen auf zwei Beinen.«

»Morgen muss ich fort«, sagte sie leise, »zu meinem Bruder nach Hamburg. Ich habe es ihm versprochen, aber ich habe gar keine Lust mehr.«

»Brüder«, versuchte er sich, »gibt es in jeder Ausführung.«

»Meiner ist Künstler. Willst du mitkommen? Ich möchte, dass du mitkommst. Dann kann ich besser auf deine Träume aufpassen.«

Das erste Werk des terminal expressiven Bewusstseinsdilettantismus sah Vincent in Hamburg. Zuerst dachte er, Lea besäße eine Bande hyperaktiver Nichten und Neffen im Vorschulalter, die sich gemeinschaftlich über eine etwa drei mal drei Meter große Leinwand hergemacht und sie in einer wirren Orgie infantiler Zerstörungswut mit Farbe beschmiert hätten. Der Nervenarzt in ihm war angetan.

Dann schwebte ein ganz offensichtlich Geistesgestörter in Schneeweiß mit hellblonden Locken herbei und verteilte Bier. Er breitete die Arme aus, kniff die Augen zusammen und verkündete bedeutungsschwer:

»Das Werk heißt: Leda wendet sich ab vom Schwan und preist radschlagend die Triogeometrie in serbokroatischer Sprache. Zweiter Teil.«

»Zweiter Teil«, echote Vincent.

»Ja«, sagte der Irre.

»Das«, sagte Lea und nahm einen großen Schluck, »ist mein Bruder Ulrich.«

Ulli nannte sich Gabriel: Maler und Lebenskünstler. Die Erleuchtung zu seinen Bildern erhielt er direkt von Gott.

»Der Chef oben wird knauserig mit Eingebungen«, verkündete er.

Vincent sah Lea an. Lea hob die Schultern, und sie tranken Bier. Gabriels Atelier war gleichzeitig sein Wohnkochschlafraum.

»Haste Lust, dir meinen neuen seraphischen Bilderzyklus anzusehen? Wenn du irgendwann deine Praxis eröffnest, brauchst du etwas Exquisites, um die Wände zu schmücken«, sagte er und klimperte beseelt oder betrunken mit seinen unschuldigen Augen.

»Ich habe so wenig Zeit«, seufzte Vincent.

»Sehr wenig Zeit, wir beide«, fügte Lea schnell hinzu.

»Kein Problem«, versicherte Ulrich, »ich habe ohnehin vorgehabt, in die gleiche Stadt wie ihr beide zu ziehen. Als Schutzengel.«

Vincent starrte ihn an.

»Wieso zusammenziehen?«

Gabriel ertränkte ihn in seinen Barockputtenaugen.

Vincent blinzelte zu Lea, und Lea legte den Kopf schief.

»Ich werde dich nicht therapieren«, stellte Vincent in Gabriels Richtung klar.

»Brauchst du auch nicht. Es geht mir gut.«

»So als – Erzengel«, vermutete Lea.

»Für meine Schwester als Schutzengel«, berichtigte er und strahlte, »wir haben da nämlich ein Problem, und eigentlich müssten wir jemanden ermorden.«

NEUN

Ein besorgter Oberarzt hielt Ninas Zustand für stabil. Er war so freundlich, dass Nadine darauf wartete, wann er sich mit ihr verabreden wollte, aber irgendwie schien er wirklich einer der Letzten zu sein, die ihren hilflosen Beruf noch ernst nahmen. Er ging, ohne dass sie ihre Telefonnummern tauschten.

Sie betrachtete eine kleine, blassrote, schlafende Elfe.

Nadine raffte sich hoch, nahm ihren Schirm, durchquerte den von kalter Nässe spiegelnden Park vor der Klinik. Sie fuhr zum Rand der Innenstadt. Ihre Gedanken tanzten ohne Rhythmus, ohne Sinn. In akuter Weihnachtspsychose umhergeisternde Autofahrer versuchten, sie in Fetzen zu hupen, wenn sie nicht bei jeder Ampel zehn Millisekunden nach dem Umschlag auf Grün losraste. Sie beachtete das wenig, sonst fuhr sie selbst wie ein Kamikazeflieger beim finalen Einsatz. Heute nicht.

Nina, dachte sie. Und sechzehn Arten zu lachen aus sechzehn Lebensjahren tanzten wie hochgewirbeltes totes Laub durch ihr Bewusstsein. Nina wäre fast gestorben. We wish you a Merry Christmas. Ein scheiß Weihnachten, pünktlich und erbärmlich wie jedes Jahr. Der Himmel begoss es mit niederrheinischem Niesel. Wie viele Regentage hatte sie gesehen und wie viele Fälle bearbeitet, als Job, als etwas, das an der eigenen Wohnungstür endete. Jetzt war es anders. Die Morde, denen sie mit der gewohnheitsmäßigen Kälte ihres hochgezüchteten Zynismus begegnen konnte, hatten ihre eigene Tochter erreicht. Alle Arschlöcher hatten damals gewollt, dass sie Nina abtrieb, weil es das Vernünftigste wäre. Aber sie hatte Nina durchgebracht, immer.

Einparken war schwieriger als sonst, weil ihre Koordination irgendwie nicht stimmte.

Nadine schlug die Tür ihres Autos zu, die gebrochene Rippe meldete sich mit einem stechenden Schmerz, und sie lief ohne Schirm zu Doktor Rosebuds Praxis. Die Routine der Arbeit und der Regenguss brachten sie in die Realität ihres Falls zurück.

Rosebuds Arzthelferin war eine kleine blonde Frau Mitte vierzig mit spitzem Kinn und der Ausstrahlung einer dürren Terriermischung. Sie hatte auf dem Hundeplatz immer gut aufgepasst. Nadine sah auf ihr Namensschild am offenen Kittel. Weil sie aus Mönchengladbach kam, hieß die Frau Schmitz wie jeder, der sich hier nicht Jansen nennen durfte.

Nadine legte ihren Dienstausweis auf die Anmeldung und tippte mit dem Zeigefinger auf ihr Passfoto.

»Ich komme von der Polizei.«

»Der Doktor ist in einer Sitzung«, bellte der Terrier, »und Therapiesitzungen dürfen nicht gestört werden.«

Nadine musterte die Bilder an der Wand hinter der Sprechstundenhilfe.

»Das ist Max Ernst«, erklärte der Terrier, »natürlich keine Originale. Der Chef mag diese Sachen.«

»Wenn Ihr Doktor jetzt nicht zu sprechen ist, kann ich ihn auch aufs Revier vorladen«, sagte Nadine.

Der Terrier sah sie an und schnaubte, drückte dann eine Taste. Die Stimme am anderen Ende klang beherrscht, fast so, wie Nadine es erwartet hatte. Nadine konnte sich vorstellen, wie er seine Psychokacke bei ihr erzählen würde. *Seien Sie ganz ruhig und sprechen Sie darüber, wie Sie mit sechs Ihre Mutter umbringen und mit Ihrem Vater schlafen wollten. Das ist völlig normal. Alle Mädchen haben dieses Bedürfnis.*

Psychotherapeutische Medizin, Psychoanalyse hatte unten gestanden. Er würde ein bärtiger Mensch mit kariertem Jackett oder ein spätgrüner Sozialarbeitertyp sein. Hatte aus Überzeugung Schröder gewählt und ärgerte sich jetzt wie der Rest der Republik.

Der Terrier sah sie an und verzog die Mundwinkel.

»Der Herr Doktor kommt«, ließ er sein Kleinhundgebell tönen.

»Habe ich gehört«, antwortete Nadine.

Der Doktor trug statt eines Kittels einen teuren Anzug, der entweder maßgeschneidert war oder so aussah. Er lächelte, und sie registrierte, dass sie etwas an ihm irritierte.

»Jansen«, stellte sie sich vor. Sein Lächeln war nicht einmal unsympathisch. Er wirkte wie ein großer, freundlicher, ungemein geschmackvoll angezogener, gut aussehender vierzigjähriger Junge, dem man vertrauen konnte. Er besaß intelligente Augen, die Verständnis und Kompetenz ausstrahlten.

Nur ihre stahlblaue Farbe irritierte Nadine. Es gab einen Liedertext. Sie erinnerte sich nur undeutlich daran.

Du hast Augen wie ein Blick auf das Meer – ich habe Angst, darin zu versinken.

Etwas an diesem Mann war merkwürdig.

»Was kann ich für Sie tun?«, fragte er. Es klang, als hätte er diesen Satz schon oft gesagt. Sie betrachtete sein Gesicht, seine Motorik und lauschte auf die Stimme, und sie bemerkte zugleich, dass er das Gleiche bei ihr tat. Die Vorstellung, dass er in diesem Gespräch mehr über sie herausfinden würde, als sie über ihn, drängte sich ihr auf. Ein äußerst unangenehmer Gedanke.

»Ist Ihnen eine Diskothek namens Arena bekannt?«, fragte sie ohne Einleitung.

Seine Augen analysierten sie oberhalb seines Lächelns. Sie spürte es als kleinen Kloß hinter dem Brustbein.

»Ja«, sagte er und hob nur ein wenig die Brauen, »warum ist das von Interesse?«

»Ich ermittele in einem Mordfall.«

»Der in dieser Lokalität stattgefunden hat? Sagen Sie es mir, und ich gehe nie wieder dahin! Am Dienstag gibt es dort Karaoke, das ist schon scheußlich genug.«

Nadine zwang sich zu einem Lächeln. Er sah sie an, und Runzeln zogen sich über seine Stirn.

»Vermutlich eine schlimme Sache«, sagte er, und plötzlich wurde ihr klar, dass seine Freundlichkeit etwas damit zu tun haben musste, dass er sie attraktiv fand. Sie entspannte sich.

»Darf ich Ihnen einen Orangensaft anbieten?«, fragte er.

Sie schüttelte den Kopf.

»Ich kann mir vorstellen, wie belastend die Konfrontation mit Gewaltverbrechen sein muss«, sagte er verständnisvoll.

»Sie besitzen eine VIP-Card für diese Disko«, antwortete sie.

Er lächelte unverbindlich.

»Ich habe sie besessen«, sagte er, »sie ist mir in Köln auf der Domplatte zusammen mit fünfzig Mark aus der Manteltasche geklaut worden.«

»Haben Sie diesen Diebstahl angezeigt?«, fragte sie.

»Ich hatte keine Anhaltspunkte auf den Täter und habe es gelassen.«

Fehlanzeige, dachte Nadine, noch eine Sackgasse. Sie presste die Lippen aufeinander. Seine Gegenwart war ihr unangenehm, und sie wusste zu gut, dass es dafür keinen vernünftigen Grund gab.

»Sind Sie eine Kollegin von Frau Seitz?«, fragte er freundlich in ihren galligen Ärger.

»Sie kennen sich?«

Er nickte und grinste. Unser Ostzwerg, dachte Nadine verächtlich, fickt mit dem eleganten Herrn Doktor. Sie fühlte sich für einen Augenblick erheitert und verdrängte es dann. Nadine war es egal, wer es mit wem trieb, sie wollte ihren Job machen und Nina und sich durchbringen. Mit Irren und Kriminellen schlug sie sich seit anderthalb Jahrzehnten herum. Nadine hatte nach und vor der Polizeischule niemals irgendwo anders gelebt als in Mönchengladbach. Nadine war in Holt aufgewachsen, und das bedeutete für sie vor allem Konventionen, Enge und Regeln. Als Prinzessin hatte sie nur Frösche geküsst, die niemals zu Prinzen wurden. Sie war eine Tochter *der* Jansens. Vater arbeitet als tadelloser Rechtsanwalt, und man zählt ihn zu den Honoratioren der Stadt: angesehen, katholisch und konservativ. Die Leute nicken ihm auf der Straße zu, aber ihr Lächeln verschwindet, wenn sie sich aus seinem Blickfeld bewegen. Jetzt war er seit Monaten tot.

Seit sie es sich abgewöhnt hatte, seinen Geboten zu folgen, wusste sie, was zu tun war.

»Darf ich Sie zu einem Tee einladen?«, fragte Doktor Rosebud.

Nadine Jansen lehnte ab, verabschiedete sich nur unwesentlich zu hastig und ging.

Es stank.

»Eine selten schöne Gegend«, schimpfte Hoffmann und schnüffelte, »mit allen Wohlgerüchen des Orients.«

»Es ist definitiv kein Katzen- oder Hundeurin«, antwortete Kathrin angewidert.

Sie sah im kalten Regen zu dem grauen Hochhaus empor. Ein Monument architektonischer Menschenverachtung. Der Himmel machte düstere Kulisse dazu. Nur in den Fenstern bunte Weihnachtslichtlein jenseits jeder Diskussion über Geschmack. Kathrins Blick senkte sich auf die Klingeln. Es waren viele, und die wenigsten trugen Namensschilder. Davor lag Papier in Haufen: alte Zeitungen und Verpackungen. An der Scheibe klebte etwas Grünbraunes, wovon sie lieber nicht wissen wollte, was es war.

Kathrin fröstelte. Dies war die erbärmlichste Gegend der Stadt. Eine Ansammlung von Wohnsilos zwischen den Stadtteilen Rheydt, Giesenkirchen und Wickrath. Das Auffangbecken für Gescheiterte, für Neuankömmlinge aus der ehemaligen Sowjetunion und für all jene, die anderswo nicht unterkommen konnten oder wollten. Die schlechteste Adresse, die Slums, die Endlagerstätte für alle sozialen Versäumnisse der großen und kleinen Politik.

Hoffmann jammerte.

»Ich hätte doch etwas essen sollen. Der Kaffee kommt mir hoch.«

»Lass ihn unten«, bat Kathrin.

Er verzog das Gesicht und sah unglücklich dabei aus. Der Besuch bei Udo hatte ihm sichtlich besser gefallen.

»Bringen wir es hinter uns«, sagte er und schob die Tür mit der Schulter auf.

Kathrin zuckte die Achseln. Sie holte ihre Dienstwaffe heraus und entsicherte sie. Dann spähte sie in den Flur. Kein Mensch bewegte sich. Es war still. Es roch erbärmlich, an den Flurwänden prangten Graffiti. Bunt und hässlich.

»Spinnst du?«, fragte er.

Sie sah ihm ruhig ins Gesicht.

»Nein«, sagte sie.

Hoffmann schüttelte den Kopf.

»Ich werde hier nicht General Custer spielen.«

»Sollst du auch nicht, Custer hat gegen Sitting Bull verloren.«

»Es ist doch alles ein Windei«, seufzte er.

Sie schob sich vorwärts, die Waffe leicht erhoben.

»Es muss gleich hier unten sein.«

»Wenn er wirklich hier wohnt, fresse ich einen Besen«, sagte Hoffmann.

Kathrin lächelte schwach und deutete auf ein Türschild.

»Soll ich dir Salz dazu besorgen?«

Er brummelte.

»Noch können wir Verstärkung holen«, sagte sie leise.

Er schüttelte den Kopf.

»Klingelst du oder soll ich es machen?«, fragte Kathrin.

Hoffmann pulte umständlich seine Dienstwaffe aus dem Parka.

Sie schien festzusitzen. Er riss daran und schüttelte sie frei, aber in seinen Händen wirkte sie wie ein bizarrer Fremdkörper.

»Vielleicht solltest du sie entsichern«, schlug Kathrin vor. Sie war gestern zu spät ins Bett gekommen, und dort hatte sie ruhelos, mit halb geschlossenen Lidern fast bis zum Morgen gelegen. Für einen Augenblick tauchten die blauen Lichter des Rettungswagens vor ihr auf, die rote Jacke des Sanitäters. Ninas Körper auf der Trage. Nadines versteinertes Gesicht, über das plötzlich Tränen liefen: Rinnsale auf einer Marmorstatue. Danach hatte Kathrin nicht schlafen können. Und die Wirkung von Udos Kaffee ließ nach.

Hoffmann sah sie verzweifelt an.

»Außerhalb des Schießstands habe ich niemals etwas mit dem Ding zu tun gehabt«, bekannte er.

Kathrin holte Luft, dann lächelte sie müde und nickte.

»Vielleicht sollten wir doch das SEK …«

Hoffmann überlegte. Er sah jetzt bleich und unglücklich aus. Die Hand mit der Waffe wackelte hilflos hin und her. Seine Art von Heldentum, dachte Kathrin. Nicht tauglich für amerikanische Actionfilme. Er machte einen Schweinerüssel mit dem Mund, sein Gesicht war noch nass vom Regen.

»Nein«, entschied er und atmete durch, »ich mache mich doch nicht lächerlich.«

Kathrin zuckte die Achseln. Sie griff nach vorn und klickte den Sicherungshebel seiner Waffe auf frei. Dann klingelte sie, nahm die Hand sofort wieder zur vorgereckten Pistole.

Sie lauschte.

Die Klingel hatte angeschlagen, aber nichts tat sich.

Hoffmann nuschelte etwas Unverständliches. Dann klingelte er. Einmal, schließlich Sturm.

Etwas polterte innen.

»Machen Sie sofort auf«, rief Hoffmann, »hier ist die Polizei!«

Drinnen Geräusche, Hoffmann hob unschlüssig die Waffe, etwas kratzte über die Tür. Er streckte die Hand noch einmal aus.

Er atmete wie eine abstruse in einen grünbeigen Mantel gepackte Mischung aus Dampflokomotive und Walross. Dann warf er seinen schweren Körper einfach gegen die Tür. Kathrin brüllte ein »Nicht, Sebastian!«, und Holz und Plastik gaben unter dem Ansturm nach. Hoffmann taumelte durch die entstandene Öffnung, drehte sich wie ein schwerfälliger Kreisel, der gerade aus Mangel an Rotationsenergie fällt. Mit einem dumpfen Geräusch prallte er auf seinen Hintern.

In der Wohnung erklang Gepolter, Glas splitterte.

Kathrin war neben Hoffmann, mit vorwärts gereckter Waffe. Hoffmann japste und schimpfte vor Anstrengung und Angst. Er tastete umher, suchte seine Pistole, die er beim Sturz verloren hatte. Seine feisten Finger tapsten hilflos über den Boden, bis er den schwarzen Fremdkörper hielt. Kathrin atmete langsam und tief.

Gegen das Duftgemisch in dieser Wohnung war der Geruch draußen noch eine Wohltat gewesen. Dumpfe Ausdünstungen alter getragener Wäsche mischten sich mit dem sauren Stechen fauliger Nahrungsmittel und dem allgegenwärtigen Gestank nach altem Urin. Kathrin machte einen vorsichtigen Schritt vorwärts, während Hoffmann sich hinter ihr mit einem entschuldigenden Knurren erhob.

»Ich bin nicht immer ein Ninja«, murmelte er, aber Kathrin beachtete ihn kaum.

»Polizei«, rief sie in den leeren Flur, den nur eine orangeblaue Aldütüte bevölkerte, die leer an einem Garderobenhaken hing. Drei offen stehende Türen, rechts, links und geradeaus.

»Polizei, kommen Sie raus!«, wiederholte sie, aber irgendetwas sagte ihr, dass diejenigen, die hier gewesen waren, sich längst aus dem Staub gemacht hatten – oder irrte sie sich? Sie hielt ihre Waffe vorsichtig, ging weiter.

»Vielleicht sollten wir jetzt das SEK …«, murmelte Hoffmann.

»Jetzt nicht mehr«, entgegnete sie.

Von links kam ein neuer Geruchsschwall. Das Bad: ein offen stehender Klodeckel, verdreckter Spiegel, Rasierzeug, kein Parfum, ein Stück Seife auf dem ungeputzten Waschbecken und einige achtlos hingeworfene Handtücher. Hier hausten nur Männer, kam es Kathrin in den Sinn, und völlig verkommene obendrein. Ein weiterer Schritt. Rechts tauchte eine Art Schlafraum auf: drei Schlafsäcke inmitten eines Chaos aus verstreuter Wäsche, leeren Bierflaschen und halbgefüllten Pizzakartons. Kein Mensch hier.

Kathrin trat durch die letzte Tür, und Hoffmann folgte ihr.

Eine Kochnische in unbeschreiblichem Zustand, zwei abgewetzte Ledersofas und ein riesiger Rückprojektor-Fernseher. Zwei mittels Silikon in einen platznahen Füllungszustand gebrachte Brüste wippten mit abgeschaltetem Ton unter klimpernden Augendeckeln über einem tätowierten Prachtschwanzträger mit dem Gesichtsausdruck eines schwer Hirngeschädigten auf dem Bildschirm. Das rückwärtige Fenster stand offen, und Regen wehte hinein. Es musste so hastig geöffnet worden sein, dass es gegen die Wand geprallt und gesprungen war. Die Glassplitter lagen davor verstreut.

»Sie waren hier«, sagte Hoffmann fassungslos, »sie waren tatsächlich hier.«

Kathrin ließ die Waffe sinken und schüttelte den Kopf.

»Sie waren es. Jetzt sind sie fort.«

ZEHN

Die blutigsten Bilder entstanden in Vincents Kopf.

In Arztserien ist es anders mit dem Sterben. Und die Krankenhäuser im Fernsehen sind keine grauen hässlichen Klötze, die wie ein Denkmal gegen die Menschlichkeit aus den Städten ragen. In Arztserien erscheint der Doktor fesch aus der Maske und schreitet durch ein Meer aus seufzenden Krankenschwestern zu seiner scheinbar todgeweihten Patientin. Er liebt sie mit intensivmedizinischer Gründlichkeit und verschreibt ihr mit dem allwissend ernsten, intelligenten Blick des darstellerischen Ausnahmetalents das neue Wundermittel. Sie genest (seufzend), sie heiraten in Extremweiß, und alle Schwestern, ob noch lieblich oder ob der Frustration nur noch semisecco im Schritt, seufzen erneut in die Bildröhre, als müsse man sie damit zum Platzen bringen. Die weiblichen Zuschauer hätten den Doc gerne gehabt und die männlichen am liebsten alle süßen Schwestern durch sofortiges Vernaschen getröstet.

Die Realität sah anders aus.

Furosemid ist eine stark wassertreibende Substanz, ein so genanntes Schleifendiuretikum. Schleife bezeichnet einen bestimmten, für die Wasserausscheidung äußerst wichtigen Teil der Nieren, in dem das Medikament wirkt, und Diuretikum heißt ein Medikament, das das Wasserlassen fördert. Furosemid schwemmt Wasser in großen Mengen aus dem Körper, darum kann es Leben retten, etwa wenn die Lunge voller Wasser ist. Zum Beispiel wenn das Herz nicht mehr kräftig genug pumpt. Es ist ein todsicheres Medikament, man kann es fast nicht überdosieren.

Sehr selten gelingt es aber doch.

Wie bei Hertha Garling.

Frau Garling war am 7. Juli eingeliefert worden. Diagnose: dekompensierte Herzinsuffizienz. Versagen ambulanter Möglichkeiten, stationäre Behandlung erforderlich. Eine alte Frau mit schwachem Herz, und ihr Hausarzt bekam es nicht hin.

Vincent besaß als Arzt im Praktikum seine eigene größenwahnsinnige Meinung zu Hausärzten. Dabei wollte er ohnehin in die

Nervenheilkunde, und Herzinsuffizienz interessierte ihn einen Dreck.

Hertha Garling, neunundsiebzig, ein Routinefall. Eine kleine, magere Frau mit sehr spitzer Nase. Sie hatte gar nichts in der Kurklinik verloren gehabt. Aber sie wurde genau an dem Tag eingeliefert, an dem Vincent, besoffen vor Liebe aus dem Urlaub zurück, seinen Dienst wieder antrat. Er sah im Dienst das Konzert der drei Tenöre aus den Caracalla-Thermen. Er heulte fast vor Glück, als Domingo »E lucevan le stelle« aus Tosca sang und der Himmel draußen voller Sterne hing. Bei ihm zu Hause wartete Lea. Sie hatte kurzerhand alles aufgegeben und war zu ihm gezogen. Gabriel als Gast gleich mit.

Nur diese Frau Garling.

Vincent war sich sicher. Klarer Fall, der Hausonkeldoktor hatte das Furosemid als Tabletten verordnet, aber wenn der Bauch voller Wasser ist, werden keine Tabletten aufgenommen. Stauungsgastritis heißt das. Ganz einfach. Stauung von dem Stau hinter dem schwachen Herzen. Man gibt das Zeug intravenös, die Stauung hört auf, der Magen wird gesund, die Pillchen wirken wieder, und die Wunderheilung ist in weniger als einer Woche vollendet.

Routine. Selbst, wenn man wie Vincent nur nebenher internistisch tätig ist. Pavarotti jubilierte »Nessun dorma«, die Nacht war voller Sterne und Sommersamt.

Am Sonntag danach lagen Gabriel, Lea und Vincent sich mit Tausenden in den Armen. Die Leute saßen oben auf Ampeln, und überall flatterte die deutsche Fahne für den neuen Fußballweltmeister. Autohupen mischten sich mit der Musik aus Radios und kehligen Gesängen. Gabriel saß in dem geöffneten Kofferraum des roten Cabriolets und segnete sie alle. Junge Burschen mit schwarzrotgold bemalten Gesichtern tanzten darum. Es war das erste Mal, dass niemand an seiner himmlischen Abkunft zweifelte.

Vincent traf einen Krankenpflegerschüler mit vor Glück rot geweintem Gesicht.

»Das ist das Jahr der Deutschen«, schluchzte er.

Montag hatte Vincent wieder Dienst.

Hertha Garling lag ausgetrocknet und tot in ihrem Bett. Der Chefarzt hatte ihr noch einmal die gleiche Menge Wasser treibender Mittel gegeben, ohne seinen Assistenten zu informieren. Sie wurde eines der ersten Opfer einer Doppelbehandlung, noch vor Einfüh-

rung des Ärzteshoppings mittels unbegrenzt nutzbarer Kranken-
versicherungskarte.

Hertha Garlings Sohn liebte seine Mutter, und er war Staatsanwalt.

»Er will Sie tatsächlich wegen fahrlässiger Tötung anzeigen«, sagte der Chefarzt voller Mitgefühl.

Vincent starrte ihn an.

»Ich war gar nicht da.«

»Vielleicht«, sagte der Chef und knibbelte an seinen Fingergelenken, »sollten Sie etwas Urlaub machen.«

»Ich komme grade aus dem Urlaub«, antwortete Vincent.

Es war der verrückteste und wunderbarste Urlaub seines Lebens
gewesen.

Jetzt starrte er seinen Chef an und begriff, dass er als Assistenzarzt aus diesem Urlaub gekommen war und als Schlachtopfer in den
nächsten reisen sollte. Und niemand würde dem Chef widersprechen. Niemand bemerken, wer die Dokumentation in Händen hielt
und nach eigenem Gusto umschrieb. Er blickte an seinem weißen
Kittel herab.

Seine Existenz als Arzt war am Ende, bevor sie richtig angefangen
hatte.

Vincent nickte seinem Chef schweigend zu, er ging nach Hause,
um mit Ulrich-Gabriel darüber zu sprechen, wie sie einen Versicherungsvertreter und einen Staatsanwalt ermorden konnten.

Oder einen Versicherungsvertreter und einen Chefarzt.

»Wie schafft man eine Leiche weg«, fragte Vincent.

»In Säure auflösen«, schlug Gabriel vor, »verbrennen, zerstückeln,
vergraben. Braten, aufessen.«

»Was habt ihr bloß immer mit Leichen?«, fragte Lea und küsste
Vincents Stirn.

»Gar nichts«, versicherte Vincent.

Sein Job war bedroht, seine Karriere, sein ganzes Leben. Die Sonne schien auf das Baggerloch an der holländischen Grenze, und sie
lagen nackt da, nur Gabriel nicht, weil Engel weiße Bermudashorts
tragen. Selbst 1990, im Sommer der Deutschen.

Lea sah aus wie eine Göttin, und irgendwie wusste sie das. Sie
cremte sich ausgiebig ein und grinste Vincent unverschämt über die
blauen Gläser der kleinen Sonnenbrille hinweg an.

»Du hast keine bösen Träume mehr, was?«

Vincent legte die Stirn in Falten.

»Um wie viel Geld hat euch dieser Versicherungsvertreter eigentlich betrogen?«, wollte er wissen.

»Zwanzigtausend Mark. Westmark. Alles, was Mutter uns zum Start mitgegeben hat.«

Gabriel und Lea hatten von ihrer Mutter erzählt: Sie litt unter geringfügigen Anfällen, die man hundert Jahre zuvor als hysterisch bezeichnet hätte. Ihr Gesicht erinnerte auf den Fotos an Jesus auf den kleinen Holzkreuzen aus Oberammergau. Gabriel hatte sich dieses leidende Gesicht so lange ansehen müssen, bis die Psychiater ihm sagten, er habe eine Stoffwechselstörung im Gehirn und sei deshalb manisch-depressiv. Vater war in der Partei und cholerisch. Er stampfte durch die Datsche, die ostdeutsche Version des Schrebergartens, er war klein und sah aus wie die realsozialistische Version von Rumpelstilzchen, er schrie die meiste Zeit, und Mutter litt zurück. Gabriel hielt es für unerträglich, wie sein Vater mit ihr umging. Er dachte jahrelang, dass er sie retten müsste.

Gabriel beobachtete seine Eltern, dann beobachtete er sich selbst und wurde Künstler.

Es stieß auf unterschiedliche Begeisterung. Die Psychiater konnten sich nicht einigen, ob es eine affektive Psychose oder ein Borderline-Syndrom war. Zwischendurch stieß er auf Galeristen, die seine Sachen aufhängten.

Die meisten verstanden überhaupt nichts, was Gabriel für ein gutes Omen hielt. Alle bedeutenden Künstler wurden zu ihrer Zeit missverstanden. Außer einigen wenigen, die für die Beurteilung dieser Angelegenheit nicht zählten.

»Mutter würde sich im Grabe umdrehen«, seufzte Gabriel.

»Mutter ist zweiundfünfzig Jahre und quicklebendig«, belehrte ihn Lea.

Der Erzengel machte eine theatralische Geste.

»Es geht hier nicht um Feinheiten. Das ist doch alles Haarspalterei.«

»Ob unsere Mutter im Grabe rotiert oder in Sachsen arbeitet, ist nun wirklich keine Haarspalterei«, sagte sie.

Sie sprang auf und tänzelte in den Baggersee. Vincent hätte ihr stundenlang zusehen können, wie sie im Wasser planschte.

»Wie beseitigt man nun eine Leiche?«, nahm er das Gespräch wieder auf.

Gabriel zog die Stirn in Falten und dachte ernsthaft nach.

»Mit einer Kreissäge. Oder einer Stichsäge zur Not. Gut wäre auch eine Motorsäge. Aber ich kann nicht mit so einem Ding umgehen.«

»Und was machen wir mit den Teilen?«

Gabriel formte seine Unterlippe zu einem Löffel um.

»Kochen, braten, frittieren. Hundefutter. Wir kaufen Lea einen Hund und füttern ihn damit.«

»Ich mag keine Hunde«, sagte Vincent.

»Dann essen wir es selber. Menschenfleisch soll wie Schweinefleisch schmecken.«

»Du bist wirklich krank im Kopf.«

»Ich denke nur deine Gedanken konsequent zu Ende.«

»Man muss Leichen gar nicht beseitigen«, sinnierte Vincent.

»Ach«, machte Gabriel verblüfft.

»Es muss alles wie ein Unfall aussehen.«

Lea kam aus dem Wasser zurück, das Wasser perlte auf ihrem Körper. Sie schüttelte ihr Haar aus und ergoss einen Regen über die beiden anderen.

»Du bringst uns um!«, kreischte Gabriel.

»Stell dich nicht so an!«

Sie setzte sich zu Vincent, und er rubbelte sie mit dem Handtuch ab. Ihr Körper war kalt vom Wasser.

»Mörder sind wir alle nicht«, sagte sie philosophisch, »wahrscheinlich kämen wir aber als Mörder weiter im Leben.«

Vincent sah über ihre Schulter in Gabriels Richtung.

Am Abend saßen sie vor einer Kneipe am Alten Markt, es war voll und gemütlich. Eine Nacht wie am Mittelmeer. Übermorgen wollte Ulli wieder zurück nach Hamburg. Die Kunst und seine Bilder riefen ihn.

»Was hast du noch mal für einen Beruf gelernt, bevor du Künstler wurdest?«, fragte Vincent.

»Automechaniker.«

»Es sterben ungeheuer viele Menschen im Straßenverkehr«, erläuterte Vincent.

»Vor allem im goldenen Westen«, sagte Ulrich.

Sie blickten über den Markt. Lea war noch immer auf der Toilette. Sie musste schlecht gegessen haben, denn ihr war übel: wie in letzter Zeit öfter. Vincent hielt das alles für kein Wunder bei dem Zeug, was sie sich so zusammenaß. Vor allem die Unmengen an Gurken.

»Mein Chef fährt Mercedes. Und dein Versicherungsvertreter?«

»Passat«, sagte Gabriel angewidert.

Vincent trank sein Altbier ex.

»Du kennst dich aber nur mit Trabbis aus?«, vermutete er.

»Auch mit Mercedes und VW.«

Vincent sah ihn an und machte: »Ach.«

Gabriel lächelte selig.

Vincents Chef hatte eine nützliche Angewohnheit. Wie all seine Kollegen in leitender Stellung war er besessen von seinem Beruf, der für ihn zugleich Hobby, Bestätigung, Lebensinhalt und Garant des Status darstellte. Er erschien früh in der Klinik und ging spät. Während seiner Urlaube malträtierte er seinen leitenden Oberarzt mit unangemeldeten Kontrollanrufen. Er forderte Hingabe von seinen Mitarbeitern, und er gab sich hin. Aber er war zu faul, die Arztbriefe seiner Assistenten zu lesen.

Darum hatte Vincent ihm ein Schuldgeständnis im Fall Garling zwischen zwei seiner Machwerke gesteckt. Ein wirklich tränennasses Bekenntnis voller Reue und Zerknirschung. Rückblickend war es das Schwierigste an der ganzen Sache, den Text zu verfassen.

Der Professor saß da, nervös und ganz in Weiß. Er hatte wie immer gar keine Zeit. Er war auf der Suche nach einer neuen Assistentin.

»Was wollen Sie?«, fragte der Professor Vincent und schaute kurz über eine goldgerandete Brille, »ich habe keine Zeit. Wollten Sie nicht Urlaub machen?«

»Nur die Unterschriften. Ich bin zu weit zurück mit meinen Briefen.«

Der Chef brummte einige unverständliche Wortfetzen, Vincent hatte die Unterlagen so platziert, dass er unterschreiben konnte, ohne blättern zu müssen. Der Professor knibbelte an seinen Fingergelenken. Dadurch waren die faltigen Endglieder zu rötlichen, stets entzündeten Narbenfeldern geworden.

»Schauen Sie, dass es demnächst etwas zügiger geht. Sonst bekomme ich wieder komische Anrufe von den weiter behandelnden Kollegen.«

»Es wird schnell gehen«, versprach Vincent.

Zu dieser Zeit war Gabriel mit einer Sonnenbrille, schwarzer Perücke und falschem Schnurrbärtchen in der Tiefgarage unterwegs. Der Engel war zu einem italienischen Automechaniker mutiert. In Monteursuniform und ein wenig ölig.

Bei dem stets überarbeiteten Chefarzt wurde Faulheit buchstäblich zur Todsünde. Der Professor unterschrieb kratzig, flüchtig und unleserlich sein eigenes Todesurteil.

Am nächsten Tag bestieg er sein Auto, und das große benzinbetriebene Stück moderner Technik funktionierte hervorragend, denn er fuhr nur in der Stadt herum.

Genauso wie am übernächsten Tag. Dann glänzte der herrliche Sommer in tiefstem Gold, und der Professor musste nach Düsseldorf zu einem Verwandtenbesuch.

Er flog über die Autobahn, überholte noch einen Kleinwagen und hämmerte den rechten Zeigefinger auf den Blinker. Trat hektisch auf die versagende Bremse.

Er verfehlte die Verzögerungsspur.

Sie schweißten seine Leiche eine halbe Stunde lang aus einem unglaublichen Haufen Blech. Vincent horchte in sich und wartete auf die Gewissensbisse. Tatsächlich kamen sie nie. Er empfand nur eine stille, helle Genugtuung.

Garling bekam einen zerknirschten Brief zugestellt und fühlte seine Mama gerächt.

»Meine Inspiration ist unfehlbar«, behauptete Gabriel am nächsten Abend und zog erst seinen Kopf, dann zwei Flaschen Bier aus dem Kühlschrank. »Wo hast du den Öffner?«

Vincent schüttelte den Kopf.

»Du bist ein Verrückter«, schimpfte er.

Gabriel knackte die Bierflaschen sehr irdisch mit dem Feuerzeug, kümmerte sich wenig darum, wohin die Kronkorken flogen, und zündete sich eine seiner Mentholzigaretten an.

»Davon bekommt man auch Lungenkrebs«, sagte er, »aber mit gutem Atem.«

Vincent nuckelte lustlos an seinem Bier, es schmeckte wie Spülwasser. Er hatte keinen Durst.

»Dir fehlt die nötige Freude an der Sucht«, klärte Ulrich ihn auf, »sonst könntest du dich jetzt besaufen und alles vergessen.«

Er kramte Polaroidbilder seiner Meisterwerke hervor und zeigte sie stolz. Es war einfach grauenvoll. Dann steuerte er wieder den Kühlschrank an. Kramte und streckte die Arme zur Predigt aus, in jeder Hand eine Flasche.

Ein Bild von Raphael, korrigiert von Andy Warhol.

Immerhin noch besser als Gabriels terminal exzessiver Bewusstseinsdilettantismus.

»Vielleicht sollten wir mit der Mörderei aufhören und nur nach unserer Bestimmung leben«, schlug er vor, »wo die Generalprobe so gut geglückt ist. Was soll bloß aus der Premiere werden?«

»Reden wir über Versicherungen«, sagte Vincent.

Zu den entscheidenden Dingen der Ostkolonialisierung zählte der Verkauf von Versicherungen. Eine Horde eifriger Geschäftsleute strömte nach Sachsen, Mecklenburg, Thüringen, Berlin: mit Investments, Altersruhesitzen in Luftschlössern und einer Police zum Schutz gegen jede Art von Hirngespinsten.

Einer von ihnen war Paul Hansmann: klein, eifrig, freundlich und jovial, mit bunter Krawatte. Er hatte alle dringend benötigten Ratschläge für den Start in die demokratische gesamtdeutsche Zukunft parat. Als der Verlust ans Licht kam und Gabriel ihn anrief, erklärte er etwas von Risiken und Geduld, erkundigte sich nach dem künstlerischen Erfolg. Er lachte, hatte wenig Zeit und verwies auf das Sozialamt.

Gabriel und Vincent tranken Kölsch auf Vincents winzigem Balkon, von dem aus man die Flutlichttürme des Borussenstadions sehen konnte. Drinnen machte Lea Bratkartoffeln mit Hering, eines der zwei Gerichte, die sie zuwege brachte. Vincent konnte auch zwei, Gabriel gar keines: Es war ein heißer, aber kein kulinarischer Sommer voller Pommes, Pizza und Hamburger. Es roch nach Sonne und Blumen. Der Sommer 1990 war endlos.

Sie aßen verbrannte Bratkartoffeln, Lea tanzte zu den Hits der Simple Minds durch die Wohnung.

Alive and kicking.

»Wir fahren für zwei Tage weg«, sagte Vincent.

Sie sah ihn an, öffnete ihre Haare. Er fand sie wundervoll, aber übersah etwas an ihrem Gesichtsausdruck.

Sie schwieg einen kleinen Moment, als wollte sie etwas sagen, überlegte es sich aber dann anders.

»Warum?«, fragte sie dann enttäuscht.

»Wir müssen etwas Geschäftliches regeln. Nichts Besonderes.«

Sie sah Gabriel wütend an.

»Ist das eine deiner dummen Ideen?«

Er hob die Arme und strahlte verklärt.

»Der Herr lenkt unsere Wege.«

Lea schüttelte grellrote Locken und ging zum Kühlschrank. Sie holte Milch heraus und trank sie aus der angebrochenen Tüte. Es tropfte ihr über das Kinn, aber sie wischte es nicht fort, sondern blitzte Vincent wütend an.

»Ich will nicht, dass du jetzt weggehst«, stieß sie hervor.

Er trat auf sie zu und versuchte sie zu umarmen, aber sie schüttelte den Kopf und kramte nach einem halbleeren Glas Gurken.

»Wenn ich sehe, was du dir so zusammenfrisst, Schwesterchen, wird mir schlecht«, nörgelte Gabriel.

Vincent hob hilflos die Schultern. Er verließ sie ungern, auch für zwei Nächte, denn er wusste, dass ohne sie seine Träume wieder schmerzen würden.

»Wir sind übermorgen wieder da«, versprach er.

Lea blinzelte, aber Vincent entdeckte keine Tränen.

»Ihr solltet machen, was ihr für richtig haltet«, sagte sie leise.

Vincent nickte. Gabriel und er fuhren noch am gleichen Abend nach Hamburg. Sie nahmen nicht viel Gepäck mit: Zahnbürsten, Zahnpasta, Unterwäsche zum Wechseln (mit Grüßen an eine ordentliche Mama Hildegard) und einen kompletten Satz Skalpelle.

ELF

Korrekt.

Außerordentlich korrekt.

Genau das war der erste Eindruck, neben einem leichten, aber permanenten Zucken der Oberlippe.

»Ich hätte gerne Frau Hauptkommissarin Jansen gesprochen«, sagte sie.

»Dann müssten Sie warten«, antwortete Kathrin.

»Ich warte ungern.«

Keine Nerven, dachte Kathrin müde. Alle haben sie keine Nerven, die Wessis. Laut sagte sie:

»Vielleicht darf ich erfahren, was Sie von Frau Jansen wollen?«

Die Besucherin verzog keine Miene. Kathrin schätzte sie auf vielleicht vierzig, und sie trug für Kathrins zugegebenermaßen ostdeutschen Geschmack einen Goldring zu viel.

»Hat man mich nicht angekündigt?«, fragte die Besucherin.

»Hat man nicht«, bestätigte Kathrin und lächelte, »war das ein schlimmes Versäumnis?«

»Ich bin Evelyn Veltin vom BKA. Ich werde die Ermittlungen im Mordfall Schulz überprüfen.«

Kathrin sah Frau Veltin einen Augenblick lang ins Gesicht. Dann nickte sie. Irgendwie hatte sie so etwas erwartet. Ob im Osten oder Westen, es war stets die gleiche Art von Menschen, die sich bei der gleichen Art von Arbeit fanden. Kathrin hatte mit der Stasi gelebt, sie würde mit der Überprüfung durch Evelyn Veltin vom BKA leben können. Ohne sich mit ihr zu verbrüdern – oder auszurasten. Sie sagte freundlich:

»Die Chefin ist auf der Toilette, sie wird gleich kommen. Ich bin Kathrin Seitz, Kriminalinspektor.«

Keine Antwort. Die Stöckelabsätze der Veltin klapperten auf den Schreibtisch zu, ihr Blick traf Kathrin, und sie steckte den Zeigefinger in den Stapel aus Akten.

»Das Opfer Jansen war eine Verwandte von Frau Hauptkommissarin Jansen?«, wollte sie wissen.

»Ja.«

»Verkehren Sie auch privat miteinander?«

Blöde Frage, Schwester, dachte Kathrin. Ich verkehre zurzeit gar nicht. Leck mich doch einfach, aber sie sagte:

»Ich bin erst seit einem Jahr hier.«

»Das beantwortet nicht meine Frage.«

Kathrin seufzte und lächelte.

»Was wollen Sie hören?«

»Es geht mir darum, etwas über ihr persönliches Verhältnis zu erfahren. Ich möchte Objektivität bei den Ermittlungen.«

»Ich mache meine Arbeit«, sagte Kathrin.

Die Veltin sah sie an. Sie hatte kalte braune Augen hinter einer modernen Designerbrille, die bei ihrem sonstigen Outfit absurd wirkte. Ihr Haar war mittelblond und mittellang. Das Kostüm grau, die Bluse weiß. Sie trug eine Kette aus kleinen Zuchtperlen.

»Persönliche Gefühle sind kontraproduktiv«, stellte sie klar.

»Sie sind der Boss«, antwortete Kathrin.

»Guten Tag«, sagte Nadine von der Tür.

Die Veltin drehte sich langsam um.

Nadine trug eine schwarze Bluse, die ihren Busen betonte, eine schwarze Lederhose, schwarze Stiefel mit hohen, massiven Absätzen und das Haar zu einem Zopf auf dem Rücken geflochten. Einzelne Strähnen fielen ihr in das Gesicht. Es sah extrem aus – und wirkungsvoll.

Kathrin wandte sich zum Fenster. Weiße Flocken purzelten über Mönchengladbach aus schweren Wolken.

»Es schneit«, sagte sie, »sonst meist erst nach Weihnachten.«

Nadine folgte ihrem Blick.

»Es wird nicht liegen bleiben.« Dann sah sie zu der Veltin. »Was können wir für Sie tun?«

»Das ist Frau Evelyn Veltin vom BKA«, stellte Kathrin vor, »sie möchte unsere Akten einsehen.«

»Das ist ein Scherz«, sagte Nadine hinter Kathrins Rücken.

»Warum bitte soll das ein Scherz sein?«, fragte die Veltin gereizt.

Kathrin betrachtete sie aus dem Augenwinkel.

Nadine setzte sich an ihren Schreibtisch und musterte die Veltin wie eine besonders abstoßende Qualle. Sie atmete ein, lehnte sich zurück und blies dann Worte von arktischer Kälte aus:

»Ich mache den Scheiß hier seit vierzehn Jahren, und man hat mir ein einziges Mal einen wie Sie vom *Bundeskopieramt* vor die Nase gesetzt. Am Schluss entpuppte er sich als der schlimmste Gauner von allen.«

Eine Welle unkontrollierter Muskelbewegungen rollte über den Mund der Veltin.

»Hören Sie zu, ich bin nicht hier, um Ihren Anekdoten zu lauschen. Ich bin hier, um mich über den Fall zu informieren«, bellte sie.

Nadine sah sie an.

»Haben Sie das schriftlich?«

»Ich brauche überhaupt nichts schriftlich, gehen Sie zu Ihrem Vorgesetzten und fragen Sie ihn. Frau Hauptkommissar.«

»Wahrscheinlich brauchen Sie nichts Schriftliches«, bestätigte Nadine, »das einzige Schriftliche, was ich von Ihrem Kollegen damals bewundert habe, war reines Geschmiere. Sie sitzen da in Wiesbaden mit achthundert Leuten, die Akten gegen das organisierte Verbrechen stapeln und seit Jahren krampfhaft bemüht sind, keinem wichtigen Menschen dabei auch nur mit einem einzigen Verhör auf die Füße zu treten.«

Sie stand auf und ging zum Garderobenständer.

Evelyn Veltin machte einen Schritt auf sie zu. Nadine sah sie an und lächelte. Meine Güte, dachte Kathrin und begann nach dem Tee zu suchen. Warum trank jedermann hier nur Kaffee?

»Haben Sie die Nachbarn der Familie Schulz befragt?«

»Sie waren sich einig, dass Schulzens die nettesten Leute der Welt abgaben.«

»Sind alle verhört worden?«

»Alle.«

»Ich werde die Akten lesen.«

»Vielleicht finden Sie ja etwas.«

»Kollegen? Freunde?« Frau Veltin sah Nadine an, als erwarte sie die Antwort gerade von ihr.

Kathrin sagte schnell: »Er war der Weihnachtsmann der Streifenpolizisten. Ein netter Kerl.«

Die Veltin blickte auf.

»Der sich gerne auspeitschen ließ«, sagte sie und schüttelte den Kopf.

»Die Kinder waren nicht verletzt, bis auf die tödlichen Wunden«, bemerkte Kathrin.

Die Veltin schien zu überlegen.

»Es sieht so aus, als hätten die Eltern ihre Sachen praktiziert, ohne die Kinder mit einzubeziehen. Dennoch sollten wir diese Perversion nicht aus den Augen verlieren.« Sie hob ihre rechte Hand und betrachtete ihre Ringe. »Und er hat nichts hinterlassen, keinen Abschiedsbrief – oder irgendetwas anderes?«

Kathrin schüttelte den Kopf.

»Bilden Sie sich nicht ein, es hier mit normalen Entführern zu tun zu haben«, dozierte die Veltin, »es geht um den völlig kaltblütigen Rest eines ehemaligen Weltreichs. Menschen, die in einer totalitären Diktatur konditioniert wurden. Nichts von dem, was wir für selbstverständlich halten: Humanität, Rücksicht, Skrupel, nichts besitzen sie. Ich habe in St. Pauli gearbeitet. Wo sie die Kontrolle übernommen haben, hatten die Zuhälter früher ihre Dispute mit der Faust ausgetragen. Heute gibt es einen Kopfschuss.«

»Ich weiß«, seufzte Kathrin. Trotzdem waren Kopfschüsse keine Sado-Maso-Spiele, zumindest nicht nach ihrem Verständnis.

»Natürlich wissen Sie das. Sie kommen ja auch aus einem totalitären Regime.«

Kathrin schluckte eine Erwiderung hinunter. Sie hatte diese Wessi-Vorurteile niemals diskutiert. Sie hatte im November vor zehn Jahren mit all den anderen dort gestanden und gehofft, dass niemand die Nerven verlor. Die alten, fanatischen Männer besaßen eine Armee. Es war ein vorsichtiger Tanz auf dem Pulverfass, eine glitschige Fackel in der Hand. Wer sollte das verstehen von denen, die sie danach kolonialisiert hatten? Mit den so viel subtileren, sanfteren Methoden der Gehirnwäsche kolonialisiert.

Die Veltin stand auf.

»Nun«, sagte sie, »jetzt sind wir ja wieder ein Volk.«

Weil wir all eure kranken, gescheiterten Träume geschenkt bekommen haben. In dieser neuen friedlichen wundervollen Welt.

»Sind wir«, bestätigte Kathrin lächelnd, »alle Brüder und Schwestern.«

Die Veltin gab sich genervt. Sie zupfte an ihrer Brille und trommelte mit den Fingernägeln auf einen Aktendeckel auf Kathrins Schreibtisch. Ihre dunklen Augen zuckten aufgeschreckt wie kleine Käfer.

»Hatte Schulz Schulden?«

114

»Jedermann hat heute Schulden. Seine waren nicht einmal besonders hoch.«

»Ich habe keine Schulden«, klärte die Veltin sie auf.

»Das ist wirklich gut«, sagte Kathrin lächelnd.

»Was sagt die Spurensicherung zu der konspirativen Wohnung, die Sie mit diesem Herrn Horstmann fanden?«

»Ein Schweinestall. Aber kein einziger verwertbarer Finger- oder Ohrabdruck. Jede Menge Genmaterial, vor allem in Taschentüchern vor dem Video.«

Die Veltin blinzelte.

»Und?«, fragte sie ungehalten.

»Nichts davon in irgendeiner Kartei erfasst. Die Täter sind entweder vorher noch nie straffällig geworden, nicht aufgefallen oder frisch aus dem ehemaligen Ostblock importiert, übrigens heißt er Hoffmann.«

»Wer heißt Hoffmann?«

»Dieser Herr Horstmann ist mein Kollege Sebastian Hoffmann«, belehrte Kathrin sie.

Frau Veltin nahm die Brille ab und rieb sich die rosaroten Abdrücke des Gestells auf ihrer Nase.

»Was hat die Familie eines einfachen Streifenpolizisten mit der Russen-Mafia zu tun?«, fragte sie.

»Auf jeden Fall nichts Gutes«, orakelte Kathrin.

Die Veltin nickte. Sie setzte die Gläser sorgfältig wieder auf und sah auf die Uhr.

»Ich werde die Akten mitnehmen. Sie hören wieder von mir.«

Hinter ihr ging die Tür. Hoffmann trampelte herein und schwenkte eine Tüte von McDonald's.

»Mittagspause, Mädels!«, verkündete er.

»Was machen wir ohne all unsere Akten?«, fragte Hoffmann vorsichtig. Er hockte neben Nadine in ihrem Auto, und sie hatte ihn nach Hause gefahren, weil seine winzige Rostlaube eine Allergie gegen den eigenen Vergaser entwickelt zu haben schien und nicht mehr ansprang.

»Wir legen die Beine hoch, spielen uns an den Füßen, und du wirst noch fetter«, antwortete Nadine. Sie schüttelte den Kopf. »Irgendwie sagt mein Instinkt, dass wir nichts von unseren Sachen wiedersehen werden.«

»Wie geht es Nina?«, fragte Hoffmann.

»Jeden Tag besser. Sie nörgelt schon wieder unablässig.«

»Der Apfel fällt nicht weit vom Stamm«, flüsterte Hoffmann.

»Halt die Klappe, Sebastian, du sitzt in meinem Auto.«

»Die Kollegen und die halbe Stadt suchen nach Tanja Schulz. Du musst dir keine Vorwürfe machen«, sagte er.

»Ich mache mir keine Vorwürfe«, antwortete sie trotzig.

Hoffmann sah sie an.

»Ich kenne dich seit zehn Jahren«, sagte er.

»Etwas ganz anderes geht mir nicht aus dem Kopf. Die Burschen, die ihr aus dem dreckigen Appartement vertrieben habt, waren anscheinend schnell draußen. Zu schnell, um eine Geisel mitzunehmen. Das heißt, dass Tanja nicht bei ihnen war. Wo aber ist sie dann – wenn sie noch lebt?«

Nachdem sie sich getrennt hatten, besuchte Nadine Nina in der Klinik. Die Prinzessin hatte weniger Schläuche in Mund und Nase. Sie war blass, aber sie blinzelte ihrer Mutter zu.

»Magst du irgend etwas haben?«, fragte Nadine weich.

»Einen Cheeseburger und Tommy«, nuschelte Nina, blickte sie an und lächelte mit farblosen Lippen. Dann schlief sie ein. Nadine saß eine Weile neben ihr und dachte an die Jahre, die sie sich allein durchgeschlagen hatten. Ninas Vater war ein Mann gewesen, der zum Abgewöhnen für Jahrzehnte taugte.

Schließlich stand Nadine auf und verließ das Krankenhaus. Sie wollte zuerst nach Hause fahren, aber sie wusste, dass dort zu viele Gespenster hocken und ihr Gedanken in den Kopf starren würden. Sie fuhr in die Altstadt.

Sie wusste nicht, wie lange sie nicht mehr in der Altstadt gewesen war.

Diese Gaststätte am Alten Markt hatte sie seit fast einem Jahr nicht mehr besucht. Es war die Mönchengladbacher Version einer karibischen Hütte inklusive karibischer Küche und rabenschwarzem Inhaber. Eine fast beängstigend innovative Gastronomie in einer zunehmend obertoten Umgebung.

Nadine bewegte sich an der Bar entlang durch die Reggaemusik. Ein bekanntes Gesicht ließ sie stocken.

»Es gehört zu den Eigenarten unserer Provinzstadt, dass man immer wieder die gleichen Leute trifft«, sagte Vincent Rosebud.

Nadine begrüßte ihn. Rosebud war in Begleitung hier. Die Dame besaß hellrotes Haar, und Nadine kannte sie.

»Ich grüße dich.«

Nadine nickte skeptisch.

»Wir sind beide auf das gleiche Mädchengymnasium für bessere Töchter gegangen«, erklärte Hanna Seligmann.

»Und ihr wart befreundet?«, fragte Vincent so freundlich, dass Nadine erst, als sie es bestätigen wollte, bemerkte, dass Vincent sie auf gefährliches Terrain führte. Er besaß eine allzu geschickte Art, Wesentliches zu erfragen.

»Es ist lange Zeit her«, lächelte Hanna.

Und es war nicht *so*, hätte Nadine am liebsten hinzugefügt. Sie kannte Hannas Leidenschaften. Es war in ihrer Jahrgangsstufe unmöglich gewesen, nicht von ihnen zu erfahren. Und unter allen besseren Töchtern war Hanna stets die allerbeste. Nadine war ein einziges Mal bei ihr eingeladen gewesen, und Hanna hatte Rotwein angeboten.

»Du siehst blendend aus«, sagte Nadine unterkühlt und fand ihre eigene aufkeimende Stutenbissigkeit lächerlich. Rosebud lud sie ein.

»Wollen Sie sich etwas zu uns setzen?«, fragte er sanft.

»Ich wusste gar nicht, dass Sie und Hanna …«, begann sie und Hanna lächelte ihr zu und ergänzte:

»… gute Bekannte sind. Es war eine wilde Zeit – und jetzt bist du bei der Mordkommission.«

»Es ist ein Job wie jeder andere«, antwortete Nadine, »er –«

Ihr Handy unterbrach sie mitten im Satz.

Kathrin Seitz setzte sich gegenüber von Wolfgang Petry und hörte zu, wie eine Blondine, die von der Seite besser ausgesehen hatte, Whitney Houston sang. Der Chef persönlich trug Pizza aus und bot die Stücke kostenlos an. Er hatte eine neue Frisur.

»Hallo, Kathrin«, sagte Wolfgang Petry, der gar nicht Schlagersänger war, sondern Barkeeper und Willi hieß. »Alles frisch?«

»Alles ganz frisch«, protzte Kathrin, obwohl gar nichts frisch war. Vielleicht die Pizza.

»Hallo, Udo«, sagte Kathrin zum Chef und fischte sich ein Stück.

»Ich komm gleich, und wir quatschen was«, drohte Udo und blinzelte. Kathrin nahm sich vor, ihn sofort zu fragen, wie es seiner Frau ging, sobald er aufkreuzte.

Im Grunde hielt sie Karaoke für albern, aber was sollte man sonst am Dienstagabend in MG machen? Sie kaute auf der Pizza herum.

»I will always love you«, röhrte die Blondine und kniff die Augen zusammen, um den Text besser ablesen zu können. Ewige Liebe, dachte Kathrin, und ihr wurde dabei nicht wohler.

»Du siehst nicht gut aus«, sagte Willi und stellte ihr das nächste Pils hin.

»Macht euer Licht hier«, sagte Kathrin. Sie versuchte ein Grinsen und verlor es wieder, als in den Applaus für die Blonde Sebastian Hoffmann die Treppe heruntertrampelte. Hoffmann sah sich um und erkannte sie sofort. Er winkte und steuerte zielstrebig auf Kathrin zu. Hoffmann kam anderthalb Stunden zu spät zu ihrem Treffen.

»Ich bin ewig lange durch Nadine und meine Mutter aufgehalten worden«, sagte er statt einer Begrüßung.

»Gleichzeitig?«, fragte sie.

Er führte sein Teddybärgrinsen vor.

»Nacheinander. Willst du auch singen?«

»Sicher nicht«, sagte Kathrin.

»Aber ich«, sagte Hoffmann und warf seinen Parka auf den Sitz neben sich. Er trug ein buntes, ungebügeltes Hawaiihemd. Am Wochenende wäre er in diesem Aufzug nicht an den Türstehern vorbeigekommen.

»Freddy Quinn oder Heino«, fragte Kathrin frech.

»Deep Purple«, verkündete Hoffmann stolz.

Sie nickte und lachte. »Lass mich raten: Du singst ›Smoke on the water‹!«

»Singe ich.«

»Ich wollte eigentlich sowieso nach Hause.«

»Und ich hatte gehofft, dass du mich anfeuerst. Derzeit leide ich extrem unter Nadine.«

Auf der Bühne sang ein pferdegesichtiger Mensch »Fiesta Mexicana« im Bergheimer Extremdialekt.

»Hossa«, sang er und es klang wie »Hoasa«.

»Nadine«, seufzte Kathrin.

»Gib zu: Sie wird mit jedem Monat extremer. Neulich …«

Kathrin hörte einfach weg.

»Hoasa. Hoasa«, sang der Bergheimer.

»… so ist es nun mal«, schloss Hoffmann.

»Vielleicht solltest du dich versetzen lassen«, schlug Kathrin vor.

»Nee«, machte Hoffmann.

»Hoasa«, brüllte der Sänger. Er war schwer von seinem Mikro zu trennen.

»Hossa«, grölte das Publikum.

»Jetzt kommt der nächste Sänger, es ist Ralf!«, rief Udo und grabschte vergeblich nach dem Mikrofon. Die Musik war zu Ende.

»Hoasa«, sang der Künstler.

»Hossa«, schrie das Publikum in bösartigster Begeisterung zurück.

»Bist du sicher, dass du heute noch ›Smoke on the water‹ singst?«, fragte Kathrin grinsend.

Mit vereinten Kräften hatten der Techniker, eine rothaarige Servierin und Udo das Mikro erobert. Der Künstler ließ sich von solchen Kleinigkeiten nicht beeindrucken. Er reckte die Arme in den Himmel, klatschte die Hände zusammen und brüllte ohne elektronische Verstärkung.

»Hoassahhh!«

»Hossa«, folgten ihm seine neu gewonnenen Jünger.

»Also jetzt Ralf mit ›Take me home, country roads‹«, schrie Udo.

Ralf sang, und sein Vorgänger zog mit tödlich beleidigter Miene ab. Ralf kam über die Country Roads mehr schlecht als recht nach Hause und erntete dürren Applaus.

»Der Fall Schulz ist wohl durch«, sagte Hoffmann, »aber unsere Chefin hört das Gras wachsen. Sie glaubt mal wieder an eine Verschwörung.«

»Der Nächste hier ist Sebastian mit ›Smoke on the water‹«, rief Udo.

Hoffmann reckte seine Arme und schwenkte sie. Er schob seinen massigen Körper zur Bühne, das Publikum klatschte dünn. Richie Blackmores Gitarre raspelte, und Hoffmann wackelte mit dem Mikrofon. Sein Körper hatte zu rotieren begonnen. Er sah schlimmer aus als Elvis live auf Hawaii. Und sogar dicker. Er ballte die Faust, reckte sie hoch und grölte durch Mark und Bein.

»Smoke on the water, fire in the sky.«

Und Richie Blackmore klampfte vom Band.

»Smoke on the water«, schrie Hoffmann, »for Borussia Mönchengladbach.«

Die Menge johlte nah der Ekstase.

»We endät ap ät se Grand Hotel«, jodelte Hoffmann und sprang herum wie ein zum Leben erweckter riesiger Teddybär – im Hawaii-hemd. Und ich habe ihn immer für so einen stillen Typ gehalten, der sich zu Hause mit seinen Horrorvideos amüsiert, dachte Kathrin. So kann man sich irren.

Die Menge tobte, einige ganz Patriotische stimmten achtstimmig das Borussenlied an, jemand wollte eine Zugabe. Hoffmann arbeite-te sich durch die Menge seiner Anhänger zurück zu Kathrin. Sein breites Gesicht war schweißbedeckt, aber er strahlte.

»Steh auf, wenn du Borusse bist!«, sang der patriotische Chor.

»Wie war ich?«, fragte Hoffmann.

»Klasse«, sagte Kathrin.

Hoffmanns Handy machte Lärm.

»Meine Güte«, schimpfte er.

Sein Gesicht gefror. Dann trennte er die Verbindung.

»Wir müssen sofort los.«

ZWÖLF

Hanna lag ausgestreckt auf ihrem Bett und betrachtete ihren eigenen Körper. Ein aufgeschlagenes Buch lag zwischen dem unteren Ansatz der Brüste und den Schamhaaren über dem Bauchnabel. Das Papier tastete kühl nach der Haut.

Hanna blinzelte träge, sie klappte das Kinn hoch und runter, zipfelte an dem hellroten Irokesenschnitt und versuchte vergeblich, Locken zu drehen. Es war zu kurz rasiert. Sie spannte die Bauchdecke an, und das Buch hob sich, der Schutzumschlag zitterte.

»Ich kann solch ein intellektuelles Schwergewicht nur mit dem Bauch heben«, sagte sie.

»Wir machen alles aus dem Bauch«, sagte Vincent hinter dem enormen Glas Rotwein, »eine Million Jahre Evolution bestimmen unser Handeln, nicht zehn Sekunden Nachdenken.«

»Ist dies hier Sex oder Supervision?«, knurrte sie nicht ernstlich verstimmt. Sie sah ihn nicht an, starrte weiter auf den eigenen Körper und wackelte das Buch auf und ab, sagte dann: »Wahrscheinlich beides. Aber so lange, wie ich auf dich verzichten musste, ist auch beides angemessen.«

»Wir haben beide Termine«, verteidigte er sich. »Ich musste eine alte Freundin besuchen.«

»Eine Freundin.«

»Sei nicht so konservativ.« Er wurde zynisch. »Ach ja. Die endgültige Wiedervereinigung mit der präödipalen Mutter. Keine Konkurrenz um Papi, sondern nur zärtliche Liebe unter Damen. Wie als Säugling an der Brust.«

Hanna schnaufte und beschloss, sich auf das Banalste und Erfolgversprechendste zurückzuziehen. Intellektuelle Debatten im nach Schweiß und Sex riechenden Bett waren geradewegs das Letzte.

»Sex ist geil unter Frauen – und sage nicht, dass der Gedanke daran dich nicht anmacht. Müssen wir immer aufeinander hocken? Ich bin nicht deine Mutter.«

Er zeigte seine Zähne und blickte sie unter dem verwuschelten

Haar an: die perfekte Gratwanderung zwischen Prophet und Lausbengel.

»Oder du läufst nur vor echten Gefühlen davon.«

»Lass uns mit dem Geplänkel aufhören«, sagte sie.

Sie legte das Buch neben sich und wandte den Blick zu seinen Augen. Sie lächelten so wenig wie sein Mund.

»Ich habe dich vermisst«, sagte er.

»Ach«, machte sie und räkelte sich demonstrativ. Sie war müde, satt, wohlig und keinesfalls in Stimmung für Beziehungsgespräche. Und Rosen wären ihr als Mitbringsel lieber gewesen als Fachliteratur. Du solltest froh sein, dass er dich als erwachsene, intellektuell interessierte Frau begreift und nicht als Lustobjekt. Sie war nicht froh. Hanna hatte selbst Appetit auf ein Lustobjekt. Das war es.

Eine altbekannte Ulla hatte ihr gestern unter unerträglichen Kopfschmerzen verkündet, wieder zu ihrer Mutter nach Frankfurt zu ziehen, die auch unter Kopfschmerzen litt. Hanna hatte sie sich angesehen und festgestellt, dass ihre hängenden Mundwinkel am Gehirn ziehen mussten. *Das* war die Ursache von allem. Sie überlegte, ob sie ihr dieses fundamentale neurologische Geheimnis verraten sollte. Ulla hätte Hanna nicht geglaubt. Sie küssten sich seufzend und leidend, und Hanna hatte das Gefühl, wieder mehr Luft zu bekommen, als die hessische Metropole Ulla in ihre futuristische Skyline aufnahm. Diese Orgie aus Glas und Beton musste eine prächtig hohe Selbstmordrate produzieren. Der professionelle Zynismus, dachte Hanna, ist der wunderbar verwerflichste, und hatte sich dabei großartig gefunden.

Vincent war auf subtilere Art schwierig. Aber jetzt schien er ihr nur kuschelig.

»Waren die Rosen ausverkauft?«, hatte sie vorsichtig gefragt, schon in seinen Wellenaugen versunken.

»Die kleine Prinzessin«, hatte er geantwortet.

Ein wenig beleidigt sein und fürchterlich begeistert und fürchterlich geil. Irgendwie war es schwierig, ihm zu widersprechen. Sie konnte jederzeit wieder zu einer ihrer Freundinnen. Männer und Frauen hatten ihr Leben begleitet. Paul, ihr erster Freund, hatte sie mit fünfzehn im Ferienhaus ihrer Eltern im Schwarzwald entjungfert. Es war eine scheußliche, fürchterlich spannende, blutige, schmerzhafte und dreieinhalb Minuten währende Angelegenheit gewesen. Hanna heulte und war gleichzeitig glücklich.

»Hast du deine Tage?«, hatte er entsetzt gefragt und auf seinen blutigen, erschlafften Penis gestarrt. Ein überschätztes Körperteil, wie sie später erfuhr. Aber er trug es vor sich her, als sei es eine Marsrakete, die er selbst erfunden und gebaut hatte.

»Klar«, hatte sie gelogen.

Bloß nicht deine Jungfräulichkeit zugeben.

»Ist ja ekelhaft«, stöhnte er.

Ralf aus der Nachbarschaft war dann sehr nervös und sehr zärtlich gewesen. Fast so zärtlich wie Iris mit den blauen Augen. Ihre erste Blondine. Diese merkwürdige Erfüllung des fremden, ungehörigen Gefühls, wenn sie neben einer schönen *Frau* saß. Iris schämte sich, und Hanna schämte sich, und Iris genoss es, und Hanna genoss es noch mehr. Aber ihr Vater war damals schon eine Größe in der Lokalpolitik, und es hätte am katholischen Niederrhein einen riesigen Skandal gegeben, wenn jemand offen ausgesprochen hätte, was der Kopf seiner Tochter zwischen den Beinen des Nachbarsmädchens anstellte. Wie üblich wusste jedermann über sie Bescheid, nur ihre Eltern verhielten sich unwissend. Das seit dem Mittelalter gültige niederrheinische Gebot des Nichtwissenwollens, eine pervertierte Form der Toleranz, die alles akzeptierte, wenn es nur nicht ruchbar wurde. Diese stille Übereinkunft schützte sie nur solange, wie ihre Neigung zu leugnen war.

Ralf weinte, als Hanna ihn verließ, und Iris zog einfach aus der Stadt, direkt nach dem Abitur. Sie schrieben sich noch. Dann heiratete Iris, und es kamen keine Briefe mehr.

Iris war mittlerweile rechtschaffene Mutter. Und müde.

Nicole war es gewesen, die sie in ihre eigene Analyse trieb. Nicole verdankte sie ihre Fachrichtung, ihre Praxis, ihre Tränen, und manches andere. Blonde Locken und die erste Frau, die sie *liebte*.

Nicole war unvergleichlich und giftig.

Meeraugen, grau und blau wie die Nordsee, an einem Herbstmorgen.

Vince. Nicole. Die gleichen Augen.

Augen, um darin zu ertrinken. Voller Strudel.

Nicole glaubte an die Wissenschaft. Die Welt ein Eins-plus-eins. Nicoles Gott würfelte nicht, er hatte sich stattdessen selbst abgeschafft und die Welt den Internisten und Biochemikern vererbt. Nicole war intelligent, wunderschön und völlig neurotisch. Sie lehnte sich seufzend gegen das Glas der Duschkabine, wenn Hanna vor ihr kniend Honig auf den Lippen schmeckte, süßer als jeder Honig zuvor.

»Ich könnte niemanden da unten küssen«, versicherte Nicole und tat es doch immer wieder mit angeekelter Begeisterung.

Sie schickte Hanna fort und ließ sie wieder zu sich. Hanna liebte sie mit der Hilflosigkeit eines staunenden Kindes. Nicole war der abwesende Vater, war die kalte Mutter, all die Sehnsucht, an dem einen Ende der eingestürzten Brücke zu stehen – und das Ziel der langen Reise ist drüben, am anderen Ende der Schlucht.

Jedes Versprechen von Liebe und dann immer wieder das Herz der Arktis. Und die Erinnerung an den Geruch von kaltem Zigarettenrauch.

Hanna hatte die zweite Staatsexamensprüfung vor sich.

Und eine Alternative: achtundsiebzig Dalmadorm-Tabletten. Daneben die Adresse eines Psychoklempners.

Sie entschied sich für den Therapeuten.

Vielleicht reiner Zufall – dabei wusste sie mittlerweile, dass es keine Zufälle gab.

Drei Monate lang glaubte sie, der Therapeut sei verrückt. Dann liebte sie ihn. Hasste ihn anschließend.

Schließlich war sie sicher, selbst verrückt zu sein.

Sie ging durch die Hölle, niemand hatte ihr gesagt, dass es mit so viel Schmerz, Wut und Angst verbunden war.

Hätte sie es gewusst, vielleicht hätte sie sich für den Tabletten-Selbstmord entschieden.

Vielleicht?

Wahrscheinlich.

Aber nach einhundert Sitzungen war sie fertig mit Nicole.

Und nach zweihundert konnte sie ihren Vater mögen.

Zwischendurch ließ sie sich drei Monate von Hans vögeln, einem echten Tier, einem sexuellen Betonmischer, der sein Ding mit einem Dampfhammer verwechselte und obendrein genau so ein Ding hatte.

Sie war sechsundzwanzig, fertig mit dem Studium, promoviert über frühkindlichen Autismus, Frau Doktor auf der Suche nach einer Arzt-im-Praktikum-Stelle. Völlig desinteressiert an den dünnen Heften, in denen die Internisten jede Woche eine neue Wahrheit lasen, gelangweilt von den Narkotisierten, die den Chirurgen Fleisch für ihre Messer boten.

Keine guten Chancen, eine ordentliche Ärztin abzugeben.

Dann sah sie Nicole wieder. Natürlich im Norden, in Cuxhaven, Meeraugen an der Nordsee.

Nicole stand am Hafen. Ihr Haar und Wind. Ein perfektes Bild.

Einmal waren sie zusammen hier gewesen. Drei bizarre Tage. Vor Jahren.

Lachen und Wind und lauter Illusionen.

Jetzt war sie fertig mit Nicole. Sonst wäre Hanna weggelaufen.

Heute ging sie zu ihr.

»Hanna«, murmelte Nicole.

Ein kurzes Flackern in Lidern über Meeraugen.

»Hallo.«

Sie schwiegen. Hanna lauschte auf die See.

»Du machst hier Urlaub?«

»Ich bin auf der Inneren in Düsseldorf«, sagte Nicole.

»Düsseldorf ist bemerkenswert.«

»Ich bin Oberärztin.«

Sie sah blass aus. Hanna wusste, woran das lag. Die vielen Nachtdienste in der Krankenhausmaschine, in der Menschen nach Organen sortiert in Betten lagen. Manchmal starben.

Sehr blass …

Dabei waren sie beide schön gewesen. Hanna erinnerte sich, wie sie nebeneinander vor dem Spiegel gestanden hatten. Die schönsten Medizinstudentinnen der Universität. In Jeans. In Kleidern und nackt.

Sonnenschein und Sonnenaufgang in den Haaren. Meeraugen und Honigaugen. Ihre Körper und so wenig Küsse. Tiefe arktische Nacht und der Geruch von kaltem Zigarettenrauch in den Kleidern.

»Du siehst gut aus«, sagte Nicole.

Hanna machte einen Schritt auf sie zu. Sie standen nah beieinander. Schweigend. Nicole war blass, mit leichten dunklen Augenrändern, dennoch schön. *Schaler Rauch.*

»Ich wünsche dir was«, sagte Hanna und ging. Hinter ihr das Haar, der Wind. Zweimal Nordsee. Möwen kreisten, weiß und mit starren schwarzen Vogelaugen. Sie fraßen Abfälle.

Hanna reiste ab und kehrte nie wieder dorthin zurück. Sie würde sich nie wieder verlieren. Nie wieder in Augen wie die See ertrinken. Sie blickte zu Vincent, neben sich, in ihrem Bett.

»Es ist schön, dass du da bist«, schnurrte sie, schloss die Augen, und sein längst aufregend unvertraut gewordener Körper kam zu ihr.

Danach lag sie da, drehte seine Schamhaare um ihren Zeigefinger und lächelte zu ihm hoch. Sie redeten die halbe Nacht. Nicht denken, dass sie ihn vermissen könnte. Oder schlimmer: ertragen. Den Fehler Nicole würde sie nie wieder begehen, bei keiner Frau und keinem Mann. Niemals.

»Hast du irgendwann schon einmal eine oder einen deiner Gespielinnen deinen Eltern vorgestellt?«, fragte er schließlich wie beiläufig und scherzhaft. Sie sah ihn an, als habe er den Verstand verloren.

»Wie kommst du auf diese Frage?«

»Ich wäre doch eine angemessene Partie.«

Sie richtete sich im Bett auf und schlang die Arme um die schlanken Beine.

»Meine Eltern haben eine Abneigung gegen Irrenärzte«, sagte sie abweisend.

»Irrenärzte werden zunehmend gebraucht«, lächelte er mit einem Mal kalt.

Hanna atmete und wechselte das Thema.

»Na ja, in den merkwürdigsten Fällen. Wenn ich an diesen Polizisten denke, diesen Schulze, der seine ganze Familie im Weihnachtskostüm umgelegt hat. Er wirkte auf mich völlig normal, kein Hauch von Borderline oder Psychose. Ein netter, ein wenig blöder Kerl – und dann das.«

»Du kanntest ihn?«, fragte er.

Hanna hob die Schultern.

»Hab ihn ein-, zweimal gesehen, nun, er … er stand sozusagen auf Vaters Gehaltsliste. Hat seine Strafmandate gerade gebügelt und so weiter. Männer wie mein lieber alter Herr beschäftigen eine Menge verschiedener Professionen.«

Vincent nickte und schwieg.

Hinter der großen Fläche aus Glas konnte man über den Berliner Platz und halb Mönchengladbach blicken: die breite Straße, die wie eine dicke Blutader das alte Gladbach mit Rheydt verband, die Schienen, die zum nahen Bahnhof zogen, eine dürre Brücke, die sich über die Blutader spannte wie eine präparierte Sehne. Von hier oben sah die Stadt grün aus, wie ein Park, aus dem die Häuser ragten – und ihre Dächer waren meist ansehnlicher als die Fassaden. Jetzt lag alles in tiefer Nacht, vom Regen lackiert. Über dreißig Jahre hatte Vincent zwischen den Häusern dort unten gelebt – und erst vor so kurzer Zeit begriffen, was hier vorging.

»Ich freue mich, dass Sie wieder arbeiten, Herr Doktor Rosebud.«

Vincent nickte, ohne den Mann hinter sich anzusehen. Er wusste, dass die schlanke, hochgewachsene und feingliedrige Gestalt hinter dem Plexiglasschreibtisch saß und ihn musterte. Es war die sportliche Gestalt eines Mannes, dessen wahres Alter hinter sorgfältiger Pflege und sorgfältigem Lächeln versteckt blieb. Vincent sah auf einen Laptop, einen quer liegenden echtsilbernen Kugelschreiber und einen echtsilbernen Rahmen mit Gattin, rothaariger Tochter in jugendlichen Jahren, Sonne und strahlendem Lächeln. Sonst war der Schreibtisch leer.

»Ich hatte kurzfristig eine private Angelegenheit zu erledigen«, sagte Vincent.

»Solange das Private das Berufliche nicht beeinträchtigt, kann es toleriert werden«, antwortete der Mann. Er saß auf einem Designerschreibtischstuhl für dreieinhalbtausend Mark. Das blaue und schwarze Bild eines aufstrebenden New Yorker Neuen Wilden dahinter hatte mindestens zwanzigmal so viel gekostet. Es zeigte den Mann mit expressionistischer Verve beim Golf. Er sprach so ruhig, dass jemand, der nicht wusste, was er *auch* war, die Drohung hinter seinen Worten nicht einmal bemerkt hätte. Der Mann war das hiesige Dach der Organisation, der Mann, der in und um Gladbach, Viersen, Neuss, Düsseldorf, bis an die Kölner Stadtgrenze die Enden aller Fäden hielt. Zweieinhalb Millionen potenzieller Kunden oder Opfer. Aber das war erst der Anfang. Man hatte Größeres vor – und das schon bald.

Vincent betrachtete den Himmel über der Stadt. Es war eine Art von glasiger Tinte. Halogenlampen diesseits der Scheibe standen so, dass sich Schreibtisch, Mann und Bild in der Scheibe spiegelten. Der Mann berührte seine randlose Brille. Es war eine zu ruhige Geste, um als Übersprungshandlung gelten zu können. Der Mann hinter dem gläsernen Schreibtisch musste längst nicht mehr unruhig sein, denn es gab nichts, was ihn wirklich gefährden konnte.

Er erhob sich jetzt. Er trug einen hellgrauen Anzug mit Weste und eine dezent gemusterte Krawatte, die hervorragend gebunden war. Seine Schuhe waren glatt und poliert, seine Haare sauber und klassisch geschnitten. Sein Gesicht war das eines intellektuellen Kaufmanns Ende fünfzig, und mit den Jahren hatte er tadellos unterkühlte Manieren gelernt. Der Etat der Gesamtorganisation, deren lokale Führung er darstellte, überstieg den der nordrhein-westfälischen Polizei nicht unbeträchtlich. Er war von einem niederrheinischen Provinzpolitiker zu Bedeutendem aufgestiegen.

»Wir sind überzeugt, weiter auf Ihre Solidarität zählen zu können, Herr Doktor«, sagte er.

»Selbstverständlich«, antwortete Vincent.

Der Mann hinter dem Schreibtisch lächelte plötzlich jovial.

»Wissen Sie, Herr Doktor«, sagte er mit einer großen Geste, »im Grunde setzen wir nur das professioneller fort, was andere uns dilettantisch vormachten. Warum soll man einen Abgeordneten mit heimlichen Geldköfferchen kaufen, wenn man einen Bundeskanzler mit einem Aufsichtsratsposten bekommt und dann dieses Geld auch noch von der Steuer absetzen kann? Korruption ist völlig legal. Ein fauler Fisch stinkt natürlich zuerst am Kopf, aber die Möwen haben eine Zeit lang zu fressen.«

Sein Lächeln zog sich zusammen, er wurde übergangslos sachlich, kontrolliert. Er sah in Vincents Augen, und Vincent sagte:

»Sie wissen, dass mir stets an der Professionalität meiner Arbeit gelegen war.«

Heute war Vincent am Morgen mit einem merkwürdigen Gefühl erwacht. Er konnte nicht sagen, was es war. Hanna war fort, natürlich. Es schien, als wäre er dabei, sich aufzulösen. Er rannte zum Spiegel und starrte voller Angst in ein Gesicht, das nicht sein Gesicht war und doch seines.

Er war nach Düsseldorf gefahren. Er wanderte allein durch den Aquazoo, ein großes Museum voller Fische, Lurche und Evolution. Die Hirnforscher sagen, dachte er, die Seele sei eine Illusion. Das Ich ein Informationen verarbeitender Computer. Ein Netzwerk aus Neuronen, das sich in einem Irrtum über sich selbst befindet.

Ein Hai zog langsam an Vincent vorbei und die starren, kalten Augen des Tieres musterten ihn. Vincent wusste nicht, ob der gefangene Räuber ihre Verwandtschaft ahnte. Ein Hai musste schwimmen, um nicht zu ertrinken.

Vincent betrachtete die hellen Farben der Korallenfische und die träge Dumpfheit der Lurche. Das Hirn des Menschen war wie eine Stadt, in der man an- und umbaute. Die Echse ist in uns geblieben, irgendwie. Er arbeitete zwangsweise für eine Organisation, die den Lurch in den Hirnen der Kunden fütterte. Nutten für den Paarungstrieb, Drogen, um das Lurchhirn mit Endorphinen zu kitzeln.

Die Organisation selbst war aufgebaut wie das evolutionäre Hirn, nur strukturierter, geplanter. Über dem Lurchhirn die höheren Zentren. Die Filter für saubere Gedanken, sauberes Geld. Spätestens ab hier wurde es zu einem Geschäftszweig wie alle anderen, inklusive doppelter Buchführung. Und mit einer angesehenen Vorstandsetage.

Eine Vogelspinne tastete mit acht haarigen, vor stiller Konzentration bebenden Beinen auf das Beutetier zu. Sie besaß viele Augen, aber man konnte ihr nicht in die Augen blicken.

Der Blickkontakt des Säuglings mit der Mutter ist ein wesentlicher Faktor der Entstehung eines stabilen Selbst. Nicht nur die Bildung des Urvertrauens, sondern auch die Bildung der gesamten Persönlichkeit ist an eine akzeptierende, liebende Haltung der primären Bezugsperson gebunden. Das Ich wird aus dem Du. Für welche unserer Handlungen sind wir, eingepfercht zwischen unserer Biologie und unseren frühkindlichen Traumata, denn noch verantwortlich?

Ein bitterer Groll befiel Vincent. Er hatte das Spiel mit dem Morden begonnen, ohne die Konsequenzen zu ahnen. Jetzt erschienen ihm die letzten Jahre als eine Kette von Irrtümern.

»Alle notwendigen Schritte in der Bereinigung der Angelegenheit Schulz sind eingeleitet«, sagte er.

Der Mann hinter dem Plexiglasschreibtisch nickte und klingelte nach seiner Sekretärin.

»Das ist gut. Eine Mitarbeiterin wird sich um die Akten kümmern. Besonders diese Hauptkommissarin Jansen macht mir Sorgen. Möchten Sie Tee oder Kaffee, Herr Doktor?« Er lehnte sich zurück. »Ich hatte mir Sorgen um Sie gemacht. Wir alle hatten Ihre

Eigenständigkeit und Kompetenz geschätzt. Gerade jetzt, wo wir vor der größten Operation stehen, die wir je unternommen haben.« Er lächelte und zeigte kleine, gleichmäßige und gepflegte Zähne. »Es ist gut, dass Sie wieder einsatzfähig sind.«

Vincent nickte.

»Wir sind aus einer unangenehmen, verworrenen Situation zu größerer Klarheit gekommen«, sagte er. »Unsicherheitsfaktoren sind ausgeschaltet, und die Ermittlungen werden von Personen, die unser Vertrauen genießen, in der angemessenen Weise beendet. Die Akten werden eingezogen und in unserem Sinne überarbeitet werden. Wenn wir noch die Angelegenheiten Jansen, Seitz und Hoffmann erledigen, können wir zufrieden sein.«

»Ich verstehe.«

»Denken Sie daran«, sagte der Mann hinter dem Schreibtisch, »dass ein guter Chirurg seine Werkzeuge nach der Arbeit entsorgt. Medizinisch sagt man wohl Einwegbesteck dazu.«

Seine Stimme wurde verbindlich. »Etwas anderes. Wie geht es Ihrer Praxis?«

Vincent hob langsam die Lider.

»Ich lebe.«

Der Mann hinter dem Schreibtisch dirigierte das Kaffee und Tee servierende Vorzimmeraushängeschild im Markenkostüm über halbhohen Markenpumps zu sich. Er legte die Hand an seine Brille und korrigierte ihren Sitz.

»Wahrscheinlich gibt es gute Jobs ausschließlich in einem Büro«, sagte er.

Vincent betrachtete den dunklen Strahl, der sich aus der Kanne in das Porzellan ergoss. Drei Tassen standen dort. Ein einzelner Reflex von flammendem Silber sprang über den scharfen Rand. Es schien hier kein Licht zu geben außer den Spiegelungen auf gläsernen und glasigen Materialien.

Das Vorzimmeraushängeschild geleitete mit professionellem Lächeln einen neuen Gast herein. Vincent blinzelte, weil er für einen Augenblick auch auf ihren Zähnen eine Spiegelung erwartet hatte.

Der Mann hinter dem gläsern schimmernden Schreibtisch erhob sich.

»Wie geht es Ihnen?«

Der Gast machte eine fahrige Geste. Er hatte einen arroganten

Mund, um den es unaufhörlich zuckte. Sein Körper war weichlich und feist. Vincent kannte ihn, es war der Stellvertreter des Mannes hinter dem Schreibtisch – und neuerdings der direkte Draht nach Berlin.

»Die aktuellen Umfrageergebnisse machen Otto nervös. Er ist derzeit aus Angst um die nächste Legislaturperiode ungenießbar. Außerdem hat er sich mit seinem weltrettenden Bruder gestritten.«

»Wir haben einiges vor«, sagte der Mann hinter dem Schreibtisch mit großzügiger Geste, »den Herrn Staatssekretär in spe kennen Sie sicherlich, Herr Doktor.«

»Wir sehen uns nicht das erste Mal«, antwortete Vincent ohne Emotion.

»Doktor Rosebud ist ein äußerst begabter Kenner des menschlichen Körpers und der menschlichen Seele«, sagte der Mann hinter dem Schreibtisch.

»Das ist gut, Herr Seligmann«, antwortete der Gast.

DREIZEHN

Der Mann trug einen hellen Mantel, einen weißen Pullover und cremefarbene Hosen. Seine Füße steckten trotz des lausigen Wetters nackt in Sandalen. Er stand in Kathrins Büro und betrachtete interessiert das Poster eines Klimt-Bildes, das zwischen Aufklärungsplakaten, den üblichen Fahndungsbildern und einem Kalender des letzten Jahres einen winzigen Fetzen Kultur im bürokratischen Alltag behauptete.

»Sie sind Ulrich Bertrams?«, fragte Nadine.

»Das stimmt, aber Sie können mich Gabriel nennen«, sagte er gravitätisch.

»Wo haben Sie das Mädchen gefunden?«, fragte Nadine kalt.

Bertrams hob seine Arme.

»Ich bin Künstler«, sagte er.

»So etwas Ähnliches habe ich mir gedacht.«

»Und ich spaziere gerne am Abend herum, um mich inspirieren zu lassen.«

»Was für ein Künstler sind Sie?«, fragte Hoffmann neugierig. Sein ungebügeltes Hawaiihemd, fand Nadine, war eine Kunstform an sich. Eine Art metaphysischer Aufstand gegen jede Art von Geschmack. Beuys hatte Fett und Filz verarbeitet, Hoffmann verarbeitete sich selbst.

»Ein christlicher«, antwortete Bertrams, »deshalb habe ich das christliche Mönchengladbach zu meiner Wirkungsstätte erwählt. Ich fertige erbauliche Gemälde an. Abstrakt.«

»Kommen wir einfach zum Thema«, forderte Nadine.

»Ich fand sie unweit des Berliner Platzes. Ich kannte ihr Gesicht aus der Zeitung und habe sofort die Polizei informiert.«

»Habe ich schon mal eines Ihrer Bilder gesehen?«, fragte Hoffmann interessiert.

»Ich stelle bald im Museum Abteiberg aus«, verkündete Gabriel.

»Da war ich noch nie«, gestand Hoffmann und schlackerte plötzlich verlegen mit den Armen, »es hat bei uns Einheimischen einen … interessanten Ruf.«

Kathrin kniete neben Tanja.

»Du kannst die Aussage von Herrn Bertrams aufnehmen«, sagte Nadine zu Hoffmann und wandte sich nun auch dem Mädchen zu. Tanja war bleich, aber sie wirkte unverletzt.

»Wie geht es dir?«, fragte Kathrin vorsichtig.

»Gut«, sagte Tanja. Es klang hohl, wie auswendig gelernt, ein kleiner blecherner Roboter, der spricht.

»Sie kann wieder reden«, murmelte Nadine.

»Weißt du, wo du bist?«, fragte Kathrin.

»Bei der Polizei.«

»Und wo warst du vorher?«

»Auf der Straße. Ein blonder Mann hat mich hergebracht.«

»Was war, bevor du auf der Straße warst, Tanja?«

»Ich … weiß nicht. Die Männer haben mich in ein Zimmer eingesperrt. Dann war die Tür offen.«

»Sie müssen ihr irgendwelche Drogen eingeflößt haben«, sagte Dr. Vincent Rosebud von der Tür.

»Was machen Sie hier?«, fragte Nadine.

»Meine Arbeit«, sagte Vincent und beugte sich zu Tanja hinab, »Frau Seitz hat mich angerufen.«

»Ich habe nicht alles vergessen«, sagte Tanja verwirrt, »Sie haben gesprochen. Sie haben gesagt, dass die drei Polizisten sterben sollen.«

»Ich werde mich ganz gewiss nicht nur wegen der Aussage eines schwer verstörten Kindes unter Polizeischutz stellen lassen«, schnaufte Nadine. »So etwas ist doch einfach lächerlich.«

»Du solltest das nicht unterschätzen«, warf Kathrin ein, »wenn tatsächlich die Russen-Mafia …«

»Ich brauche keine Nachhilfestunden über das organisierte Verbrechen«, wehrte Nadine ab.

Hoffmann wuchtete seinen Körper aus dem Schreibtischstuhl, auf dem er bislang regungslos gehockt hatte. Er fuhr sich mit der Hand über den kahlen Vorderschädel und die langen dunklen Haare.

»Nadine«, sagte er, »du spinnst gerade rum.«

Sie starrte ihn an.

»Du bist völlig neben der Spur«, sagt er, »wir haben gesehen, wozu diese Typen fähig sind, und ich habe keine Lust, an deinem Grab zu stehen.«

Er blinzelte, wie verwirrt über seinen eigenen Mut.

Nadine atmete, aber schwieg.

»Denk einfach an Nina«, fügte Hoffmann kleinlaut hinzu.

Nadine lehnte am Fenster und sah hinaus. Der 19. Dezember. Es regnete seit dem Morgen, und es hatte die ganze Nacht geregnet, aus dem Versprechen von Schnee war wieder nichts geworden. Sie dachte an Nina, und ihre Gesichtsmuskeln verspannten sich. Hass stieg in ihr hoch, Hass auf alle, die ihr das wegnehmen wollten, was sie glücklich machte.

Ihre Augen brannten. Zwei bullige Beamte, anscheinend genug uniformierte Muskelmasse, um alle Straftäter zwischen Flensburg und München in die Flucht zu schlagen, waren hinter ihr erschienen. Hoffmann hatte telefoniert. Er war das Chaos, das im entscheidenden Augenblick die Fähigkeit zur ordentlichen Handlung entwickelte.

»Du könntest bei mir unterkommen«, sagte Vincent zu Kathrin, »niemand wird dich dort vermuten, und meine Wohnung verteidigt ein Mann gegen eine Armee.«

Kathrin blickte ihn an und lächelte.

Vincent nickte ihr zu und verließ das Revier, um alles vorzubereiten.

Ein Wagen parkte neben ihm, und die Seitenscheibe fuhr automatisch herunter. Es war ein großer Kombi, der Fahrer trug grüne Jogginghosen und hatte einen fast kahl geschorenen Schädel. Der Beifahrer winkte Vincent mit massigen, wurstigen Fingern zu sich heran. Seine Stimme klang kurzatmig, als schaffe sein Herz es nicht, den zu lauter Fett gequollenen Körper ausreichend mit Blut zu versorgen.

»Haben Sie den Verstand verloren, mich hier auf offener Straße anzusprechen?«, sagte Vincent.

Der feiste Mann lächelte kalt.

»Wir haben das Mädchen verloren, bevor wir es liquidieren konnten. Eine Folge Ihrer Idee, sie noch zu verhören.«

Vincent sah in seine wässrig hellen, zwischen schweren Lidern und rosaroten Wangen schwimmenden Augen.

»Oder weil Sie sich noch mit ihr befassen wollten. Und Ihnen ist Tanja Schulz entkommen, nicht mir.«

Der feiste Mann schnaufte verächtlich.

»Herr Doktor«, sagte er, »Sie sind ein begabter Autodidakt. Hier aber geht es um den größten Deal der Firmengeschichte. Es ist unverständlich, wie die Tür für die Göre hat offen stehen können. Wichtig ist jetzt aber dieser Deal. Um ihn durchführen zu können, müssen drei Polizisten sterben.«

VIERZEHN

Jene zu töten, die keine Justiz erreicht, die von der Justiz gedeckt werden. Richter sein, Ankläger und Vollstrecker. Ein wahnsinniger, hochinteressanter, kranker und wunderbarer Gedanke. Manche Bilder gab es nur in Vincents Kopf, weil Fotos Beweise gewesen wären, die ihn lebenslang hinter Gitter gebracht hätten.

Im Sommer 1990 spürte Vincent die Macht. Sie lag nicht in dem kühlen Stahl, nicht in dieser stattlichen Ansammlung kleiner, unglaublich scharfer Klingen. Sie lag in ihm, der diese Klingen zu führen wusste. Er hatte nach Formalin stinkende, braungelbe Leichen geöffnet und präpariert, er hatte in lebendes Fleisch gestochen und geschnitten, aus dem Blut quoll: Aber all das war nur ein Abklatsch. Es schrie nicht. Und es hatte nicht verdient zu bluten.

Hansmann, feist und mit bunter Krawatte, saß ihm gegenüber und schwitzte. Er starrte auf den Stahl. Er gehörte zu den Leuten, die sich bei der Begrüßung mit ausgestrecktem Arm verbeugen, jetzt lächelte er nicht mehr.

»Was soll das«, stieß er hervor, »sind Sie irgendwo aus einer Anstalt entlaufen?«

Vincent lächelte, völlig gelöst. »Nein.«

»Was wollen Sie?«, ächzte Hansmann und kullerte die Äuglein. »Ich rufe die Polizei.«

»Wenn Sie versuchen zum Telefon zu kommen, schneide ich Ihnen die Achillessehnen durch. Wenn Sie schreien, schneide ich Ihnen die Zunge heraus.«

»Sie sind ein Irrer!«

Vincent seufzte, ohne dass sein Lächeln erlosch.

»Vielleicht, aber wenn Sie sich ganz ruhig verhalten, wird keines der Messer hier ihre Haut berühren.«

Hansmann schüttelte unwillig den Knopf, er schnaubte und zerrte an seiner Krawatte, als sei sie ihm mit einem Mal zu eng. Auf seinem Hals pulsierte die Carotis-Communis-Schlagader dick und viel zu schnell.

»Sie haben Probleme mit dem Blutdruck. Sie hätten sich untersuchen lassen sollen«, diagnostizierte Vincent mit wenig Bedauern. Er lauschte auf die Türglocke und öffnete, ohne Hansmann aus den Augen zu lassen oder sein Lächeln zu verlieren.

Gabriel erschien im Türrahmen und schloss die Wohnungstür hinter sich. Er trug chirurgische Handschuhe, ungepudert.

Hansmann starrte ihn an.

»Sie …«, sagte er und verstummte.

Vincent nahm ein zweites Skalpell aus seinem Kasten.

»Wir möchten nur Ihre Ausfertigungen der mit Herrn Bertrams geschlossenen Verträge«, sagte er.

»Das wird Ihnen nicht helfen«, sagte Hansmann und zerrte erneut an seiner Krawatte.

»Erklären Sie Herrn Bertrams einfach, wo Sie die Schriftstücke aufbewahren.«

Hansmann atmete asthmatisch, er sah auf Gabriel, auf den Stahl und in Vincents Augen. Dann deutete er auf seinen Aktenschrank.

Hansmann stand wie erstarrt, während Gabriel den Schrank durchsuchte. Hansmann plumpste auf seinen Schreibtischstuhl. Dort kam er zu Luft und reckte plötzlich den Hals.

»Was versprechen Sie sich davon? Wenn Sie beide weg sind, kann ich die Polizei rufen und Sie anzeigen. Und wenn Sie mir hier die Kehle durchschneiden, wird man Ihnen auf die Schliche kommen!«

Vincent betrachtete die Skalpelle.

»Wenn es nicht unbedingt sein muss, werde ich Ihnen nichts mit den Messern tun«, versicherte er noch einmal.

»Sie werden erwischt, so oder so«, sagte Hansmann.

Vincent seufzte.

»Hatten Sie eigentlich in letzter Zeit häufiger Bauchweh?«, fragte er mitleidsvoll.

»Ich muss mir an irgendetwas den Magen verdorben haben«, gab Hansmann zurück.

Gabriel war fündig geworden, er hob einen Packen Formulare hoch und winkte Vincent damit zu. Dann steckte er sie sorgfältig in seine Tasche und verschloss den Schrank.

»Wir haben alles, was wir brauchen«, sagte Vincent zu Hansmann.

Der kleine dicke Mann starrte ihn hasserfüllt an. »Dann können Sie ja jetzt verschwinden.«

»Ich fürchte«, antwortete Vincent und sah fast sehnsüchtig auf seine Klingen, »dass das unmöglich ist. Sie würden tatsächlich die Polizei rufen. Und ich habe aufgrund eines tragischen Schicksals das Vertrauen in die deutsche Justiz eingebüßt.«

»Was wollen Sie?«

Vincent hob die Schultern.

»Ich bin Arzt und möchte mit Ihnen über Ihre Bauchschmerzen reden. Schauen Sie«, er lächelte, »Ulli, sieh doch mal nach, ob der Mann etwas zu trinken für uns im Kühlschrank hat. Also: Ich komme aus einem kleinen und unbedeutenden Kaff. Da ist Hamburg eine echte Sensation. Ich fahre gerne hierher. Zuletzt war ich vor knapp vier Wochen hier. Ich habe Sie beobachtet. Sie saßen so oft in dieser netten Eisdiele und aßen Tiramisu.«

Gabriel brachte Mineralwasser, und Vincent nahm einen Schluck aus der Flasche, dann reichte er sie zurück. Er fuhr fort:

»Sie saßen immer in dieser Ecke, so ganz allein.«

»Was wollen Sie mir sagen?«, schnaubte Hansmann.

Vincent sah ihn an und lächelte wieder.

»Kennen Sie sich ein wenig in Mykologie aus, in Pilzkunde? Nein? Sie sehen auch gar nicht wie ein Pilzsammler aus.«

Er nahm erneut die Flasche von Gabriel, trank einen Schluck.

»Ein wunderbarer Sommer. Da sitzt man gerne in Eisdielen. Ich rede zu viel? Gut, machen wir es kurz: Ihre Bauchschmerzen sind keine Bagatelle. Sie sind ernster Natur. Sehr ernster Natur sogar: Ich habe mir nämlich gestattet, Ihr Tiramisu mit einem Extrakt aus Knollenblätterpilzen zu vergiften. Die lassen sich hervorragend unter Kakaopulver mischen.«

Hansmann öffnete den Mund.

»Ein äußerst eigenwilliges Zeug«, erklärte Vincent, »es tötet erst nach einer gewissen Zeit. Dann allerdings ausgesprochen unangenehm. Die Toxine zersetzen die Leber. Man stirbt im Leberzerfallskoma. So wie Sie heute, morgen oder spätestens übermorgen.«

Vincent blickte zu Gabriel hinüber.

»Wir beide sind hier, um Sie auf Ihrem letzten Weg zu begleiten«, sagte der Erzengel freundlich.

Er blinzelte.

Hansmann stand auf.

»Wenn Sie versuchen, zur Tür zu kommen, schneide ich Sie in

Stücke«, sagte Vincent kalt, »außerdem kann Ihnen ohnehin niemand mehr helfen. Bleiben Sie ruhig.«

Hansmann blieb stehen, seine Halsschlagader blähte sich und raste unablässig. Er keuchte.

»Kochen wir uns allen einen Tee«, schlug Gabriel vor.

Hansmann ließ sich wieder in seinen Sessel fallen.

Gabriel kochte Tee.

Sie warteten. In der Nacht erbrach Hansmann gallig, am nächsten Morgen war sein Stuhlgang weiß und der Urin kaffeebraun, er erbrach häufiger. Gabriel und Vincent wechselten sich bei der Wache ab. Als Hansmann am Mittag in den Spiegel sah, weil sein Gesicht brannte, erkannte er, dass sich das Weiße seiner Augen gelb gefärbt hatte. Er stand vor Vincent und heulte.

»Lassen Sie mich raus, ich muss zu einem Arzt.«

»Ich bin Arzt. Vertrauen Sie mir. Es ist zu spät, man kann Ihnen nicht mehr helfen. Trinken Sie Tee. Ich kann Ihnen etwas gegen die Schmerzen und zur Beruhigung geben.«

Hansmann vernichtete stattdessen alle alkoholischen Getränke in seinem Haushalt. Das machte es nicht besser. Er erbrach, nahm Schmerztabletten und legte sich schließlich in sein Bett.

Vincent betrachtete den zerfallenden Leib voller Interesse. Nur in der Nacht jagten Rosebud gespenstische Schatten von Hunden.

»Ich habe das nicht verdient«, sagte Hansmann am Morgen und weinte wie das tiefgelb gequollene Zerrbild eines Kindes.

»Es ist notwendig«, antwortete Vincent mit rauer Kälte. Er ging Tee aufbrühen.

Hansmann fiel an diesem Nachmittag ins Koma, aber es dauerte noch drei Tage, ehe er aufhörte zu atmen. Sie verwischten die restlichen Spuren und fuhren in der Nacht heim nach Mönchengladbach.

Dort war Lea verschwunden.

Vincent suchte sie stundenlang in einer im lachenden Sommer fröhlichen Stadt.

Gabriel schlug schließlich vor, die Krankenhäuser anzurufen. Vincent hätte darauf kommen sollen, aber er war irgendwie nicht bei Besinnung.

Sie lag im Krankenhaus.

Auf der Gynäkologie.

Während ihr Bruder und ihr Geliebter erfolgreich Morde durchführten, hatte sie zu bluten begonnen. Sie war im dritten Monat gewesen. Mit dem Fötus musste von Anfang an etwas nicht gestimmt haben. Weil Vincent Kollege war, ließen sie ihn zu ihr. Leas Gesicht war blass, und sie schlief.

Gabriel diskutierte draußen mit der Nachtschwester.

Vincent nahm Leas Hand und hockte die ganze Zeit neben ihrem Bett. Er fror trotz der Hitze. Als sie die Augen aufschlug, blinzelte sie.

»Hau ab«, sagte sie leise, als sie ihn erkannte.

Er starrte sie an.

»Hau ab«, schrie sie, »verpiss dich, mach dich weg!«

»Lea«, stotterte er.

Sie kreischte wie eine Irre, und das Personal lief zusammen.

»Was haben Sie hier angestellt?«, wollte eine Nonne wissen. Er sah und hasste sie. Sie blies sich auf, ein ungeheuer großer Pinguin. Der Rosenkranz pendelte an ihrer Seite. Ihre Augen waren gekreuzigt und tot.

Vincent wusste nicht, was er angestellt hatte. Er wusste gar nichts mehr.

Sie drängten ihn aus dem Zimmer und ließen ihn nicht mehr zu ihr. Er bettelte, aber eine katholische Krähe blinzelte ihn nur hasserfüllt an und versperrte die Tür.

»Ich habe mit dem Arzt geredet«, sagte Gabriel am Abend, »es sind die Kindstage, sagt er. So etwas gibt es auch nach einer Fehlgeburt. Es geht vorbei, und sie kommt zu dir zurück.«

Drei Tage später war Lea fort, in den Osten gereist.

»Du musst mir sagen, wo sie ist«, bat Vincent.

Gabriel sah ihn nur an.

»Ich weiß nicht«, antwortete Gabriel leise.

Vincent brauchte Monate, um ihm zu glauben.

Drei Jahre später schrieb Lea. Sie schickte ihm ein Bild von sich, ihrem Mann und ihrer Tochter. Er verstand sie genauso wenig wie seinen Vater, wenn der trank und ihn schlug.

Er konnte beide nicht hassen und wusste nicht, wie er sich schuldig gemacht hatte und warum er sich schuldig fühlte.

Er träumte von Hunden, die ihn zerrissen.

Die Nonne mit den gekreuzigten Augen verstarb beim Rosenkranz-Beten, als sie in der Krankenhaussakristei ausrutschte und sich den Oberschenkel brach. Sie lag nörgelnd im eigenen Hospital. Gabriel besuchte sie und brachte ihr Pralinen. Sie wunderte sich nicht, irgendwie schien sie der Meinung zu sein, dass jedermann ihr etwas schulde. Ihre Infusion lief schlecht, Ulrich Bertrams richtete das, dann bekam sie eine Lungenembolie und ging heim.

Gabriel behauptete, der Herr habe ihn geschickt und er unterstütze Vincent bei Gottes Werk. An manchen Tagen begann Vincent ihm zu glauben. Wenn Gott kein perverser Voyeur war, der über den Wolken hockte und sich bei seiner abartigen Tragikkomödie auf die Schenkel klopfte, dann musste er jemand schicken, der die Rumpelkammer seiner Allmächtigkeit aufräumte.

In dem Jahr nach Lea schlief Vincent mit verschiedenen Frauen. Er vergaß immer wieder ihre Namen.

Nebenher bastelte er an seinem Facharzt, saß dabei in Selbsterfahrungsgruppen und lag schließlich auf der Couch für seine Lehranalyse. *Schmerz und Erstaunen.*

Er begriff, aber es machte ihn nur gefährlicher, weil er nicht verzieh. Die endliche Versöhnung, jene große Utopie der frühen Psychoanalyse, blieb ihm versagt. Vincent vergab nicht. Er lernte, gewisse Dinge vor seinem Lehranalytiker zu verbergen. Er wurde zu einer Klinge.

In drei Jahren ermordeten Vincent und Gabriel vier Menschen, und sie verdienten mit drei Berufen eine siebenstellige Summe, ohne jemals das Gefühl zu verlieren, etwas Wichtiges und Gerechtes zu tun. Sie waren sich sicher.

Im Herbst 1998 bekam Vincent Besuch von einem feisten Mann mit dunklen Augen und aufgeworfenen Lippen in einem glänzenden Gesicht.

Sein Vorname lautete Horst, und sein Lächeln war wie eine verschmutzte, entzündete Wunde.

»Ich suche Sie beruflich auf, Herr Doktor«, sagte er, und in seiner asthmatisch giemenden Stimme klang Verachtung.

Vincent deutete auf den Patientenstuhl und nippte am Kaffee.

»Setzen Sie sich und schießen Sie los.«

Horst setzte sich und kramte eine lädierte Packung Zigaretten aus der Brusttasche. Er war sauber und teuer, aber nach der Mode der vorletzten Saison gekleidet. Seine Augen zuckten wie dunkle Insekten.

Er stieß die Zigarettenschachtel in Vincents Richtung. Der schüttelte den Kopf.

»Nein danke – und ich wäre Ihnen dankbar, wenn auch Sie in diesen Räumen nicht rauchen würden.«

Horst schwärendes Wundenlachen klaffte auf. Er holte ein silbernes Feuerzeug aus der Tasche, schüttelte sich eine filterlose Zigarette aus der Packung, klemmte sie sich zwischen die Lippen und zippte die Flamme auf. Die Wunde sog die Glut gierig ein. Er schwitzte, aber er schien zu den Typen zu gehören, die immer schwitzen.

Dann grinste er Vincent provokativ an und blies Rauch aus.

Vincent nippte an seinem Kaffee: »Sie interessieren sich also nicht für Dinge, um die man Sie bittet.«

Horst lachte.

»Was sind schon Bitten?«, fragte er.

»Was meinen Sie?«, fragte Vincent zurück und musterte sein Gegenüber, der sich zurücklehnte, ihm aber nicht in die Augen sah.

»Ach, diese Psychiaterscheiße«, machte Horst verächtlich und schnippte Asche auf den Boden. Seine Beine quollen unter dem Bauch hervor. Sie schienen die Hose sprengen zu wollen.

»Haben Sie Erfahrungen mit der Psychiatrie?«, fragte Vincent und stellte seine Tasse ab.

»Nein. Das hab ich nicht nötig gehabt.«

Vincent lächelte jetzt.

»Dann reden wir zuerst über Spielregeln«, sagte er.

Horst blies Rauch in seine Richtung und schnippte erneut Asche auf den Teppich.

»Jaaaaa?«

»Ja«, Vincent nickte freundlich, »die erste Regel ist, dass dies hier meine Praxis ist.«

»Aha«, säuselte Horst. Er bewegte schwer atmend seinen überfetteten Brustkorb und lachte eine Menge Luft aus seinem bebenden Leib.

»Und wenn Sie nicht aufhören, mir meine Luft zu verpesten und mir Ihre Asche auf den Teppich zu kippen, trete ich Sie in den Arsch und schmeiße Sie raus.«

Horst rauchte und spreizte gemütlich die Beine.

»Ach, Doktorchen«, seufzte er und zog an seiner Kippe, »wie wollen Sie das schon machen?«

Vincent zuckte die Achseln, und Horst fischte mit der freien Hand eine silberne Pistole, so überdimensioniert wie er selbst, aus der Jacke. Er hob den Lauf und richtete ihn auf Vincents Brust.

»Bumm«, machte er, rauchte, schnaufte und lachte.

Vincent lehnte sich zurück.

»Wenn Sie jetzt auch noch entsichern und mit links schießen können, ehe ich genickt habe, sind Sie ein echter Profi«, sagte er und lächelte an dem feisten Mann vorbei.

»Er ist zu langsam«, seufzte Gabriel. Er stand in der Tür, die Vincent offen gelassen hatte, als er vorhin an der Anmeldung die Riemen des Pistolenhalfters unter Horsts Jacke bemerkte. Gabriel lächelte in himmlischem Gleichmut. Die Waffe in seiner Hand war kleiner als Horsts Riesending, aber entsichert.

Vincent stand auf, nahm Horst die Artillerie aus der Hand und gab sie dem Erzengel. Dann zog er die Zigarette aus einer Wunde, deren Ränder sich aufgrund der muskulären Spannung zusammengezogen hatten, und warf sie in den Mülleimer.

»Und jetzt rufe ich die Polizei«, sagte er noch immer freundlich.

Horst starrte ihn böse an.

»Das würde ich nicht machen.«

»Müssen Sie auch nicht, Junge. Ich mache das.«

Horst lachte böse.

»Geht man so mit Kunden um?«, fragte er.

»Ich suche mir meine Patienten aus«, sagte Vincent, »und Sie gehören definitiv nicht dazu.«

»Ich komme im Auftrag eines Mannes, dessen Einfluss nicht ganz unbedeutend ist – und der braucht Sie nicht als Irrenarzt.«

Vincent blickte Gabriel an.

»Ich habe keine Ahnung, wovon Sie reden«, sagte er.

Horst bellte wie ein Kojote. Als er mit dem Lachen fertig war, sagte er:

»Ihr beide seid Killer – wie ich.«

Es klang, als sei er stolz darauf. Vincent setzte sich an seinen Schreibtisch und musterte Horst eine Weile mit zusammengekniffenen Lidern.

»Wer schickt Sie, um mir diese Geschichte zu erzählen?«, fragte er dann.

»Ein wichtiger Mann. Der Leiter einer großen Organisation.«

»Das klingt ja spannend, du machst am besten deinen Medizinschrank auf«, schlug Gabriel feierlich vor, »Gott der Herr ruft diesen Mann zu sich.«

»Wenn mir etwas passiert, seid ihr beide auch tot«, sagte der feiste Mann schnell.

Vincent bemerkte, wie sich sein Atem beschleunigte. Dennoch wusste er jetzt genau, dass er keinen einfachen Spinner vor sich hatte. Das Netz der Unterwelt war seit dem Zusammenbruch des Ostblocks dichter und gefährlicher geworden. Gabriel und er hatten es tunlichst vermieden, in den Gewässern der neuen Haie zu fischen. Jetzt war einer ihrer Abgesandten bei ihnen aufgetaucht. Vincent musste die Haie unterschätzt haben. Ihre Sinne waren fein, ihre Strukturen viel ausgefeilter als die der Kriminalpolizei, und sie verfügten über mehr Geld. Haie kannten die Meere, in denen sie sich bewegten. Diese hatten offensichtlich auch alle angrenzenden Gewässer beobachtet.

»Wir observieren Sie beide schon seit einer ganzen Weile«, sagte Horst großspurig, »und irgendwie hat man Interesse an Ihren Fähigkeiten gefunden.«

Er griff in seine Jacke. Hinter ihm klickte der Abzugshahn von Gabriels Waffe.

»Ich gebe Ihnen nur eine Visitenkarte«, sagte Horst.

Vincent nickte und nahm den bedruckten Büttenkarton entgegen.

»Das ist nicht Ihr Ernst«, sagte er.

Jetzt erschienen kleine, runde Zähne in der hässlichen Wunde.

»Ich habe doch gesagt, dass es ein wichtiger Mann ist«, strahlte der feiste Mann.

Vincent besaß Bilder seines Vaters. Die einzig mögliche Art von Frieden machte er mit ihm neun Wochen später. Erwin Rosebud war ein großer, schlanker Mann mit blonder Locke und hellen Augen. Wenn Vincent sie sah, blickte er in seine eigenen. Jetzt hatte sich das Weiße dieser Augen verfärbt, und Erwin verlor an Gewicht. Seine Stimme war rauer geworden, aber er ließ keinen Arzt an sich heran.

»Lass mich nachsehen«, sagte Vincent.

»Vergiss es«, krächzte Erwin, und Vincent schwieg.

»Du musst dich um deinen Vater kümmern«, sagte Mutter.

»Wie soll ich das machen?«

»Du bist Arzt.«

Vincent fand eine Menge Gründe, erst acht Wochen später wieder zu seinen Eltern zu fahren.

Erwin hatte weiter abgenommen, sein Atem roch nach Alkohol, und an seinem Kinn war eine Schwellung. Er hüstelte, seine Haut war grau und wie Pergament.

»Du könntest mir mal ein paar Schlaftabletten aufschreiben«, forderte er seinen Sohn auf.

»Du solltest zu einem HNO-Kollegen gehen«, sagte Vincent.

»Ich kann nicht schlafen, das ist alles.«

»Du machst nichts für deinen Vater«, sagte Mutter in der Küche.

Vincent ging. Elf Wochen später besuchte er Erwin auf der Strahlentherapie. Der Chefarzt war im Urlaub, der Oberarzt besaß das Gesicht eines alten Araberpferds. Er machte eine bedeutsame Geste und hielt einen pathosphysiologischen Vortrag über die Rolle hochprozentiger alkoholischer Getränke bei der Entstehung eines Mundbodenkarzinoms.

»Es ist riesengroß«, sagte er dann, »das kriegt kein Mensch mehr operiert, es umfasst …«, und er schilderte in korrektem Latein ein Gebiet, das den gesamten Unterkiefer und Hals umfasste, außerdem Metastasen in Leber und anderen Organen.

»Wir werden bestrahlen«, sagte er, »aber die Prognose ist natürlich vollkommen *infaust.*«

Vincent hockte sich an Erwins Bett. Erwins Körper war mager und wirkte fast embryonal.

»Ich habe Durst«, sagte er.

Vincent hielt ihm die Plastikschnabeltasse hin.

»Nicht dieses Zeug, ich brauche etwas Richtiges«, sagte der alte Mann.

»Ich werde dir keinen Alkohol bringen«, sagte Vincent wütend.

Erwin schnaufte. Er richtete sich auf und sah Vincent an. Es war wie der Blick in einen Spiegel. *Meine eigenen Augen.*

»Mein Sohn, der große Arzt«, krächzte er, »und für mich hat er nicht mal einen Schluck übrig, obwohl ich verrecke.«

Vincent streckte den Arm aus und berührte seinen Hals. Er konnte sich nicht erinnern, wann er seinen Vater das letzte Mal angefasst hatte. Jetzt war das Gewebe steinhart und die Haut, die sich perlmuttern darüber spannte, heiß. Mein Vater, dachte Vincent, fühlt sich an wie ein Stein, der in der Wüstensonne gelegen hat. Sein Fleisch gibt nicht nach, er hat nie nachgegeben, aber jetzt tötet die Härte ihn.

»Es frisst mich auf«, sagte Erwin, »diese Scheiße frisst mich von innen auf.«

Er blickte Vincent an.

Wenn auch Härte tötete, gab es keinen Schutz mehr. Alles war sinnlos.

»Was soll ich dir zu trinken holen?«, fragte Vincent.

Erwin nickte, grinste und sank zurück.

»Du verdienst doch gut«, sagte er und schloss die Augen, »bring mir etwas Ordentliches.«

Vincent ging einkaufen.

»Du hättest dich um ihn kümmern sollen«, sagte Hildegard, »schau dir an, was aus ihm geworden ist. Er sieht aus wie ein Monster.«

Sie sah ihren Sohn so flüchtig an, wie er es gewohnt war.

Erwin Rosebud trank, fluchte und starb dreiundneunzig Tage lang. Vincent stahl seiner Mutter einige Bilder, die ihn mit Erwin zeigten, er schwor sich, sie nur anzusehen und dann zurückzubringen. Er konnte die Bilder auch einfach wegwerfen oder verbrennen. Schließlich behielt er sie alle.

FÜNFZEHN

Pitty Schmitz war ein riesiger blonder Kerl mit Kaiser-Wilhelm-Bart, den Ausmaßen eines Kleiderschranks und dem Gemüt eines Lyrikers auf Abwegen. Kathrin schätzte ihn als Mann für die Diskussionen mit den besonders kranken, harten oder nur kräftigen Jungs. Wenn Borussia wieder einmal eine Niederlage kassierte, heulte er hingegen wie ein Kind. Kathrin wusste, dass er alles für sie tun würde, und darum sollte er sie beschützen.

Es hatte für eine kurze Zeit aufgehört zu regnen. Sie trafen sich auf dem Parkplatz hinter dem Polizeirevier, Pitty ragte über dem Pflaster auf wie eine Statue aus Muskeln und Fett. Kathrin sah sich um, nur einige Beamte eilten hier umher. Kein Mörder – wahrscheinlich nicht. Dennoch würde man sie wegbringen. Sie konnte nicht hier bleiben. Das berühmte Restrisiko gab es überall. Man konnte auch von einem abstürzenden Flugzeug erschlagen werden, wenn man gerade seinen Gewinn für die sechs Richtigen im Lotto abholte.

»Hi, Kathrin«, sagte Schmitz.

»Hi, Kaiser Wilhelm«, lächelte sie.

Er grinste.

Dann sah er zu Vincent.

»Ich bin Peter Schmitz.«

»Sagen Sie Vince zu mir.«

Schmitz verzog sein bulliges Gesicht und sagte mit der Stimme einer missmutigen Dogge: »Habe Sie noch nie auf dem Revier gesehen. Kann mich zumindest nicht erinnern. Aber das Gesicht kommt mir trotzdem bekannt vor.«

»Ich bin kein Polizist«, sagte Vincent.

Pitty Schmitz brummte.

»Ich bin Arzt.«

»Herz?«

»Irrsinn.«

»Wie war dein Advent bis jetzt?«, wollte Kathrin wissen.

»Wundervoll«, verkündete Schmitz, »aber es wird noch wundervoller sein, wenn es vorbei ist.«

Er blinzelte.

»Wo geht es hin?«

»Nach Eicken«, klärte ihn Vincent auf, »in die Fußgängerzone. Eickener Straße. Ich fahre voraus.«

Eicken war das Stück Mönchengladbach, das hinter dem Bahnhof begann, ein Stadtteil mit alten Häusern: Es gab dort nur einige bauliche Fünfziger-Jahre-Monstrositäten unter lauter Jugendstilperlen. Hier lebten die Intellektuellen, die Lehrer, Sozialarbeiter und Türken.

Vincent schlenderte auf seinen Silberpfeil zu, und Schmitz sah ihm skeptisch nach.

»Mächtiges Geschoss«, grummelte er.

»Ich finde es schick«, antwortete Kathrin treuherzig.

Schmitz schüttelte den Kopf.

»Wir lassen deine Karre stehen und nehmen meinen Kombi«, sagte er.

Er fuhr einen dunkelroten Passat, und den bewegte er genau wie jemand, der am Steuer eines dunkelroten Passats sitzt. Kathrin verkniff sich die Frage, ob das Getriebe auch über einen dritten Gang verfügte und wo die Vorfahrt eingebaut war. Sie sah auf den Hinterkopf von Vincent, der vor ihnen herfuhr. Sie hätte wirklich gerne die Zeit mit ihm allein verbracht, und ihr frustrierendes Sexualleben fiel ihr wieder ein. Irgendwie musste sie das ändern, spätestens, wenn diese Sache vorbei war. Schmitz schien ihre Gedanken zu ahnen, denn er fragte:

»Was hast du eigentlich immer abends so getrieben?«

»Fernsehen«, gestand sie, »und lesen.«

Er brummte.

»Und du?«, fragte sie.

»Die Erotik meiner Frau spielt sich meistens mit ihrem Freund ab. Wenn es mich zu sehr drängt, gehe ich in einen Club.«

Er sah sie von der Seite an, bei dem Schleichtempo, das er fuhr, musste er nicht auf den Straßenverkehr achten.

»Vielleicht könnten wir ja mal zusammen in einen Pärchenclub gehen. Es gibt einen in Rheydt, mit Herrenüberschuss.«

Kathrin schüttelte den Kopf. Ihr fielen die Erzählungen von Hoffmann ein: seine Ermittlungen in Düsseldorfs Swingeroase. Ein bizarres Bild: Gaffer drängen sich zwischen großen Liegen, auf denen andere in Rudeln übereinander hocken. Eine Frau mit weißer

Schiesser-Unterhose Marke Liebestöter, ein selig grinsender Mann mit Plastiktüte für die Luftnot-Nummer auf dem Kopf. Sie steht mit Pitty Schnauzbart pudelnackig im Gewühle. »Das ist mal geil«, sagt Pitty, und unter dem Bauch bestätigt ein begeistert erhobenes Ding seine Freude.

Kathrin schauderte, und sie musste dann trotzdem lachen.

»Danke«, sagte sie, »nein.«

Immerhin hatte es geholfen. Der Gedanke an Sex war ihr gründlich vergangen.

»Wir passen auf dich auf«, sagte Schmitz. Er schien die Abfuhr erwartet zu haben und nahm ihr nichts übel.

Vincent fuhr zu einem Parkplatz in der Nähe des Altenheims Eicken.

Schmitz parkte sein dunkelrotes Ungetüm neben ihm.

»Das hellgelbe Jungendstilhaus da vorn«, erklärte Vincent und deutete die Straße hinunter.

»Wer wohnt da?«, blaffte Schmitz.

»Ich. In der obersten Etage. Ist schön. Ausgebautes Dachgeschoss.«

Schmitz sah ihn an, dann Kathrin.

»Und ihr meint, dass unser Mädchen hier sicher ist?«, fragte er skeptisch.

»Niemand wird uns finden. Und wenn: Wir sind zu dritt und alle bewaffnet. Die schmale Treppe verteidige ich allein gegen eine Armee.«

Schmitz wog den Kopf hin und her. »Weiß nicht, was ein Irrenarzt so verteidigt«, grummelte er, klappte die Rücksitze seines Kombis auf und wuchtete eine schwarze Metallkiste heraus, in die Kathrin ganz hineingepasst hätte.

»Was ist das?«, fragte sie mit gekräuselter Nase.

»Unsere Lebensversicherung«, antwortete er mit hochrotem Kopf.

Vincent ging voraus.

»Es gibt keinen Aufzug«, sagte er und schielte auf Schmitz, der sich mit der Kiste mühte. Schmitz sah aus wie ein Gewichtheber, der seine Hantel selbst zum Auftritt schleppen muss.

Vincent lächelte Kathrin an und schloss die Tür auf.

Sie kraxelten die alte Treppe hinauf, Vincent zuerst, dann Schmitz wie eine Dampflokomotive und am Ende Kathrin.

In der vierten Etage war Pitty Schmitz krebsrot, und sein Heizkessel schien kurz vor der Explosion. Vincent schloss seine Wohnung auf, und Schmitz stampfte breitbeinig herein. Er ließ die Kiste mit solcher Wucht auf den Boden krachen, dass Kathrin befürchtete, sie würde die Decke der darunter liegenden Etage durchbrechen. Luft schoss aus seinem Mund wie aus dem Ventil einer überlasteten Dampfmaschine.

»Willkommen bei mir«, sagte Vincent.

»Schön hast du es«, meinte Kathrin.

Schmitz schwitzte. Er klappte die Kiste auf und ächzte: »Schusssichere Westen, Helme, Schlagstöcke, Verbandsmaterial, Notfall-Infusionen«, begann er aufzuzählen, »Rauchbomben, einige Medikamente, viel Munition, zwei Gummigeschosswaffen, Tränengas, drei automatische Waffen vom SEK … und einige sonstige Überraschungen.«

»Hast du auch einen Flugzeugträger?«, fragte Kathrin.

»War leider nicht zu kriegen.«

Sie schüttelte fassungslos den Kopf.

»Soll ich uns einen Tee machen?«, fragte Vincent. Sie sah ihn an, und er lächelte.

»Zeige mir, wo die Sachen sind, dann zeige ich euch, was Tee wirklich ist«, antwortete sie.

Er hob die Achseln.

»Du bist der Boss.«

Schmitz schob seine Kiste in eine Ecke und hinterließ Spuren davon in der Auslegware.

»Sie ist der Boss, achten wir darauf, dass wir auf unseren Boss aufpassen«, bestätigte er.

Kathrin kümmerte sich um die Heißgetränke.

Hoffmann betrachtete eine Mutter, die ihre Tochter für längere Zeit das letzte Mal im Krankenhaus besuchte. Er hielt sich im Hintergrund, um keine klugen Kommentare von sich geben zu müssen.

»Tommy hat sich im Mescalito verliebt, in echt«, heulte Nina, »in Astrid Hüttermann. Diese Ziege. Sie ist blond. Ich habe es immer gewusst.«

»Soll ich ihn umbringen?«, fragte Nadine.

Nina wischte sich den Rotz aus dem Gesicht und zog geräuschvoll die Nase hoch. Sie überlegte eine Weile.

»Lass ihn leben«, entschied sie schließlich.

»Was kann man sonst machen?«, fragte Nadine.

Nina spitzte die Lippen.

»Ich habe alle seine Geschenke behalten. Er kann meine auch behalten. Ich habe ihm Gott sei Dank sowieso nie was geschenkt.«

»Dann ist es ja in Ordnung«, sagte Nadine.

»Nicht ganz«, sagte Nina, »du hast mich grade gefragt, was du machen kannst.«

»Ja?«, fragte Nadine.

»Wenn ich Tommy nicht kriege, will ich ein Motorrad.«

»Hast du den Verstand verloren?«

»Ich wurde sehr schwer verletzt.«

»Und es geht dir schon sehr viel besser. Ich werde dich aus beruflichen Gründen eine Weile nicht besuchen können«, sagte Nadine.

»Heißt das, dass ich das Motorrad bekomme?«, fragte Nina.

Nadine schloss die Augen, und Hoffmann, der hinter ihr stand, legte ihr die Hand auf die Schulter. Nina wackelte mit dem lachsroten Turban aus Haar.

»Wenn ich an all den Strapazen zu Grunde gehe, möchte ich, dass meine Asche über der Ägäis verstreut wird. Bei Sonnenuntergang. Meine wenigen Habseligkeiten vermache ich Sebastian, der mich so oft vor meiner Mutter beschützte.«Sie kniff ihre Augen zusammen. »Ich spüre, dass ihr mich beschwindelt. Ich merke so etwas sofort. Und jetzt stimmt schon wieder mal etwas nicht.«

Sie verabschiedeten sich, ohne dass Nadine auf Ninas Worte einging. Hoffmann sah, wie Nadine die Tür hinter sich schloss und dann vor ihm herging, auf zwei wartende uniformierte Beamte zu.

Sie weinte nicht.

Eine Elfenkönigin reckte kurz vor dem dritten Jahrtausend den Kopf. Sie hatte sich für die dunkle Seite der Macht entschieden, denn sie trug Schwarz. Ihre Beine steckten in schwarzen Lederhosen, die eng anlagen. Ein schwarzes Top unter einem langen schwarzen Ledermantel. Ihr Haar brannte in der Farbe von hellrotem Herbstlaub. Es war sehr lang, und es flammte offen. Titania, die Elfenkönigin, hatte die Hölle erobert. Doch Titania verließ ihre Tochter. Hoffmann wusste, was seine Chefin dachte.

Sie hasste sich dafür, dass sie floh.

SECHZEHN

Die Tage bis Weihnachten vergingen, sie waren kalt und austauschbar, blätterten sich um wie die Seiten eines durchnässten Kassenbuchs. Für Beteiligte blieben die Bilanzen unlesbar. Schokoladen-Weihnachtsmänner gab es schon seit Ende September zu kaufen. Rot befrackt im Silberpapier. Kränze und Sterne und possierliche Engelchen. Alles zu kaufen. So viel zu verschenken. Jetzt wurden Geschenke eingepackt.

Hoffmann machte die Beamten, die ihn bewachten, mit Listen von Videos verrückt, die er dringend für seine psychische Stabilität brauchte. Es handelte sich um Streifen, in denen Außerirdische die Erde besetzen und die amerikanische Regierung alles zu vertuschen versucht – und um Pornos. Darüber hinaus hatte er seine Leidenschaft für Playstationspiele entdeckt und raste ächzend und schwitzend hinter den Joysticks durch virtuelle Landschaften. Die eigentlich für seine Sicherheit eingeteilten Beamten wurden grün uniformiert und mit hochroten Gesichtern in einer Videothek am Kreisverkehr hinter dem Bahnhof gesehen. Anschließend tauchten sie im nahe gelegenen McDonald's auf, um auch noch Hoffmanns perverse Ernährungswünsche zu befriedigen. Zum Schluss besorgten sie ihm bei REAL einen Plastiktannenbaum für Heiligabend.

Nadine telefonierte über eine sichere Leitung mit Nina und saß nächtelang vor einem an das Internet angeschlossenen Laptop. Sie las Seite um Seite, Stunde um Stunde alles, was die Suchmaschine über Mafia, Russen-Mafia, organisiertes Verbrechen und das BKA auflistete, und ihr Gesicht verlor zunehmend an Farbe.

Hanna stand in der Robert-Lebeck-Ausstellung im Museum Schloss Rheydt und sah, wie Guillaume Willi Brandts Frau Feuer gab und der Kanzler neben ihr stand. Mit Tränensäcken wie Geschwüren unter den Augen. Auf einem anderen Bild zeigte Romy Schneider ihr zerstörtes Gesicht, grausamer noch durch die Schwarz-Weiß-Bilder gezeichnet, und dann war da der fette Leib eines Kardinals abgelichtet, der auf den Knien vor dem neu gewählten Papst lag.

Sie traf sich später mit Vincent. Sie waren beide aus unterschiedlichen Gründen nicht müde, und Kaffee gab es um diese Zeit nur bei McDonald's.

»Es ist ein Scheißadvent«, sagte sie und rührte in ihrer Tasse.

»Das ist es«, bestätigte er ehrlich, und sie redete dann zwei Stunden, in denen er nur zuhörte, manchmal brummte und dann etwas sagte, das wie ein Schlüssel im Schloss saß. Seine Professionalität tat ihr gut. Ihr war etwas leichter, als sie schließlich die Arme neben sich streckte und die bleischweren, jetzt wie nach einer riesigen Anstrengung tauben Glieder spürte.

Eine übermüdete niederrheinische Teilzeitkraft schleppte schnaufend ihr in die Mc-Uniform gezwängtes Übergewicht um sie herum und putzte demonstrativ die Tische. Sie waren die letzten Gäste.

»Wir sollten gehen«, sagte Vincent.

Draußen regnete es mal wieder ausgiebig. Hanna war hundemüde, und Vincent küsste ihre Nase.

»Wir könnten jetzt den Trostfick kurz vor der Jahrtausendwende haben«, seufzte sie absichtlich theatralisch.

Vincent lächelte.

»Ich muss heim.«

Sie legte die Stirn an seine Brust. Durch den Mantel konnte sie seinen Herzschlag nicht hören. Sie hob eine Schulter, legte den Kopf schräg, sah ihm wieder in die Augen.

»Wir sind uns einig, uns nicht zu viel zu fragen«, sagte sie.

»Ich wache über deine Träume«, entgegnete er und küsste ihre Stirn.

»Das brauche ich nicht«, sagte sie ablehnend. Er hob ungelenk den Arm, und sie sah ihm nach, wie er in seinen Wagen stieg, die Scheinwerfer aufflammten und wie er dann vom Parkplatz fuhr. Sie stand im Regen und bemerkte es nicht.

Vincent arbeitete und saß an den Abenden zu Hause neben Kathrin und Pitty Schmitz über dem spiegelnden Rand eines Weinglases und hing seinen Gedanken nach. Er hörte nahezu den kompletten Brahms, die vier Sinfonien, vier Konzerte, Ouvertüren, Kammer- und Klaviermusik. Musikalische Struktur, die Wut, Trauer und Verzweiflung des Komponisten bis zum äußersten bändigte. Die Musik mischte sich in den Regen hinter den Fenstern. Seit Jahren hatte Vincent den Regen als seinen Gefährten akzeptiert.

Im Regen hatte er das erste Mal mit Lea gesprochen.

Im Regen hatte er Hanna das erste Mal geküsst.

Vincent wusste, dass sie verschiedene Personen waren, auch wenn ihre Bilder sich glichen wie Abzüge, die ein merkwürdiger, grausamer Fotokopierer aus der Vergangenheit in die Gegenwart wirft, aber er wollte es nicht akzeptieren. Er dachte an all die rothaarigen Frauen, deren Köpfe sich durch sein Leben brannten. Hanna gehörte zu seiner Rache. Einer Arbeit, an die er gekettet war, wenn er überleben wollte. So unlösbar wie der Abendstern an den Pforten der Dämmerung. Die Ketten waren mit Stacheln versehen, die sich wie Infusionsnadeln in seine Haut gebohrt hatten und sein Herz anhalten würden, bei jedem Versuch zu entkommen.

Er war ein Gefangener, dessen Todesurteil bis auf Weiteres zur Bewährung ausgesetzt war.

Jetzt lag es an ihm, sich selbst zu begnadigen.

Vincent Rosebud trank Wein und wartete. Sein Plan stand fest, er wusste, was folgen würde. Manches war ihm gleichgültig, anderes widerte ihn an, aber keiner der Angelegenheiten, die kommen mussten, würde er ausweichen können.

Am 21. Dezember ließ Vincent Kathrin in der Obhut von Schmitz und einem weiteren Beamten. Gabriel kam zu seiner ersten größeren Ausstellung in dem überregional berühmten und regional berüchtigten Mönchengladbacher Museum Abteiberg für moderne Künste, das Vincent gehässig als die architektonisch schönste Müll-Endlagerstätte der Welt bezeichnete. Gabriel lächelte. Spott konnte einen wahren Künstler rein gar nicht erschüttern.

»Es handelt sich also um eine neue stilistische Richtung«, dozierte die Dame aus dem lokalen Kulturteil am ersten Tag, während ein als Ludger vorgestellter menschlicher Putzerfisch eifrig ihre hängenden Kiemen umschwirrte, »die sich im Wesentlichen tiefenhermeneutisch betrachtet. Dieser Termi...«

»Ich habe es als TEB, terminal expressiven Bewusstseinsdilettantismus bezeichnet«, ergänzte der Erzengel, »es geht um die tiefenpsychologische Implikation von Blau. Blau als Himmelblau, Blau als die Farbe von Wasser. Wir alle kommen aus dem Fruchtwasser. Gelb ist da etwas *ganz* anderes.«

Sie nickte eifrig. Ihr bleiches Gesicht unter der schlecht gefärbten Imitation eines haarigen Krähennests strahlte.

»Rot«, sagte er, »also Rot, Rot das ist überhaupt kaum zu gebrauchen.«

»Ich habe mal eine Aufführung der Madame Butterfly gesehen, in der Rot ganz wichtig war«, flötete der Lokalteil.

»Rot ist Sex«, sagte Gabriel. Der Mund des lokalen Feuilletons zog sich so sehr zusammen, dass ein unschuldiger Beobachter in Sorge darüber verfallen wäre, dass er ab heute für weitere Nahrungsaufnahme unbrauchbar sei. Ludger, der Putzerfisch, erstarrte.

Gabriel und Vincent besuchten am gleichen Abend das Dorint-Hotel, einen kleinen hellbraunen Klotz vor dem Nachthimmel, am Rand des Bunten Gartens, eines der größeren Parks Mönchengladbachs. Vincent trug einen Kaftan und eine Sonnenbrille, und die dicke, hinderliche Kleidung klebte an seinem Körper. Es gab einen Kongress in der nahe liegenden Kaiser-Friedrich-Halle, der sich mit Technologietransfer beschäftigte. Deutsche, Franzosen, Araber, Schwarzafrikaner und Russen trafen sich hier. Es war wohl der einzige Tag des Jahres, an dem ein Scheich am linken Niederrhein nicht auffiel.

Ein wichtiger Tag obendrein, für so manchen.

Die Vordertür öffnete sich elektrisch vor ihm. Eine blass und übermüdet aussehende Frau saß in grauem Kostüm hinter der Rezeption und unterhielt sich mit einem Kollegen in weißem Hemd und roter Weste. Sie tippte mit dem Finger auf einen Computerbildschirm. Vincent ging schnurstracks zum Lift. Es roch nach Holz. Manche Hotels, dachte Vincent, riechen nur edel. Er sog den Geruch ein, und ihn erfüllte eisige Begeisterung für das Kommende.

Vincent fuhr zu einer Suite in der neunten Etage. Er sah sich um. Niemand befand sich hier außer ihm. Die ruhige, aber unpersönliche Atmosphäre eines Businesshotels. Seine Hand verschwand im Kaftan und brachte ein Stethoskop hervor.

Die Tür war heikel. Vincent setzte die Membran sanft auf das Holz und lauschte. Ohrabdrücke waren für die Spurensicherung so wertvoll wie Fingerabdrücke. Nur Dilettanten hinterließen Spuren.

Drinnen herrschte Stille.

Er schläft, dachte Vincent. Er hält sich hier für absolut sicher. Wenn er trotzdem wach ist, dann habe ich nur genau den Augenblick, den er braucht, um seinen Mund zu öffnen und Luft für einen Laut einzusaugen.

Es durfte keinen Schrei geben.

Vincent packte das Stethoskop weg und schob seine Plastikkarte in das Schloss. Der Riegel fuhr zurück. Vincent atmete durch die Nase. Er presste die behandschuhten Finger gegen die Tür und drückte sie auf.

Die luxuriöse Suite war dunkel. Die Möbel hockten wie Schemen von merkwürdigen Tieren im Dunkel. Vincent trat ein und schloss hinter sich ab. Er sah sich um und huschte in den Schlafraum. Er war jetzt ganz Katze, berauscht von den eigenen Fähigkeiten bei dieser Jagd.

Der Mann schlief. Er lag nackt auf Seidenlaken, ein rosafarbener Fleischberg. Vincent sah sich um, sein Blick suchte instinktiv nach Kindern. In seinem Kopf tauchten die abscheulichen Bilder auf. Fotografien, Videos. Er hatte vieles gesehen, aber die Bilder ließen ihn würgen.

Heute war der feiste Mann geschäftlich unterwegs. Morgen sollte er sich mit Kollegen aus Russland treffen, um für Seligmann die Fusion mit einer russischen *Firma* vorzubereiten.

Der Mann schnarchte, als Vincent an das Bett herantrat, und sabberte auf das Kopfkissen, seine Augen waren so verdreht, dass zwischen den Lidern nur das Weiße hervorschimmerte. Die fetten Wangen bebten, während er gurgelnd und brummend Luft einierte und ausstieß. Vincent betrachtete ihn voller Abscheu.

Vincents Lider blinzelten.

Dieser angesehene Mensch litt körperlich nur an einem Schlaf-Apnoe-Syndrom. Nur daran. Sonst spielte er als gesunder Profi im Machtpoker, in Wirtschaft und Politik.

Vincent sah ihn sich an und glaubte, einen weiß bekittelten HNO-Arzt, den Reflektorspiegel auf dem Kopf hochgeklappt, reden zu hören.

Sie sollten die Atemmaske nachts tragen, sie sollten sie keinesfalls abnehmen. Sonst ersticken Sie noch eines Nachts.

Nichts war so wichtig für einen geschickten Mörder wie die genaue Kenntnis des Opfers.

Nun war es an der Zeit für Seligmanns Stellvertreter, Zeit zu ersticken.

Vincent zog die stählerne Nadel langsam aus dem Kaftan. Er betrachtete ihr Schimmern im schwachen Licht, das durch die großen

Fenster von den Lichtern der Stadt hereindrang. Einen Atemzug lang durchflutete Vincent dieses Gefühl von erhabenem Einssein mit sich und mit allem. Mit einer Nadel hatte alles begonnen, aber jetzt war es zur Perfektion gelangt. Vincent atmete durch, dann beugte er sich über den Mann. Er stach ihm die Nadel vom rechten Augenwinkel durch den Sehnerv schräg nach unten und zur Mitte bis tief in das Stammhirn. *In das Atemzentrum.*

Der Mann bäumte sich auf, sein Mund öffnete sich, und die Pupillen waren weit aufgerissen. Dann plumpste er rückwärts. Er zitterte und erstarrte. Die Nadel ragte aus seinem Schädel.

Vincent betrachtete zwei weitere Herzschläge lang das Bild skurriler Grausamkeit. Dann zog er die Nadel behutsam heraus und reinigte sie an einem sauberen Filztuch. Eine winzige, blutige Träne hing im Augenwinkel der Leiche. Vincent wischte sie fort. Der feiste Mann schnarchte nicht mehr, weil er nicht mehr atmete.

Vincent setzte die Sonnenbrille auf. Er sah sich noch einmal um, dann verließ er die Suite rasch, doch ohne auffällige Eile. Er nahm diesmal die Treppe. Unten unterhielten sich die beiden Angestellten noch immer an der Rezeption. Vincent durchquerte die Halle.

Gabriel wartete im Auto. Mit zwei Handgriffen verwandelte sich Vincent zurück in einen Europäer.

»Der Erste von beiden«, sagte Vincent, »jetzt hört er die Engel singen.«

»Das bezweifele ich«, antwortete Gabriel.

Sie beobachteten eine dunkle massive Limousine, die sich auf den Parkplatz seitlich des braunen Klotzes zubewegte. Drei Männer mit dunklen Anzügen und slawischen Gesichtern unter kurz geschorenen Haaren stiegen aus. Sie bewegten sich mit einer merkwürdigen Mischung aus Vorsicht und Arroganz. Sie eskortierten eine vierte, deutlich kleinere und hagere Gestalt in einem teuren Mantel.

»Die unehrenwerte Familie kommt zu früh«, sagte Gabriel.

Vincent wiegte den Kopf.

»Sie werden ihn noch etwas schlafen lassen wollen.«

»Und dann?«, fragte der Erzengel.

»Der große Plan, Seligmanns Deal seines Lebens, ist fürs Erste beerdigt. Im wahrsten Sinne des Wortes.«

Gabriel nickte langsam.

»Was wird nun aus den drei Bullen?«, fragte er.

SIEBZEHN

Herbert Seligmann wurde viele Jahre lang wegen seiner Mutter bewundert, der Gattin eines Verwaltungsbeamten im mittleren Dienst. Sie war solch eine schöne Frau, dass die meisten seiner Schulkameraden ihn nur besuchten, um ihre rehbraunen, riesigen Augen oder ihren exquisit gekurvten Hintern zu bestaunen. Sie glich Sonja Ziemann, die jedermann aus dem Farbfilm kannte. Herbert war kein unbeliebter Schüler, im Gegenteil hätten die meisten seiner Altersgenossen ihn als angenehm und richtig netten Kumpel empfunden. Er eckte nicht an, er stänkerte nicht, er war hilfsbereit und stets über die Bundesligatabelle informiert. Herbert lächelte oft. Wirkliche Freunde besaß er nicht, aber das fiel weder ihm noch jemand anderem auf. Er gab sich so unauffällig und durchschnittlich, dass viele sofort nach einem Gespräch mit ihm vergaßen, worum es sich überhaupt gedreht hatte. Was blieb, war der Eindruck, mit dem netten Jungen der Seligmanns gesprochen zu haben.

Herbert Seligmann war Klassensprecher. Er erfreute sich großer Beliebtheit bei seinen Lehrern. Der farbfilmtaugliche Hintern seiner Mutter in dem weißen Kleid mit bunten Blumen über den Stöckelschuhen ersparte seinen Klassenkameradinnen die teure Anschaffung von bunten Modemagazinen. Die Jungen kamen seine Mutter begaffen, weil man sich bei den Seligmanns satt sehen konnte, ehe man sich dann allein mit seinem pubertären Drängen zu Hause lustvoll im Bad verbarrikadierte. Deshalb wurde er gewählt, und so begann Herbert Seligmanns politische Karriere.

Seine schulischen Leistungen waren durchschnittlich, nur die Geometrie hatte es ihm aufgrund der ihr innewohnenden Ordnung und prachtvollen Gleichmäßigkeit angetan. Bereits als Kind habe er mit Bauklötzen Erstaunliches gebastelt, behauptete die schöne Mutter. In elterlicher Liebe übersah sie, dass die Stabilität seiner Konstruktionen nicht deren Kühnheit erreichte. Es war die Geometrie, die Herbert Seligmann zum Architekten prädestinierte, aufgrund der Geometrie verschmähte er die ererbte offene Stelle des älteren

Kollegen seines Vaters. Dennoch erwiesen sich seine Kontakte zum Amt noch Jahre später als praktisch.

Herbert studierte in Düsseldorf. Ein Leben außerhalb des Rheinlands, gar in Norddeutschland, wo er einmal einen Urlaub verbracht hatte, wäre ihm unerträglich gewesen. Er misstraute den fischköpfigen Nordlichtern zutiefst. Ihre merkwürdigen klaren Blicke schienen irgendetwas von ihm zu fordern, und er verstand nicht, was es sein könnte. Er war sicher, dass sie sein Lächeln aus unerfindlichen Gründen nicht mochten. Außerdem misstraute er Deichen.

In Mönchengladbach war er nach sorgfältiger Abwägung der verschiedenen Vorteile Mitglied der erfolgversprechendsten Partei geworden. Er fiel durch Engagement und Pünktlichkeit auf und vermied alles Radikale. Herbert gehörte zu keinem Parteiflügel, er hatte seinen Platz auf dem Scharnier gefunden, das die Flügel verband und das einer ständigen Ölung bedurfte. Und er ölte geschickt mit Worten, mit Lächeln, mit Runden Altbier und bisweilen noch mit einer Einladung seiner Mutter, die sich dem Alterungsprozess gegenüber resistent erwies und Kleider trug, die Hitze aus Köpfen in Blicke lenkte. Herbert kaufte seiner Mutter große moderne Hüte von der Kö und sie trug sie für seinen Erfolg wie eine Göttin. Herbert war weiterhin ungeheuer beliebt.

Er machte Karriere im Beruf wegen der Geometrie und in der Politik wegen des Gleichmaßes. Mit vierundzwanzigeinhalb beendete er sein Studium. Mit fünfundzwanzig lernte er im Advent Elisabeth, Tochter eines Frittenbudenbesitzers und Abkömmlings alten Kneipier- und Altbieradels, über einer heißen Fritteuse kennen. Elisabeths Frittenbudenschürze war so sauber und gestärkt, dass sie den aseptischen Bedingungen jedes Operationssaals Genüge getan hätte, nur oben hatte sie einen Knopf zu viel offen gelassen. Ihre stattlichen Brüste drängten sich wie zuckersüße Weihnachtsäpfelchen in Herberts Augen. Er konnte nicht anders. Weihnachtsäpfel waren die ideale Nachspeise zu Currywurst mit Pommes rotweiß.

Es wurde die teuerste Nachspeise seines Lebens.

Elisabeth blies seinen Schwanz voller Begeisterung im Vorratszimmer der Imbissbude zwischen Kartons mit tiefgefrorenen Fritten, während draußen die Kunden warteten. Sie machte es nur einmal, aber es war ein beeindruckendes Erlebnis. Elisabeth war zwei Monate später schwanger.

Herbert Seligmanns Tochter erwies sich als so schön wie seine Mutter. Sie glitt als leichte Geburt in die Welt, und die Hebammen, der Gynäkologe und die Großeltern waren begeistert. »Sie ist so schön wie du«, sagte Herberts Vater, und die Mutter, die schönste Großmutter, die es je in einem Farbfilm gegeben hätte, lächelte: »Nein, sie ist schöner als ich.«

Elisabeth gab an, beim Stillen Probleme mit Hanna zu haben, und kaufte eine Plastikflasche mit Nuckel.

In Herberts Beziehung zu Elisabeth begannen die Jahre, in der sein politischer und unternehmerischer Senkrechtstart ihre gemeinsame Zeit auf ein Minimum reduzierte. Elisabeth führte sein Haus, er stellte ihr die dafür notwendigen Mittel bereit und zeigte seine Tochter herum. Hanna verlor den Babyspeck und wurde zu einem Kind, das seine Umwelt bezauberte. Fast konnte man die roten Haare vergessen. Das war in einer Gegend, in der das bäuerliche Unbewusste ganz genau über die mysteriöse Niedertracht der *Fussen* Bescheid wusste, eine besondere Auszeichnung. Beinahe ein Mysterium.

Für Elisabeth wurde Hanna zu einem hassenswert perfekten Bild, entstiegen einem dieser schmuddeligen und bunten Gemälde von Klimt. Elisabeth selbst konnten auch Designerkleider von der Königsallee nicht jenes letzte, damenhafte Flair verschaffen, das den ihr anhaftenden Fritteusengeruch gänzlich vertreiben würde. Er klebte an ihr als unausrottbare Plumpheit, als das ständig präsente Gefühl, nicht wirklich zu den Kreisen zu gehören, in denen sie sich täglich bewegte. Sie fuhr teure Autos, machte ihrem Bruder, der es ehemäßig weit weniger lukrativ getroffen hatte und ein An- und Verkaufsgeschäft für gebrauchte Unterhaltungselektronik notdürftig am Leben erhielt, voluminöse Geschenke. Sie lächelte damenhaft, wenn er sich bedankte. Dennoch haftete die Ausdünstung von Pommes und Fett am Rand ihres Bewusstseins wie ein bösartig grinsender Affe. Er lachte sie aus, und wenn er schwieg, bekam Elisabeth Kopfschmerzen.

Seit Anfang der Achtziger war Herberts Aufstieg unaufhaltsam geworden. Leute mit seiner Qualifikation galten als die Persönlichkeiten der Stunde. In einem Klima, in dem auf jeder Stufe der politischen Karriereleiter Sponsoren standen, die ihre hilfsbereite Hand ausstreckten, wurde er einflussreich. Privat kam er langsam in das Alter, in dem seine Affären teuer wurden, aber er konnte sie sich leisten. Wenn es einen Bereich gab, in dem er so kostspielig lebte wie Elisabeth, dann waren es die Huren. Er lernte, es ganz professionell und bedürfnisorientiert zu sehen. Andere hielten sich teure Reitpferde. Herbert konnte nicht reiten. Da seine eheliche Beziehung aufgrund der beiderseitigen zeitlichen Überlastung nicht allzu oft ausgelebt wurde, benötigte er selbstredend einen Ausgleich. Eine Trennung kam nicht in Frage. Er war kein Suchender. Er lebte glücklich, so wie er lebte. Seine Huren waren teuer, weil es sich ausschließlich um sehr schöne Frauen handelte. Und über die teuren Huren geriet er an kriminelle Kreise. Erstaunlicherweise passten deren Aktivitäten perfekt zu der toleranten Natur seines Gewissens.

Seit fünfzehn Jahren bewegte sich im Umkreis von fünfundzwanzig Kilometern um seine Residenz nichts mehr, ohne vorher auf Herbert Seligmanns perlmutternes Lächeln zu achten. In den misslichen familiären Streitigkeiten um seine sexuell kapriziöse Tochter fand man wenige Tage vor Weihnachten mittels einiger Telefonate die niederrheinischste aller Lösungen: Man schwieg das Gewesene mausetot und machte weiter, als sei nichts geschehen.

»Hanna«, sagte Herbert, »ja, ja, es geht schon in Ordnung. Was soll ich dir sagen. Nimm Rücksicht auf deine Mutter und denke einmal fünf Minuten über unseren Status nach. Natürlich kannst du uns besuchen.«

Hanna war an Heiligabend in einer edlen Kölner Disco gewesen, einem Art-deco-Tempel. Herren trafen sich dort mit Herren und Damen mit Damen. Hanna hatte es nötig gehabt. Heraus aus dem engen, zwangsheterosexuellen Muff aller niederrheinischen Provinzstädte und hinein in ein exquisites Ambiente. Die Damen in Maßanzügen mit der Eleganz und den pomadisierten Haaren von Rudolfo Valentino: nur mit unendlich zarteren Zügen und tausendmal weicheren Lippen. An den zarten Näschen nur wenige Kristalle aus Kokain. Hanna trug ein langes, aber sehr geschlitztes Kleid und die Haare offen: ganz Dame, ganz Frau. Sie tanzte die Nacht mit Valentino und küsste Valentinos dunkelrot geschminkte Lippen. »Fröhliche Weihnachten«, sagte Valentino mit der Stimme von Marlene Dietrich, und ihre Zungen spielten miteinander die Verabredung, zusammen das Lokal zu verlassen. Valentinos Körper war vollende-te, sehnige Weiblichkeit. Hanna dachte nicht an Vincent.

Elisabeth Seligmann lag in einem abgedunkelten Zimmer wie eine Statue, als Hanna sie am nächsten Tag besuchte. Hanna fühlte sich satt wie eine Katze. Mutter ächzte und presste die Außenseite der rechten Hand gegen die Stirn. Die Finger waren seltsam gebogen, so wie gelähmt.

»Mutter hat einen fürchterlichen Migräneanfall«, sagte ihr Vater, »kümmere dich besser um sie.«

Er legte ihr kurz die Hand auf die Schulter und lächelte. Es war das Lächeln, das sie von seinem letzten Wahlplakat kannte. Er hatte seine Aktentasche schon in der Hand, und der Fahrer wartete unten.

»Ich muss zu einer dringenden Sitzung!«

Hanna zuckte die Achseln.

»Tante Anneliese hat ihr irgendetwas vertratscht«, sagte er im Fortlaufen, »ich habe keine Ahnung, was es ist. Du wirst doch nicht wieder … also, ich hielt das für geklärt. Diskretion, Kind. Aber was weiß ich? Vielleicht erzählt Mutter dir ihre Sorgen von Frau zu Frau.«

Er nickte ihr in der geschäftsmäßigen Routine, die all seine Handlungen auszeichnete, zu und schloss leise die Haustür. Hanna presste die Zähne aufeinander. Elisabeth Seligmanns Leben bestand aus einem undefinierbaren Mangel. Jenes mysteriöse Etwas, das Elisabeth länger als einige Augenblicke zufrieden stellen konnte, war für Hanna unbenennbar. Sie redete bisweilen über andere Menschen und verfiel dann in ein verschliffenes, kehliges niederrheinisches Platt. Allerdings logierte sie ausschließlich in Hotels mit fünf Sternen.

Hanna zögerte noch einen Augenblick, dann kehrte sie zu ihrer Mutter zurück. Die Vorhänge teilten das Wohnzimmer in Zonen aus Licht, Zwielicht und Dunkelheit. Hanna setzte vorsichtig einen Fuß vor den anderen.

»Dir geht es nicht gut«, sagte sie leise.

»Alles ist in Ordnung«, hauchte Mutter.

»Kann ich etwas für dich tun?«

»Nichts.«

Durch einen Spalt in den Gardinen drang ein Sonnenstrahl und ließ feine Staubteilchen in der Luft aufglänzen. Hanna setzte sich und legte ihre Hand auf die Hand ihrer Mutter. Mutter nahm sie fort.

»Was ist los? Ich dachte, wir hätten uns versöhnt«, fragte Hanna und ahnte es. Ihr war plötzlich übel, ein Gefühl im Bauch, als ziehe ihr jemand den Boden weg, und sie fiel in Abgründe. *Nicht schon wieder. Nicht wieder diese Abscheu in homöopathischer Dosis, Akupunktur-Abscheu mit kleinen Nadeln in Triggerpunkte unter der Haut.*

»Ich habe Kopfschmerzen«, sagte Mutter.

Hanna sah auf den silbrigen, schwebenden Staub. Ihre Lunge fasste nicht genug Luft.

»Soll ich dir eine Tablette besorgen?«, fragte sie aus trockenem Mund.

»Du meinst doch sowieso, dass ich die falschen Tabletten nehme.«

Hanna stand auf. Ihre Schultern waren ein verknotetes Knäuel aus Muskeln.

»Ich besorge dir eine Tablette und etwas zum Kühlen.«

»Ich kann keine Kälte ertragen. Das weißt du.«

»Dann nur eine Tablette.«

Frau Seligmann öffnete langsam die Augen und sah ihre Tochter mit halb geöffneten Lidern an, wie man ein abstoßendes Insekt betrachtet.

»Vielleicht solltest du einmal zu einem Arzt gehen, der sich mit solchen Dingen auskennt«, sagte sie, »so etwas kann man doch sicher behandeln.«

»Ich weiß nicht, wovon du sprichst, Mutter«, log Hanna.

»Man ruft mich bereits an … wegen deiner bekannten Neigung«, sagte Elisabeth und wandte das Gesicht ab. »Jetzt schon mit einem weiblichen Transvestiten!«

Hanna hasste sich dafür, aber sie sagte:

»Wo hat man mich gesehen … doch nicht etwa … meine Güte, Mutti, das war ein … Gag! Du denkst doch nicht etwa, dass ich … Ich bitte dich!«

»Vater würde sterben«, seufzte Mutter.

»Ich versichere dir, dass es nur ein Witz war«, sagte Hanna, streichelte ihren Arm und ließ abrupt los. »Ich hole jetzt deine Tabletten«, sagte sie und ging ruhig ins Bad. Sie sah ihr Gesicht im Spiegel. Es war grau. In ihrem Magen tanzte Säure, und sie erbrach sich in das Waschbecken, bis nichts mehr in ihr war, das herauskonnte.

Dann ging sie langsam zurück und lächelte.

»Ich habe einen Mann kennen gelernt«, sagte sie.

»Es gab verschiedene«, antwortete Mutter.

Hanna presste die Lippen, sah auf Elisabeth herab und erinnerte sich an andere Gespräche mit ihrer Mutter. »*Medizin ist etwas Ordentliches. Wenn bloß die Berufsaussichten nicht so schlecht wären. Es wimmelt nur so von arbeitslosen Lehrern. Die Ärzte werden bald neben ihnen auf den Parkbänken sitzen.*«

»*Was soll ich machen?*«, *fragt Hanna.*

»*Was du willst, Hanna. Vielleicht eine Lehre. Irgendwann wirst du ja auch heiraten, hoffe ich.*«

Kein Frieden, es hatte niemals Frieden gegeben. Hannas Röcke waren zu kurz, ihre Haare zu lang. »Mutter sagt: Es gibt diese sportlichen und kessen Kurzhaarschnitte«, Hanna denkt: Bei denen einem irgendwie immer die Frauen einfallen, denen man nach dem Zweiten Weltkrieg die Haare schor, weil sie es mit dem Feind getrieben hatten. Hannas Lachen war zu laut, und ihre Entschuldigungen waren zu leise.

Sie holte Luft. Ihr Magen war leer, im Zimmer Schatten, sie stand so, dass Mutter ihr Gesicht nicht im Licht sehen konnte.

»Diesmal ist es anders. Es handelt sich um einen Kollegen, mit eigener Praxis. Ich möchte ihn dir und Vater vorstellen. Was haltet ihr von der ersten Woche im neuen Jahr?«

ACHTZEHN

Kathrin blickte aus dem Fenster: Hier ließ es sich in Mönchengladbach tatsächlich leben. Das tat sie, seit Tagen schon. Lauter alte, schöne Häuser, und der Himmel hatte ein zweites Mal in vier Wochen aufgehört, die Stadt zu begießen. Für kurze Zeit. Es war gleich fünfzehn Uhr, noch neun Stunden im zweiten Jahrtausend. Sie spürte keine Unruhe, keine Erwartung. Sie war nur ein wenig müde und hätte sich gerne etwas hingelegt. Am liebsten in Vincents Arm.

»Vielleicht«, sagte Pitty Schmitz hinter ihr, »vielleicht kommt es ja wirklich zum großen Crash. Alles bricht zusammen, alle Computer stürzen ab, und dann schlägt die Stunde der islamischen Fundamentalisten. Die Todesstrafe wird wieder eingeführt, für Diebstahl gibt es, zack, die Hand ab, und die Vielweiberei wird offiziell. Jedes Ding hat zwei Seiten.«

»Vielleicht landen auch die UFOs«, antwortete Vincent zynisch.

»Möglich ist alles«, verkündete Schmitz.

Kathrin wandte sich zu ihnen um. Sie saßen da, ihre Leibgarde, und tranken literweise Tee wie die Wilden.

»Habt ihr auch so einen Hunger?«, fragte Schmitz unglücklich.

»Ich könnte wieder mal was kochen«, schlug Kathrin vor, »habe aber leider heute keine Lust.«

»Wir können etwas vom Pizzadienst bestellen«, sagte Schmitz.

»Das ist eine gute Idee«, meinte Vincent.

Kathrin hatte ihre eigene Meinung zu jeder Art von Fastfood – und Pizza gehörte dazu.

»Was meinst du, Kati?«, fragte Schmitz.

»Ich nehme Spaghetti«, murmelte sie notgedrungen, »Frutti di mare.«

»Ha!«, machte Schmitz begeistert und blickte in die Runde.

»Wer bestellt?«

»Das mache ich«, sagte Vincent und ging zum Telefon.

Kathrin wanderte durch die Wohnung. Sie hätte sie wärmer, schöner, verrückter und unordentlicher eingerichtet. Das ließ sich vielleicht machen, wenn sie einzog. Es war eine tolle Wohnung, mit Kamin und kleiner Sauna sogar. Sie grinste in sich hinein über ihre eigenen Wunschträume, bis sie über Pitty Schmitz' Waffenarsenal stolperte. Sie war es langsam satt, immer noch bewacht zu werden.

Vincent hatte anscheinend auf dem Klo telefoniert. Er kam zurück und hob entschuldigend die Achseln.

»Es kann zwei bis drei Stunden dauern. Die sind alle völlig überlastet«, erklärte er.

Schmitz brummte. »Ich lege mich dann hin, und du übernimmst die erste Wache.«

Schmitz zog seine Schuhe aus, brachte hundertzehn Kilo ächzend in die Horizontale und legte seine Waffe neben sich, als wäre sie sein Kuscheltier. Er rollte sich zusammen, klappte die Augendeckel herunter, und zwei Atemzüge später erschütterte sein Schnarchen den Kaiser-Wilhelm-Bart. Die gezwirbelten Enden bebten.

Vincent trank den Rest aus seiner Teetasse.

»Was hattest du eigentlich an Silvester vor?«, fragte er Kathrin.

»Ich wollte mit Nadine und ihren Konsorten feiern, Nina sollte heute aus dem Krankenhaus kommen. Und du?«

»Ich hatte Karten für die Oper.«

Sie sah ihn mitleidig an.

»Und die lässt du jetzt verfallen – wegen mir?«

»Wegen dir«, flüsterte er und lächelte.

»Verrückt«, seufzte sie und fügte hinzu: »Wie viele Karten hattest du denn?«

Vincent stellte die Teetasse ab und kam auf sie zu. Mit zwei Schritten stand er direkt vor ihr.

Sie sah zu ihm hoch.

Er lächelte noch immer.

»Du riechst gut«, sagte er.

»Ist doch schon alles verflogen«, wehrte sie ab.

»Ich rieche es«, sagte er.

Er küsste sie so heftig, dass sie zuerst erschrak. Dann presste sie sich an ihn, spürte seine Erregung und wie feucht sie selbst war. Verwirrt hob sie die Arme, aber er drückte sie an sich, und sie vergaß, was sie gerade noch dagegen sagen wollte.

Sie atmete durch die Nase. Seine Zunge in ihrem Mund. Er küss-

166

te fordernd, aber es tat ihr gut. Seine Hand tastete über ihren Hals und den Pullover, glitt dann darunter.

Sie ächzte und schielte zu Schmitz.

»Er schläft fest«, sagte Vincent keuchend.

Sie nickte, schwer atmend.

»Ich habe eine dermaßen große Lust«, flüsterte er.

Sie rieb die Hand über seine Hose. Es fühlte sich so gut an darunter, sie hatte das so lange nicht gefühlt. Und es war wunderbar, wenn er sie anfasste. Sie fingerte an seinem Reißverschluss.

»Gehen wir in dein Schlafzimmer«, sagte sie schnell.

Er zog sie mit sich. Er hatte ein französisches Bett. Sie küssten sich erneut, und dann öffnete sie seine Hose und zog sie herunter.

»Er ist schön«, flüsterte sie und streichelte ihn, ehe sie sich darüber beugte.

Meine Güte, dachte sie, als sie an ihren restlichen Kleidern zerrten, ich bin nicht nur geil, ich bin verliebt wie seit langem nicht mehr.

Er zog ihren Kopf zu sich hoch. Als er in sie eindrang, sah sie in seine Augen.

Wunderschöne helle Augen.

Sie war verrückt. Total irrsinnig. Der Verstand ausgeschaltet.

»Ich liebe dich«, stöhnte sie.

Silvester im Krankenhaus.

Der Kollege, der mich in meiner Wohnung festhält, muss noch geboren werden, dachte Nadine. Sie hatte ihre Bewacher nach Hause geschickt und war hier, um ein leichtsinnig gegebenes Versprechen einzulösen. Sie hielt es nicht wirklich für ein Risiko, sie konnte auf sich selbst Acht geben. Mit Irren und Kriminellen schlug sie sich seit anderthalb Jahrzehnten herum. Vielleicht war es nur Trotz gegen Kreaturen wie diese Veltin vom BKA, aber sie hatte dem einzigen Menschen, der zählte, etwas versprochen.

Nina war das Wichtigste. Kein Mann, kein Gesetz und keine sonstigen Verwandten waren wichtiger. Nadine sah sich als Einzelkämpferin, im Grunde auch elternlos. Nadines Geburt hatte bei ihrer Mutter zu einer Eierstockentzündung geführt. Der schon als Erstkind geplante Bruder kam deshalb nicht mehr. Vater grollte, und Mutter widersprach nicht. Nadine hatte ihren Eltern nichts vorzuwerfen. Sie wurde nicht vernachlässigt, nicht geschlagen, und sie musste niemals hungern. Sie verstand jedoch nie, warum ihre Eltern miteinander verheiratet waren. Immerhin ernährte Vater Mutter, und Mutter versorgte den Haushalt.

Nadine war zunächst ein artiges und vorbildliches Kind gewesen. Sie hatte früh laufen und das Töpfchen benutzen gelernt, sie sprach rasch fehlerlos. Sie empfand ihren Status als den eines mühsam geduldeten Gastes leidender Menschen und mied wie befohlen die asozialen und völlig verkommenen Leute hinter der Eisenbahnbrücke von Holt. Erst in der Pubertät wurde sie in Folge der Hormonumstellung verrückt. Sie kam spät heim, gab abscheuliche Widerworte und lernte den Genitalbereich und alle Körperausscheidungen betreffende Ausdrücke, die ihre Mutter nie ausgesprochen hätte. Mutter erbleichte und brachte sie erst zum Hausarzt und von dort zum Psychiater. Die Mediziner fanden sie hyperaktiv und verschrieben Psychopharmaka, die Nadine natürlich nicht einnahm. Sie ließ sich stattdessen von Jürgen, der hinter der Brücke lebte, entjungfern und kaufte sich eine Lederjacke und einen Minirock. Und sie ließ sich schwängern.

Sie hatte Ninas Vater geliebt. Er sie nicht. »Du kannst das Kind unmöglich bekommen«, sagte er. Er besorgte ihr ein Eisenbahnticket nach Holland und einen Scheck für die Abtreibungsklinik. »Wenn alles vorbei ist, fahren wir in den Urlaub.«

Nadine war nicht nach Holland gefahren und nicht danach in den Urlaub. Sie hatte es allen gezeigt. Sie war Polizistin geworden: härter, besser und kälter als alle männlichen Kollegen. Keiner ihrer wenigen Partner, all diese Gladbacher Provinzbubis, hatte sich als tauglicher Mann und Vater erwiesen.

»Ehrlich. Was man so feiern nennt«, nuschelte Nina. Sie hockte in ihrem Bett wie Queen Victoria persönlich, ihre Haarfülle schwankte als riesiger lachsroter Turban über skeptischen himmelblauen Augen und einem unbeschreiblich huldvollen Mund. Die nunmehr in königlichem Purpur lackierten Fingernägel ruhten glatt ausgestreckt auf dem schneeweißen Laken. Zwei waren abgebrochen, und darum hatte Nina sie extra dick bepinselt.

»Wie geht es meiner Mom, dem Quälgeist?«, knatterte sie und reckte das Kinn vor. »Ich merke, dass du mich beschwindelst. Etwas stimmt schon wieder nicht.«

Nadine schüttelte den Kopf.

»Wann holst du mich endlich aus diesem Gesundheitsknast hier raus?«

Nadine lächelte.

»Heute«, sagte sie.

Der Turban der Kaiserin von Westindien wankte, aber er kippte nicht.

»Prächtig – und was ist die Überraschung?«

Nadine blinzelte.

»Wieso Überraschung?«

»Du wirst mir nicht sagen, dass du mich ohne Überraschung aus dem Krankenhaus holst.«

Nadine schulterte Ninas Tasche, lächelte geheimnisvoll. Sie würde Nina nicht für immer haben, sie wusste das jetzt.

»Tommy ist zum Millennium nach New York geflogen. Geschenk seiner Eltern, ein Kackgeschenk, ohne mich«, sagte Nina böse.

»Ich dachte, ihr hättet euch getrennt.«

»Das war gestern. Oder denkst du, Astrid Hüttermann hätte eine Chance gegen eine Jansen?«

Sie gingen aus dem Zimmer und über den Flur. Zwei dürre, kurzhaarige Krankenschwestern, die aussahen, als litten sie unter jahrzehntelangem Wasserverlust, standen dort und führten gelangweilte Gesichter vor. Nadine sagte:

»Dann lade ich dich ein.«

Nina hüpfte um ihre Mutter herum. »Tatsächlich. In die Arena?«

»Wenn du noch mal hin willst, dann heute. Ich habe das dumpfe Gefühl, dass Udo seinen Laden wegen der Lüftung schließen muss. Habe ich aus allererster Quelle erfahren. Das Ordnungsamt turnt verdächtig oft bei ihm rum.«

Nina baute sich vor ihr auf und schüttelte die Spange aus dem Haar. Dann grinste sie anzüglich.

»Wenn Tommy das erfährt, platzt er auf dem Broadway vor Eifersucht. Und ich werde es ihm erzählen. Todsicher erzähle ich ihm das. Am liebsten würde ich ihn gleich anrufen. Wir beide gehen tatsächlich tanzen?«

»Gehen wir«, bestätigte Nadine.

»Noch vor dem Millennium-Crash, Mom, noch bevor alle Computer ausfallen und die Welt im Chaos versinkt?« Nina seufzte. »Und du verarschst mich nicht?«

»Nein, das Tanzengehen ist meine Überraschung«, sagte Nadine.

Nina vollführte mit beiden Armen eine theatralische Geste und folgte ihr in den Aufzug.

»Mom«, sagte sie, »ich fürchte, dass ich mich unsterblich in alle Männer dort verlieben werde. Schon wieder übrigens.«

»Das ist schön, Töchterlein.«

»Aber es wird keinen Sex geben«, vermutete sie düster.

»Ganz sicher gibt es für eine von uns keinen Sex«, lächelte Nadine. Ihre Gedanken waren seit Monaten mit völlig anderem beschäftigt. Und jetzt war sie zusätzlich *müde*.

Nina nickte. »Irgendwie habe ich das geahnt.«

Die Fahrstuhltüren glitten auf. Nina tänzelte vor ihr her in die Freiheit.

»Aber wir werden tanzen?«, fragte sie.

Es war kalt draußen. Sie beeilten sich.

»Wir tanzen die ganze Nacht. Wir tanzen in ein neues Jahrtausend.«

Dies war das merkwürdigste Silvesterfest in Kathrin Seitz' Leben.

Vincent und sie lagen zusammen, in stiller Erschöpfung. Mit Körpern, die nur langsam die Hitze verloren. Sie hatte ihn selig angesehen, hätte ihn die ganze Zeit selig ansehen können. Er schlief nur kurz ein, dann lächelte er unter den zerzausten Haaren.

»Ich wollte über deine Träume wachen«, murmelte er.

»Vielleicht vermisst uns Pitty schon«, flüsterte sie.

Er lauschte.

»Der schnarcht noch«, stellte er dann fest.

»Ihr seid mir eine schöne Bewachung«, grummelte sie und küsste seine Nase.

»Der eine schläft und der andere schläft bei.«

Sie küssten sich, und Kathrin schloss die Augen.

»Ich passe auf dich auf«, versprach er zärtlich.

»Ich freue mich auf jede Aufsicht von dir«, antwortete sie.

»Ernsthaft?«

»Ernsthaft jede.«

»Wir sollten aufstehen«, sagte er, »bald kommt die Pizza.«

»Ich habe einen riesigen Hunger«, gestand sie.

Er streichelte ihr Gesicht. Seine Hände waren weich und gepflegt.

»Hast du Angst?«, fragte er besorgt.

Sie presste sich an ihn.

»Du bist bei mir«, flüsterte sie.

Er lächelte.

Sie seufzte und schwang die Beine aus dem Bett. Es war gar nicht so leicht, aus dem Bett zu kommen, wenn so ein Mann noch drin lag. Kathrin lauschte. Pitty Schmitz schnarchte noch immer auf dem Sofa.

»Ich gehe kurz duschen«, sagte sie.

Er nickte ihr zu. Er lag noch auf dem Bett und räkelte sich wie eine große Katze.

Sie raffte ihre Sachen zusammen und ging zum Bad. Ihr war zum Singen, und sie sang, während die heißen Strahlen auf ihren Körper trafen.

Sie empfand wirklich keine Angst. Sie schwebte irgendwie. Seit Unzeiten war sie nicht mehr so verliebt gewesen. Sie sang und duschte, bis es wirklich genug war. Dann frottierte sie sich rasch ab. Sie fror, betrachtete für einen Augenblick die eigene Gänsehaut und zog sich hastig an. Das war *ihr* Gesicht im Spiegel. Blond. Blond war gut. Sie zeigte sich die Zähne. Ihr Haar noch klamm. Sie kämmte es kräftig durch. Es war schulterlang. Vielleicht sollte sie es weiter wachsen lassen, Männer mochten das. Vincent würde es mögen.

Noch einmal die Zähne. Fertig.

»Hallo, ihr Männer«, sagte sie fröhlich, als sie aus dem Bad kam.

Pitty Schmitz sah verschlafen und zerzaust aus, Vincent einfach noch immer zum Verlieben.

»Wann kommt eigentlich die Pizza?«, fragte Kathrin.

»Das ist eine ernsthafte Frage«, antwortete Vincent.

Sie setzte sich zu ihnen, und Schmitz sah sie skeptisch an.

»Geht es dir gut?«

Sie hob die Achseln.

»Ja«, antwortete sie freundlich.

Er schüttelte den Kopf, doch die Türklingel enthob ihn eines Kommentars.

»Die Pizza!«, verkündete Vincent.

Er stand auf und wollte zur Tür, doch Schmitz hielt ihn zurück. Er wuchtete seinen massiven Körper hoch und zog die Waffe.

»Willst du Tontauben schießen auf Pizzen?«, fragte Vincent.

»Sicher ist sicher.«

Vincent sah ihn an, dann nickte er, ging in die Küche und holte Besteck aus der Schublade. Seine Messer waren spitz, groß und scharf.

»Du bleibst hier sitzen«, sagte Pitty zu Kathrin.

Sie schüttelte den Kopf.

»Du bist verrückt!«

Schmitz sah sie an.

»Wir gehen auf Nummer sicher!«

»Wie ihr wollt!«

Sie stand auf und ging zu ihrer Jacke.

»Was hast du vor?«, wollte Vincent wissen.

»Ich hole meine Waffe.«

»Wir passen auf dich auf.«

Sie warf ihm einen Kuss zu.

»Ich hole trotzdem meine Knarre.«

Es schellte erneut.

Kathrin kramte ihre Waffe aus der Jacke und legte den Sicherungshebel um.

Vincent zuckte die Achseln. Er ging mit dem Besteck in der Hand zur Tür und betätigte den Öffner.

Auf der Treppe waren Schritte zu hören.

Schmitz legte Kathrin die Hand auf die Schulter, sie sah ihn an, und er zog sie sanft in das Wohnzimmer.

»Hallo«, hörte sie Vincent sagen.

Jemand kam in den Raum. Sie hörte, wie er sich bewegte. Seine Tritte auf dem Teppichboden.

Sie machte einen Schritt in das Wohnzimmer. Wenn der Bote sie mit der Waffe sah, würde er vielleicht durchdrehen. Ein Pizzabote wurde mit manchem konfrontiert, aber gleich zwei Menschen mit gezückten und entsicherten Pistolen gehörten wohl kaum zur Routine.

Warum hatte Vincent den Pizzadienst von der Toilette aus angerufen, die zwei Minuten hätten sie auch noch warten können?

Ein merkwürdiger Gedanke – oder war er wichtig?

Kathrin atmete heftig. Sie steckte ihre Waffe fort.

Sie sah den Pizzaboten.

Seine Haare waren kurz geschnitten, das Gesicht wirkte italienisch und hübsch. Er war nicht mehr ganz jung.

»Wo kann ich den Karton abstellen?«, fragte er freundlich und glatt.

Er trug eine hellgrüne Kiste aus PVC vor dem Bauch und stellte sie in der Küche ab.

»Vincent ...«, sagte Kathrin.

Der Pizzabote öffnete den Deckel des Kartons etwas zu schnell.

Er griff hinein, sein Blick irrte von Schmitz zu Vincent, dann zu Kathrin.

Die Dinge überschlugen sich.

Vincent reagierte mit unheimlicher Geschwindigkeit.

Kathrin machte einen Schritt rückwärts. Sie atmete nicht. Vincent riss sie zu Boden. Er selbst war sofort wieder oben.

Schmitz' riesiger Leib stampfte vorwärts.

Er stolperte über Kathrin und fiel.

Das Fernsehen zeigte die Wahrheit. Im Büro eines außerordentlich gut gekleideten Beamten hing ein Foto einer Wolke. Mit einer ausreichend kranken Phantasie hätte man die Wolke für ein UFO halten können. »I WANT TO BELIEVE« stand auf dem Plakat. Mit den Wolken waren die Außerirdischen gelandet und hatten sich mit dem CIA verschworen.

»Mögen Sie das?«, fragte Vincent und deutete auf den Bildschirm.

Hoffmann nickte eifrig.

»Ich habe nicht nur alle Akte-X-Folgen gesehen«, nuschelte er kauend und arbeitete seine Zähne weiter in einen Hamburger, »ich habe sie alle auf Video.«

»Sie glauben an Verschwörungen?«

Hoffmann schluckte Mett, Gurke und Milchbrötchen. Er leckte sich über die Lippen und musterte Vincent skeptisch.

»Ich drehe nicht durch, weil ich hier bewacht vor der Glotze hocke«, sagte er vorsichtig. Er deutete auf die Wand, hinter der ein bewaffneter Wächter wartete. »Ich brauche keine Therapie.«

»Ich bin nicht hier, um Sie zu therapieren.«

»Ich liebe Horrorfilme«, sagte Hoffmann und betrachtete den halben Burger zärtlich, bevor er ihn selig vertilgte.

»Wie geht es Kathrin?«, fragte er und leckte Sauce von seinen Fingern.

Vincent lachte. »Pitty Schmitz hätte beinahe einem unschuldigen polnischen Pizzaboten den Arm gebrochen, weil er ihn für einen Russen hielt.«

»Schmitz ist ein Kampfpanzer«, sagte Hoffmann anerkennend.

Vincent lächelte schwach. »Er wird noch lange an das Trinkgeld denken, das er rausrücken musste, um die Situation zu retten.«

Hoffmann schnaufte. Vincent setzte sich und sah Hoffmann in die Augen.

»Allerdings haben Sie meine Frage noch nicht beantwortet.«

»Ich habe keine Ahnung von Verschwörungen.«

»Und die Russen-Mafia?«

Hoffmann wedelte mit einem halben Liter seimigem Schokoshake im Pappbecher.

»Ich habe offen gestanden keine Ahnung davon. Normalerweise ermitteln wir in Sachen, die sich dann als Totschlag herausstellen. Ehestreit, und der Mann sagt so oft, dass sie die Klappe halten soll, bis er ihr die Kehle zudrückt. Besoffene, die irgendwann ein Messer in die Hand bekommen.« Er sog geräuschvoll Fett und Zucker und Geschmacksverstärker durch den Strohhalm. »In Mönchengladbach gibt es keine Mafia. Mafia gibt es nur dort, wo auch was klappt, und hier klappt nichts. Hier kommt organisiertes Verbrechen nicht mal über das Planungsstadium hinaus. So ist das.«

»Die Mafia ist bald hier«, sagte Vincent, und Hoffmann blinzelte ihn verwirrt an. »Die Organisation ist überall. Sie haben an allem verdient. Die Bundesregierung hat ihr Startkapital an Mütterchen Russland gezahlt. Für die Demokratisierung und den Abzug der Roten Armee aus der DDR. Es ist bei ihnen angekommen. Bei *ihnen*. Sie brauchen keine Truppen in irgendwelchen Ländern, sie brauchen auch keine alte Ideologie. Sie sind überall. Sie stecken in den Spielkasinos, dem Drogenhandel, den Puffs, und sie haben schöne saubere Konten bei den Banken. Sie sind Teilhaber von Geschäften. Sie kaufen Firmen. Verstehen Sie: Sie machen Geld mit Nutten und Drogen und Waffen und kaufen dafür ganz ehrbare Firmen. Und so kamen scheinbar ehrbare Politiker und Unternehmer mit alten Generälen der Roten Armee und neuen Mafiosi zusammen.«

Hoffmann klappte den Mund auf. »Sie erzählen mir das alles nicht ohne Grund.«

»Ich brauche Sie.«

»Mom«, sagte Nina, »es ist schön.«

»Aber?«

»Kein Aber.«

»Ich sehe das Aber in deinem Gesicht. Du hast noch Schmerzen – oder?«

Die ehemalige Queen Victoria seufzte wie eine gewöhnliche Sechzehnjährige.

»Ach, in der Phantasie ist immer alles irgendwie toller.«

Nadine schüttelte den Kopf und lächelte sie an. »Manchmal schon.«

Es war kurz nach elf, und sie standen an der großen viereckigen Bar der Arena und tranken Alsterwasser, weil Nadine meinte, dass es besser für sie sei als Bier pur. Nina hatte sich mit erstaunlich wenig Murren gefügt, weil Bier ihr zu bitter war.

»Ein Tequila Sunrise wäre auch nicht schlecht«, hatte Nina gemeint.

»Den kriegst du um zwölf.«

»Hatte geahnt, dass der Champagner ausfällt.«

Jetzt wurde es langsam voll, noch fünfzig Minuten bis zum neuen Jahrtausend. Nadine nippte an ihrem Alster.

»Tanzen wir jetzt?«, fragte Nina und sah ihre Mutter an.

»Du musst mit deinem Bauch noch vorsichtig sein.«

»Mütter!«

Getanzt wurde hinten, in einem abgeteilten Raum. Über der Tanzfläche lag Nebel, und eine junge Dame sang vom Plattenteller:

»Bumm – I don't want to get your number.«

Sie sang laut.

»Bumm«, schrie Nina Nadine ins Ohr: »Wann kommt der Tequila Sunrise?«, fragte sie. Elektrische Blitze warfen Lichter über ihr Gesicht, und sie lachte dahinter.

Fünf Minuten bis Mitternacht. Nadines Handy meldete sich.

»Wir kennen uns«, es war eine männliche Stimme. »Ich rufe Sie im Auftrag von Doktor Rosebud an.«

»Was ist mit ihm?«, fragte Nadine.

»Es geht um den Mann, der Ihre Tochter angeschossen hat.«

Nadine war verwirrt.

»Was …«

»Wir müssen uns treffen«, sagte die Stimme.

»Ich …«

»Ihre Kollegin Frau Seitz weiß Bescheid. Sie bittet Sie dringend, etwas abzuholen. Eine Tonbandkassette. Sie ist noch unabkömmlich, Sie wissen ja, der Polizeischutz, deswegen schickt sie mich und gab mir auch Ihre Nummer.«

»Wo soll ich hinkommen?«

»Kommen Sie einfach um eins zum Bismarckplatz. In einer Stunde.«

»Wie erkenne ich Sie?«, wollte Nadine wissen.

»Ich werde Sie erkennen.«

Sie wollte noch etwas sagen, aber ihr Gesprächspartner hatte bereits aufgelegt. Sie überlegte einen Augenblick und nickte Nina zu.

»Um Viertel vor eins fährst du mit dem Taxi heim«, sagte sie.

Die Protestrufe gingen in dem Lärm und in Nadines Gedanken, die bereits an anderem klebten, unter.

Um zwölf standen sie oben, Nadine umarmte ihre begeistert herumhüpfende Tochter, und am Himmel versuchten bunte Raketen, das alte Jahrtausend zu verbrennen. Nadines Augen schmerzten bei dem Anblick. Sie glaubte nicht an den Millennium-Crash, aber sie wusste, dass sich etwas verändern würde.

Mit gemischten Gefühlen fuhr Nadine zu einem Treffen, das ihr einfach nicht schmeckte.

Sie parkte gegenüber dem riesigen Sparkassengebäude, zog den Kragen ihres Mantels über die Ohren und stieg aus. Es war dunkel, kalt, und sie kam zu früh. Nadine ging ein kleines Stück zu Fuß und verfluchte die unfreundliche Jahreszeit. Es war ein großer gepflasterter Platz, teilweise überdacht. Bei Tag lungerten hier die Alkoholiker und Penner zwischen Gebäuden herum, wie sie sich nur die keiner Therapie zugänglichen Hirnersatzorgane von Provinzpolitikern ausdenken konnten. Nadine schüttelte sich. Nachdem man in dieser Stadt bereits einen Bahnhofsvorplatz gebaut hatte, der in den ewigen Journalen der Geschmacklosigkeit den nächsten Urknall als Treppenwitz des letzten Universums überleben würde: auch dies, wie manches in dieser Stadt. Nadine ging auf und ab und trampelte, um die nasse Kälte zu vertreiben.

Ein Jogger kam auf sie zu. Eine massige, große Erscheinung mit rundem Kopf und kurz geschorenen Haaren. Irgendwie sah er aus wie ein Soldat im Manöver.

Nadine steckte die Hand in die Tasche. Der Mann stoppte kurz vor ihr.

»Sind Sie Frau Hauptkommissarin Jansen?«

Er sprach mit slawischem Akzent.

Nadine nickte. Ihr Hals war mit einem Mal trocken. Der Mann steckte die Hand wie zufällig in seine Joggingjacke.

Nadine brachte ihre Waffe heraus. Er starrte auf die Pistole. Er schien nicht einmal überrascht. Ihr Herz raste. Es dröhnte ihr in den Ohren. Merkwürdig, was für ein kleines Ding so eine Waffe war.

»Nicht mehr bewegen«, befahl sie.

»Was …«, brachte er hervor.

»Wer sind Sie?«, fragte sie.

Er grinste.

Nadines Gesicht brannte, aber sie fror. Ein Klicken ließ sie zusammenfahren. Am liebsten hätte sie jetzt losgebrüllt, weil sie wusste, was kam. Sie sah in ein breites Gesicht mit hohen Wangenknochen.

Dann kam der Aufprall, fast gleichzeitig mit dem Flubben von etwas, das sie für einen Schalldämpfer hielt.

Ihre Beine wurden unter dem Körper weggezogen. Sie prallte auf das Pflaster und sah den zweiten Mann auf sich zukommen. Er ist jung, dachte sie, als er den Lauf seiner Waffe in ihren Mund schob. Seine Augen waren fast farblos. Nadine schmeckte das kalte, ölige Metall auf der Zunge.

»Ich mache Arbeit, Alexej«, sagte er mit breitem und kehligem Akzent und blickte sie an. Seine Bewegungen waren langsam, fast träge. Er bleckte die Zähne und sah mit toten Augen zu ihr herab. Obwohl seine Stimme verächtlich klang, zeigte sein Gesicht keine Regung. Es wirkte, als sei es notdürftig von ungeschickten Händen aus gräulichem Lehm geformt worden.

»Gummigeschoss – du kennen«, knarrte er und entblößte erneut seine Zähne. »Ich jetzt machen Rest. Wir dich mitnehmen.«

Er beugte sich zu ihr herab und strich ihr mit ungeschickten Händen über das Gesicht. Ein Hustenreiz stieg in Nadines Kehle hoch, aber sie wagte kaum zu Atmen. Tränen traten in ihre Augen.

»Du hast Angst«, stellte der Mann über ihr plötzlich emotionslos fest.

Ich könnte ihn treten, ich weiß, wie ein einziger Tritt ihn ausschalten würde, aber er muss nur den Finger krümmen, einfach nur den Finger krümmen, und es pustet mir das Hirn nach hinten. Nadine hatte genug Kopfschüsse gesehen: *Wie fühlt es sich an?* Die Kugel rast durch den Knochen, zerschmettert ihn, fetzt durch weiße und graue Substanz, verdrängt, zerstört und sprengt sie. Eine Gasse direkt durch dein Denken, deine Erinnerung, dein Fühlen. Es musste wie ein greller Blitz sein – und?

Nadine schluckte krampfhaft. Durch einen Schleier von Tränen sah sie, dass er sie neugierig und gefühllos musterte.

»Aufstehen«, sagte er und nahm langsam den Pistolenlauf aus ihrem Mund. Sie hustete jetzt, sog röchelnd Luft ein und kam vorsichtig hoch.

»Du Probleme, dann tot«, sagte er verächtlich.

Nadine nickte wortlos. Er winkte mit der Pistole. Sie setzte sich in Bewegung, sie spürte einen dumpfen Schmerz dort, wo sie das Gummigeschoss getroffen hatte.

Ein dunkler Volvo parkte vor der Post am anderen Ende des Platzes. Nadine sog Luft ein. Sie wandte sich vorsichtig um und blickte dem Mann in das lehmige Gesicht. Er war wirklich sehr jung, sie schätzte ihn auf höchstens siebzehn oder achtzehn Jahre.

»Wir machen große Reise in die Ewigkeit«, sagte er. Es klang hämisch und dennoch unbeteiligt, so als habe er seine Gehässigkeit nur antrainiert und könne sie nicht einmal empfinden. Sie sah ihn an und fragte sich, ob er überhaupt in der Lage war, etwas zu fühlen. Sie selbst hatte grausame, abartige Angst. Zu große Angst, um sie zu beherrschen. Ihre Hände zitterten.

Ein bulliger Kopf saß am Steuer des Volvos. Sie erkannte den Trainingsanzug, er beugte sich zur Beifahrertür herüber und ließ sie aufschwingen.

»Einsteigen«, sagte der Junge hinter Nadine.

Sie atmete ein. Zögerte.

»Einsteigen«, wiederholte er schärfer.

Sie hatte keine Chance. Einer von beiden erwischt mich. Ich kann nicht weglaufen, mich nicht wehren, ich könnte es selbst nicht ohne diese erbärmliche Prellung an der Hüfte. Ich …

Sie machte einen Schritt vorwärts.

Etwas durchschnitt die Nacht, jagte an ihr vorbei und bohrte sich in den lehmgesichtigen Jungen. Er taumelte zurück, knickte in der

Mitte ein, als würde er von einem plötzlichen Lachkrampf geschüttelt, seine Beine zuckten unter ihm, die Arme, die Waffe ruckten zurück, hinter den Körper, er stieß einen gutturalen Laut aus und fiel dann nach hinten.

Die Tür des Volvos wurde aufgerissen, und der bullige Kerl im grünen Trainingsanzug sprang heraus wie ein massives, wütendes Gorillamännchen. Er prallte mit einer weiß gekleideten Gestalt zusammen, erstarrte und presste die Hände gegen die Kehle, die plötzlich aufklaffte wie ein Clownsmund. Blut drang daraus hervor. Das Licht der Laternen tanzte über eine Klinge. Der Jogginganzug stürzte wie ein schwerer Turm, zuckte und lag still.

»Wer durch das Schwert lebt«, sagte Ulrich Bertrams, der Nadine gebeten hatte, ihn Gabriel zu nennen, »wird durch das Schwert sterben.«

»Zwei der drei letzten«, antwortete Dr. Vincent Rosebud, in seiner Hand noch den Revolver, den er gerade abgefeuert hatte.

Nadine starrte ihre Retter fassungslos an.

»Sie … wie …«

»Ich habe mir erlaubt, als Ihr Schutzengel zu fungieren«, sagte Bertrams.

»Warum?«

»Nina braucht eine Mutter«, sagte Vincent. Er lächelte traurig. »Und ich bin hier, um Ihnen ein Geschäft vorzuschlagen.«

»Ein Geschäft?«, fragte Nadine fassungslos.

Vincent Rosebud blickte in ihre Augen. Sie sah auf die See, am Morgen, vor dem Sturm. Er nickte langsam, ohne den Blick von ihrem zu wenden. Er winkte Gabriel.

»Schaff diese Leichen weg, bevor Passanten kommen.«

Dann wandte er sich zu Nadine.

»Ein illegales Geschäft von höchster Notwendigkeit.«

Ihre Augen weiteten sich.

»Ich möchte Ihnen die Geschichte einer Frau erzählen«, sagte er, »sie hatte rote Haare.«

NEUNZEHN

»Es begann«, sagte Vincent Rosebud, »im September '99.«
In Deutschland ist Hitze drückend.
Auf Ibiza dringt sie als Lebenskraft durch die Poren. Wenn Gott die Erde erschaffen hatte, dann musste er hier bei der Arbeit bester Laune gewesen sein. Das Mittelmeer ist der Fingerabdruck des Paradieses auf Erden, und Ibiza ist der Punkt, um den es seine Kreise und Linien zieht.

Vincent kam im September von Ibiza heim, und das Gestern holte ihn ein.

Eine weibliche Stimme im September auf Doktor Rosebuds Anrufbeantworter.

Vincent war durch den Regen gefahren wie ein Verrückter, er hatte beinahe eine hagere Frau mit weißen Schuhen, hasserfülltem Blick und karpfigem Maul, die sich in ihren Mantel gewickelt ostentativ langsam über die Straße schleppte, überfahren. Irgendjemand hupte, und Bremsgummi quietschte.

Gabriel hatte ihm geöffnet, sich dann auf seine Couch verkrochen und dort zusammengekauert gehockt, wie Vincent ihn nie zuvor gesehen hatte.

»Ich grüße dich, Lea«, sagte Vincent. Es war ein nicht zu beschreibendes Gefühl, sie nach all den Jahren wieder zu sehen.

Und Lea …

»Vince«, sagte sie.

»Was hast du mit deinem Haar gemacht?«, fragte er traurig.

»Abgeschnitten. Ich dachte, es sei praktischer.« Sie blinzelte müde. »Du magst es nicht?«

Er schüttelte den Kopf. Er betrachtete sie, und plötzlich fiel ein Filter über sein Bewusstsein, der nur Wahrnehmung und Denken passieren ließ. Alle Emotionen waren ausgeschaltet.

»Egal«, sagte er kalt.

Sie hob die Augenbrauen, und eine grausame Karikatur seiner Erinnerung an ihr Gesicht grinste.

»Wahrscheinlich.«

»Du hast gesagt, dass du meine Hilfe brauchst«, sagte er und konnte nicht fassen, dass all ihre Schönheit in wenigen Jahren zerstört worden war. Gräulich verfärbte Haut, an manchen Stellen teigig, an anderen perlmuttern schimmernd, gespannt wie ein uraltes Trommelfell.

»Ja«, bestätigte sie leise und sah ihn an. Ihre Augen waren wie früher, als sie sich geliebt hatten. Vincent presste die Lippen gegeneinander.

»Ich brauche deine professionelle Hilfe«, sagte sie.

Er ging zu Gabriels Kühlschrank und holte sich eine Cola heraus. Er trank aus der Flasche.

»Es gibt genug andere Ärzte«, sagte er unwirsch, »was soll gerade ich für dich tun?«

Sie stand auf. Sie hatte deutlich an Gewicht verloren, und nun krempelte sie langsam ihren linken Ärmel hoch. Er sah Narben und zerstörtes Gewebe, kleine, rot geschwollene heiße Abszesse, Entzündungen. Er verstand sofort. Er hatte es geahnt.

Für einen Moment schloss er die Augen und lauschte auf seinen Herzschlag.

Dann sah er sie wieder an. In ihm war genug kalte See, um auch dies darin zu versenken.

»Ich kann dir nicht helfen, du musst in eine Entzugsklinik«, sagte er.

Ihre Augen, aus einer anderen Zeit, einer anderen Realität in eine Fratze gestolpert, starrten ihn an.

»Ich will nicht deine Hilfe als Arzt«, antwortete sie leise.

Er sah zu Gabriel, aber der wich seinem Blick aus.

»Was soll das – habt ihr beide den Verstand verloren?«, brachte Vincent hervor.

Lea verzog die Lippen zu einer Art von Lächeln.

»Ich hänge seit zwei Jahren an der Nadel und spritze mittlerweile drei Gramm täglich. Es ist besser, wenn du mich nicht fragst, womit ich mich in der Zeit alles infiziert habe. Ich kenne auch all die Fachbegriffe nicht.«

»Was willst du?«

Sie hob die Arme.

»Das erste Mal Heroin ist göttlich. Besser als alles vorher. Aber dann wird es abscheulich. Ich habe eine Tochter, die bei ihrem Vater lebt. Ich brauche dich.«

Er schüttelte den Kopf, sah wieder zu Gabriel.

»Hör zu«, fuhr sie fort, »Ulli hat mir alles erzählt: Ich weiß, was ihr so treibt, ich habe es damals schon gewusst. Dein Chefarzt, dieser Versicherungsmann, die anderen …«

Vincent spürte den kalten Schweiß auf seinen Handflächen.

»Du willst uns erpressen«, sagte er mühsam beherrscht.

Wo war ihr Haar geblieben? Diese abgezupften, struppigen Strähnen waren nur grausam.

»Ich brauche eure Dienste. Vince, ich brauche dich. Einen Mörder.«

»Du hast den Verstand verloren«, sagte er.

»Ich will, dass du jemanden für mich tötest«, antwortete sie mit einer Stimme wie eine reißende Geigenseite.

Vincent machte eine fahrige Geste.

»Gabriel ist verrückt, du weißt das. Wir … Mörder. Du kennst seine Hirngespinste.«

Lea spannte ihren Körper, wuchs hoch, sie verzog das Gesicht, als empfände sie Schmerzen dabei.

»Wenn du nicht für mich arbeitest, zeige ich dich an«, sagte sie.

Vincent sah in ihre vertrauten Augen, und plötzlich hasste er sie.

»Wen soll ich bitte schön ermorden?«, fragte er.

Sie streckte ihm ihre Arme entgegen. Ein frischer Abszess wölbte sich purpurn und heiß unter dem rechten Ellenbogen bis zur Mitte des Unterarms. Vincent betrachtete ihn einen Herzschlag lang mit einer Mischung aus Ekel und klinischer Diagnose.

Sie lachte. Ein großer Vogel schrie.

»Eine verkorkste, sinnlose Existenz. Jemand, der nur noch etwas nütze ist, wenn er stirbt. Ein Parasit.«

Vincent tigerte durch den Raum. Seine Wut ertränkte die Angst, Wut war für einige Augenblicke leichter zu ertragen. Aber zu viele Dinge liefen zu schnell gleichzeitig in ihm ab. Es regnete Kristalle auf das Entsetzen, aber die Angst wurde nicht zugedeckt. Er musste *denken.*

»Wen?«, wiederholte er gereizt.

Eine Sekunde vertropfte, als wäre die Zeit zu einem hochviskösen, galleartigem Etwas geworden.

Leas Augen sahen direkt in seine.

»Mich«, antwortete sie ruhig.

»Du hast den Verstand verloren«, sagte Vincent.

Lea schüttelte den Kopf.

»Ich habe eine Tochter und eine Lebensversicherung.«

Sie presste die Zähne zusammen. Vincent starrte Ulrich an.

»Ich habe zwei Stunden mit ihr debattiert«, sagte Gabriel verzweifelt.

Lea atmete heftiger. Ihr Gesicht hatte nichts Menschliches mehr.

»Ihr macht das, oder ich zeige euch an!«, brüllte sie.

»Lea …«, begann Gabriel. Er trat auf sie zu und wollte sie anscheinend umarmen.

Sie stieß ihm die Hand gegen die Brust.

»Halt die Klappe. Du bist doch ein Irrer!«

Sie blitzte Vincent an. »Was wird jetzt?«

Vincent atmete, dann nickte er. »In Ordnung.«

»Was heißt hier: in Ordnung? Sie ist meine Schwester!«, schrie Gabriel.

Vincent ignorierte ihn. Er wandte sich um. Er ging hinunter zu seinem Auto, seine Bewegungen waren langsam und kontrolliert. In seinen Augen zeigte sich keine Regung. Es war ein windiger grauer Tag. Er empfand etwas wie ein Brennen unter dem Brustbein, als er mit einem kleinen Lederkoffer zurückkehrte.

Er öffnete ihn, zog sich ungepuderte Chirurgenhandschuhe über.

»Ich werde das nicht zulassen«, kreischte Gabriel.

Lea sah ihn an.

»Halt die Klappe.«

Vincent erkannte, dass sich auch ihre Augen verändert hatten.

»Beeil dich«, forderte sie ihn auf.

Er trat auf sie zu und sah auf Gabriel.

»Worauf wartest du?«, sagte sie.

»Halt sie fest«, befahl Vincent kalt.

»Vince, mein Gott, sie …«

»Tu, was ich dir sage!«

Gabriel erhob sich langsam, als bewege er sich durch Sirup. Ein Engel mit zerbrochenen Flügeln. Er packte vorsichtig ihre Arme. Sie sah Vincent direkt in die Augen, in ihrem Blick war kein Leben mehr.

Vincent bewegte sich rasch, er war bei ihr, schlug ihr die Faust unter das Kinn. Sie sackte ohne einen Laut in sich zusammen.

Die nächsten Wochen waren die Hölle.

Vincent wusch Leas Körper, pflegte ihre Wunden und Abszesse. Er führte dem geschundenen Körper Eiweiß, Vitamine und Elektrolyte zu. In ihrem Blut fand das Labor Heroin, Kokain und diverse Beruhigungsmittel. Er versuchte, das Heroin durch Methadon zu ersetzen, aber sie spuckte es ihm jedes Mal ins Gesicht. Schließlich mussten sie sie noch enger fesseln, und da er sonst keine intakte Vene mehr fand, legte er die Infusion in den Hals. Wenn er sie nicht knebelte, versuchte sie zu schreien und zerrte an der Infusionsnadel. Sie wurde entzügig und begann zu jammern und zu zittern. Er knebelte sie wieder und sah die Schmerzen in ihren Augen. Sie erbrach und erstickte fast daran, weil sie zu spät den Knebel lösten. Er gab ihr Valium, daran war sie so gewöhnt, dass es nicht wirkte. Er schob eine Magensonde durch ihre Nase, aber sie schluckte sie nicht. Er wälzte Fachbücher, die ihm alle etwas anderes sagten, und versuchte ihre Entzugsschmerzen mit Catapressan zu mildern. Schließlich wurde sie ruhiger. Er saß bei ihr und wusch ihr Haar. Sie schlug die Augen auf:

»Du bist ein Schwein. Wenn ich hier herauskomme, bringe ich dich in den Knast.«

Er presste die Zähne aufeinander und schob ihr den Löffel mit Kraftbrühe in den Mund. Sie spuckte aus.

»Du wirst das essen«, sagte er, ohne sein Gesicht abzuwischen, »so oder durch einen Schlauch.«

Sie starrte ihn an.

»Du Sau! Du bist eine Sau. Ich habe dich von Anfang an gehasst. Es war scheiße mit dir, ekelhaft. Du hast nicht mal gemerkt, dass ich schwanger war!«

»Es tut mir Leid«, flüsterte er.

»Besser so. Von dir ein Kind zu bekommen wäre mir sowieso widerlich gewesen. Einen Scheißbalg hättest du mir gemacht. Weißt du, wie viele ich nach dir hatte? Nein? Viele. Und sie waren alle besser. Du bist eine Kröte, ein Schlappschwanz. Was bist du für ein Arzt, du Psychoklempner? Ein Scheißarzt bist du, ein Pisser, eine Sau, ein Drecksack. Was weißt du schon von Menschen?«

Er löffelte Suppe auf und fütterte sie.

»Du bist Scheiße«, sagte sie, aber sie schluckte mit trotzigem Blick. Als er den Teller in die Küche brachte, sagte Gabriel:

»Du weißt, dass sie es nicht so meint.«

Vincent ging zurück zu ihr.

Gabriel und er hielten abwechselnd Wache, fütterten sie und wurden von ihr beschimpft. Gabriel trug schließlich einen Walkman und hörte Orgelmusik. Vincent sah sie an. Er vernachlässigte seine Praxis.

Ihre Wunden heilten, und der Entzug vom Heroin war nach sieben Tagen geschafft. Vincent gab ihr Carbamazepin, damit sie nicht krampfte, wenn der verzögerte Beruhigungsmittelentzug kam. Er wusste, dass die Pillen am Ende gefährlicher waren als das Heroin. Sie ließen sie etwas herumlaufen, damit ihre Muskeln und Gelenke in Funktion blieben. Sie versuchte fortzulaufen, aber Vincent war darauf eingestellt.

»Ich komme hier heraus und mach euch fertig«, sagte sie.

Vincent hatte jedes Mal Angst, wenn er sie mit Gabriel allein ließ, um in seine Praxis zu fahren.

»Wie lange willst du sie hier festhalten?«, fragte Gabriel eines Abends. Er war abgemagert, und um seine Augen lagen Schatten.

»Solange es sein muss.«

»Du bist ein Irrer.«

»Das sind wir beide.«

Gabriel brachte Wein und hatte verbrannte Bratkartoffeln gemacht. Sie aßen Käsereste dazu.

»Ich habe noch nie eine Frau geliebt«, gestand Gabriel nach dem zweiten Glas.

Vincent lächelte müde. »Ich habe seit Jahren geahnt, dass du schwul bist.«

Gabriel seufzte. »Du musst mich nicht heiraten.«

»Schade«, sagte Vincent gehässig.

»Ich liebe auch keine Männer.«

»Liebe«, sagte Vincent, »das ist nur eine hormonelle Verirrung. Im Gehirn nur so etwas wie ein gestörter Dopaminstoffwechsel. Oder ein Schokoladenrausch. Biochemisch gerade mal ein Tausendstel der Dopaminkonzentration in den synaptischen Spalten des Belohnungssystems im Vergleich mit einem lächerlichen Gramm Kokain. Und für so etwas schreiben Leute Gedichte.«

Er ging in das Schlafzimmer und blickte sie an. Ihr Gesicht sah im Schlaf so vertraut aus, dass es ihm jedes Mal war, als schneide man seinen Bauch mit einem Lötkolben auf. Er setzte sich neben sie und legte die Hand auf die Decke, unter der sie schlief.

»Komisch«, sagte Gabriel. Vincent hatte nicht gehört, dass er hereingekommen war.

»Was ist komisch?«

Der Erzengel war ungewohnt ruhig. Sein helles Haar leuchtete im Dunkeln.

»Wir kennen uns fast zehn Jahre, und heute sehe ich dich zum ersten Mal weinen.«

»Was erwartest du als Dank?«, fragte Lea lauernd.

Vincent vollführte eine hilflose Geste.

»Keinen. Gar keinen. Ich erzähle es dir nur!«

Sie schnaubte, und er sah sie an. Sie sah viel besser aus als noch vor einem Monat, aber ihr Gesicht würde nie wieder sein wie früher.

»Niemand erzählt einfach nur so etwas«, sagte sie widerspenstig.

»Ich denke, dass dies deine Selbstmordpläne endgültig überflüssig macht.«

Er legte den Überweisungsbeleg auf den Tisch vor ihr.

Sie presste die Lippen aufeinander und sah an ihm vorbei.

Durch das große Fenster flutete so viel Sonne, als hätte die Natur gar nichts verstanden von Vincents Gefühlen. Trotz der Bäume, die dastanden und sie verbargen, ohne sie zu beschützen.

»Ich danke dir«, sagte sie nach einer Weile. Es klang bemüht.

Er zuckte die Achseln und verließ den Raum.

»Mach dich noch fertig«, sagte er im Gehen, »wir haben einen Termin beim Dr. med. dent.«

Lea zog die Lippen über die Ruinen ihrer Zähne.

»Wie viele Leute hast du für das Geld umgebracht?«, fragte sie.

»Niemanden. Ich arbeite«, sagte er.

»Für wie blöd hältst du mich?«, entgegnete Lea.

Der Abend war mild. Noch kurz bevor der Herbst den wilden Garten entblätterte, saßen sie hoch darüber zu dritt auf der Terrasse und tranken Rotwein. Lea schüttete das erste und zweite Glas wie Wasser hinunter.

»Bin ich eigentlich noch eure Gefangene?«, fragte sie dann süßsauer. Sie spitzte die Lippen, um gut auszusehen, aber es gelang ihr nicht. Etwas wie eine leichte Schicht von hellem Wachs schien auf ihrer Haut zu liegen.

Vincent betrachtete sie mit dem Blick eines Arztes.

Sie zeigte ihre frisch restaurierten Zähne und legte den Kopf schief. Aus dem Haus drangen die Klänge eines Konzertflügels von einer CD.

»Was soll ich bei euch? Mein Herr Bruder ist so verrückt wie immer. Und wir beide ... da sitzen wir und machen auf Südfrankreich und Côte de Provence und Goldberg Variationen. Als sei nichts geschehen.«

Sie lachte sehr laut. Dann goss sie sich Wein nach und stürzte das dritte Glas hinunter. Tränen liefen dabei über ihre Wangen.

»Was soll aus uns werden? Wir können nichts mehr miteinander haben, ich würde dich infizieren. Ich bin ansteckend und hässlich geworden.«

Sie streckte ihm die Zunge heraus und kicherte leise. »Du bist nicht hässlich«, widersprach Vincent.

Lea lachte laut, es klang schrill.

»Ich sehe aus, als hätte Ulli mich gemalt.«

Sie schenkte Wein nach und hob mit der rechten Hand das Glas. Dann klopfte sie mit dem Zeigefinger der linken dagegen. Sie starrte auf den vibrierenden Flüssigkeitspegel.

»Vielleicht solltest du nicht so viel trinken«, sagte Vincent vorsichtig.

Sie trank das Glas leer.

»Wer will es mir verbieten? Du etwa?«

»Leonora ...«, begann Gabriel.

Sie stellte das leere Glas ab.

»Leonora hat mich unsere Mutter genannt.«

Sie lehnte sich zurück und betrachtete Vincent provokativ.

»Ich könnte es dir mit der Hand machen«, schlug sie vor.

Er schüttelte den Kopf, presste die Lippen aufeinander.

»Darum geht es nicht«, sagte er langsam und wütend.

Sie schnaufte, beugte sich nach vorne und wollte wieder nach der fast leeren Flasche greifen.

Vincent zog sie fort.

»Was soll das?«, sagte sie aggressiv.

»Nein«, sagte er. Sie zog die Beine auf ihren Stuhl und schlang die Arme darum. Dann begann sie zu schluchzen.

»Ich habe Angst«, sagte Gabriel in dieser Nacht.

Alte Bäume hockten lethargisch im Garten.

Vincent schüttelte den Kopf, er wanderte im Zimmer auf und ab. Er war bleich und hatte an Gewicht verloren. Sein Haar war struppig und der sorgsam gepflegte Dreitagebartschatten einem stoppligen Bewuchs von Kinn, Wangen und Oberlippe gewichen. Er wirkte, als hätte Lea die Energie, die sie aufblühen ließ, aus ihm gesaugt.

»Sie ist meine Schwester, aber sie ist so … instabil. Wir werden sie nicht ewig bewachen können«, sagte Gabriel.

Vincent sah ihn an.

»Weißt du eine Alternative?«

Der Erzengel senkte seine Locken und schwieg.

Vincent stand in ihrem Zimmer und betrachtete sie im Schlaf.

Sie atmete unregelmäßig, und in ihrem Gesicht zuckte es.

Er sah hinaus auf die Sterne, bevor er sich neben Lea setzte. Die Sterne waren immer anders, schienen immer weiter fort zu sein als im Süden. Und sie logen.

Er legte die Hand auf Leas Schulter und saß vornübergebeugt da, bis er in dieser Haltung selbst einschlief.

Ihre Hand auf seinem Gesicht weckte ihn.

»Vince«, sagte sie leise.

Er blinzelte verschlafen.

Ihr blasses Gesicht im Halbdunkel lächelte, und ihm kam dieses Lächeln endlos vertraut vor. Es war, als schwebe ein Bild ihres Gestern durch seine Gedanken und materialisiere sich vor ihm in der Finsternis. Er nahm ihre Hand und presste sie fester gegen sich.

»Ich habe zu oft an dich gedacht«, flüsterte sie.

»Die Welt ist pervers, alles«, antwortete er.

»Du nicht.«

Er zog sie näher zu sich heran und spürte ihren Körper. Seit Monaten hatte er keine Frau mehr berührt, und sein Unterleib reagierte.

Sie gurrte. Ihre Haut roch, wie er es kannte. Seit dem Regentag an der holländischen Küste vor fast zehn Jahren hatte er diesen Geruch aus nassem Mutterboden, trockener Fleischlichkeit, etwas Vanille, frischem Haar und weißen Blüten niemals vergessen können.

»Es ist so vertraut.«

»Es tut mir Leid«, sagte sie.

Vincent antwortete nicht, er konnte nicht reden. Sonst war das Wort sein Beruf, seine Waffe, sein Instrument. Jetzt ging es nicht.

»Ich möchte dich«, sagte sie zärtlich.

Er schüttelte den Kopf.

»Es gibt Gummis«, flüsterte sie mit halberstickter Stimme.

Seine Hand fuhr über ihren Körper.

»Nur die Hände«, antwortete er atemlos.

Sie schloss die Augen, und er zog sie sanft auf das Bett. Es war eine grausame Erlösung.

Später schlief er ein.

»Ich wache über deine Träume«, flüsterte sie ihre Losung, als er danach das erste Mal erwachte. Sie hockte über ihm und betrachtete sein Gesicht.

Als die Morgensonne in seine Augen stach, stand eine massive Gestalt neben seinem Bett.

Vincent fuhr hoch und starrte auf eine grüne Uniform.

»Sie sollten erst gar nicht versuchen, das Junkiemädchen zu finden«, sagte Polizeimeister Schulz halb bedauernd und halb großspurig, »Seligmanns Russen haben sie nach Süddeutschland gebracht und ihr eine riesige Menge Stoff geschenkt.« Er fächerte die Finger der rechten Hand auseinander und klappte sie wieder zusammen. Er schnaufte verächtlich Luft aus der Nase. »Sie war begeistert und versprach, sich nie wieder bei Ihnen zu melden.«

»Wo ist Gabriel?«, fragte Vincent vorsichtig und richtete sich auf. Schulz machte einen Schritt rückwärts und ließ ihn gewähren.

Vincent stieg notdürftig in seine Hosen und einen dünnen Rollkragenpullover. Er war merkwürdig ruhig, wie leer. Nur seine Fingerspitzen wurden von einem beständigen Kribbeln überzogen.

»Ich denke, dass Bertrams noch immer einkaufen ist«, schnaufte Schulz.

Er hob seine breiten Schultern und machte eine gleichgültige Handbewegung. Vincent schloss die Augen, verkrampfte die kribbelnden Finger.

»Der alte Seligmann war der Meinung, dass sie einen Unsicherheitsfaktor in Ihrem Leben darstellt und dass die Organisation sich solche Sachen nicht leisten kann. Und Sie haben eben schlechtere Karten als ich.«

Vincent musterte ihn jetzt überrascht. Schulz war ein ins Riesige gequollenes Kind, ein weicher Muskel- und Fettberg mit aufgeworfenen Lippen und Händen wie Schaufeln. Seine hellblonden Haare standen kurz auf dem roten und rosaroten Schädel. Sie waren sich einige Male begegnet, Schulz war ein korrupter Bulle, der sich von Seligmann bezahlen ließ und dafür einige Drecksarbeiten verrichtete. Ein etwas dumpfer, nicht wirklich bösartiger Kerl mit permanenten Geldnöten. Eine Menge Kinder, ein Haus und ein ausgefallenes Hobby.

»Was meinen Sie?«, fragte Vincent.

»Es ist wichtig, sich in diesem Geschäft abzusichern«, sagte Schulz. Vincent starrte ihn an.

Der massige Polizist grinste, und sein breitflächiges Gesicht glänzte dabei.

»Ich habe mich abgesichert. Ich habe die hohen Herren in der Hand. Ich habe alles aufgezeichnet. Ich habe Kassetten und Bilder.«

»Wem«, fragte Vincent vorsichtig, »haben Sie alles von dieser ... Versicherung erzählt?«

Schulz schnaufte verächtlich.

»Seligmann kann das ruhig wissen.«

»Sonst noch jemandem?«

»Und ... meiner Frau. Aber keine Angst, sie hält dicht.«

Vincent presste die Lippen aufeinander. Er blickte Schulz an und wusste, dass er mit einer Leiche sprach, einem Kadaver, der durch einen kleinen Aufschub noch atmete, redete und prahlen konnte.

»Weiß Seligmann ... dass Ihre Frau informiert ist?«

»Er kann alles wissen, ich habe ihn in der Hand. Ich bin sein mieses, arrogantes Gehabe leid. Manfred Schulz ist kein Äffchen an seiner Leine. Sehen Sie, was er mit Ihnen gemacht hat. Na ja, um das Junkiemädchen ist es vielleicht nicht schade. Wahrscheinlich setzt sie sich irgendwo gerade den goldenen Schuss. Ich kenne diese Typen. Alles Spinner, menschlicher Müll. Sie können doch etwas Besseres kriegen, Herr Doktor.« Er versuchte ein freundliches Lächeln. »Ich bitte Sie!«

»Wann haben Sie Seligmann das erste Mal von Ihrer ... Versicherung erzählt?«, fragte Vincent jetzt kalt.

»Letzte Woche. Und ich habe noch einen draufgesetzt. Ich habe behauptet, dass es ein geheimes Versteck gibt, und zehn Tage nach meinem Tod ginge alles per Post an die ermittelnden Beamten. Und ich weiß, dass er seinen Provinzladen hier mit den ganz großen Leuten aus Petersburg fusionieren will.«

Er lachte jetzt dröhnend. Eine Leiche, dachte Vincent, die Luft bewegt.

»Er müsste schon die halbe Mordkommission umbringen lassen, um dann sicher zu sein.«

Vincent lächelte kalt.

»Möchten Sie etwas trinken?«, fragte er.

»Gerne, Herr Doktor.«

Dein Leichentrunk, dachte Vincent. Lass es dir schmecken und trink, soviel du willst, bevor Seligmanns graue Mörder dich Narren und deine Frau besuchen.

ZWANZIG

»Ich danke Ihnen, dass Sie Zeit für mich haben.«

Der maßgebliche Herr lächelte dünn. Er deutete auf den Stuhl vor seinem Schreibtisch. Von der Wand des Büros, dessen Einrichtung die längst staubige Kälte der fünfziger Jahre niemals hinter sich gelassen hatte, blickte das Bild des aktuellen Bundespräsidenten auf den Schreibtisch herab. Das Gesicht des obersten Staatsorgans glich dem seines Untergebenen darunter: im Ausdruck, nicht in der Physiognomie. Zwei hautlappig gefurchte Hundegesichter mit der Gewissheit des Rechtsstaates in den gekniffenen Mundwinkeln.

»Ich habe immer Zeit für meine Mitarbeiter«, sagte der real Anwesende des staatlichen Duos professionell freundlich.

Nadine nickte, aber sie glaubte ihm kein einziges Wort. Sie setzte sich vorsichtig, und er blieb hinter geometrischem Design von vorgestern ihr gegenüber hocken.

»Was kann ich für Sie tun?«

Sie holte Luft. »Es geht um eine heikle Angelegenheit.«

»Ich habe für alles ein offenes Ohr«, antwortete er höflich unter kalten Augen.

Nadine blies vorsichtig Luft aus der Nase. Sie begann zu erzählen, und seine Freundlichkeit erstarrte. Sie berichtete weiter, und das professionelle, rechtstaatliche Lächeln fror ein und ließ einen Mund, zusammengezogen wie ein vertrocknetes Salatherz, zurück. Und seine Bassettfalten schufen noch schwärzere Klüfte.

»Das ist eine wilde Geschichte«, sagte er abweisend.

»Es tut mir Leid, aber …«

»Sie haben keinerlei Beweise.«

Nadine streckte ihre verkrampften Finger und legte sie auf die Lehnen des Sessels.

»Wenn Sie mir …«

»Frau Jansen, was denken Sie sich?«

»Ich denke, dass diese Stadt, dieses Land …«

»Dieses Land«, bellte er ungnädig, »ist auf Recht und Freiheit aufgebaut. Nicht auf der Willkür, die angesehene Bürger oder gar

Mitarbeiter einer Bundesbehörde nur auf Mutmaßungen und Hirngespinste hin verunglimpfen lässt.«

»Herr …«

»Sie verfügen über nicht einen einzigen schlüssigen Beweis, um Ihre wilden Theorien zu unterstützen.«

»Wenn ich in diese Richtung ermitteln könnte. Es geht um so viele Tote.«

Der maßgebliche Mann schnaufte. Seine Hände zuckten über den Schreibtisch.

»Tote, die nicht dadurch lebendig werden, dass Sie unbescholtene Bürger mit wirren Verschwörungstheorien verfolgen. Der Fall Schulz ist in kompetente Hände gelegt worden.«

»Es gibt …«

Seine Hände hieben flach auf die Platte. Es krachte nur nicht, weil er sie kurz vorher abbremste. Nadine sah zuerst auf das Bild, dann in das Gesicht ihres Vorgesetzten.

»Es gibt nichts«, sagte er und stand auf. »Vergessen Sie das.«

»Herr …«

»Nein.«

Nadine kam langsam hoch. Ihr Mund brannte. In ihrem Magen hatte sich viel zu viel Säure gesammelt. Sie unterdrückte das wütende Zittern ihrer Finger und versuchte, höflich zu wirken. Sie wollte etwas von ihm, und er konnte ja sagen und nein, wie es ihm beliebte. Er hatte todsicher ihre Akte gelesen, alle Beurteilungen, jeder hielt sie für unbequem, nicht teamfähig, querulantisch, mit einem zu hohen Aggressionspotenzial versehen. Bisher hatten nur ihre Erfolge sie vor den Konsequenzen geschützt. Und das war seit dem Fall Schulz vorbei.

»Es gibt Regeln, nach denen wir alle in diesem Staat leben«, sagte er.

Nadine nickte. »Der gesamtgesellschaftliche Konsens. Natürlich.«

Er musste sie für verrückt halten. Sie weigerte sich, an die Alternative zu glauben. Aber Portrait und real anwesender Zwilling schienen die folgende Floskel im Duett zu sprechen.

»Wir sind hier keine Bananenrepublik.«

Eine feine Klavierseite aus Gewissheit legte sich um Nadines Hals.

Er streckte ihr keine Hand entgegen, und so stand sie einfach auf und ging zur Tür. Dort wandte sie sich noch einmal um und sah vom Bild des Bundespräsidenten zu ihrem Gesprächspartner. Ihre Handflächen klebten vor Nässe, aber die Säure drang aus dem Magen die Speiseröhre herauf und verbrannte die Schleimhaut. Sie musste jetzt noch etwas sagen.

»Eine abschließende Frage zum Thema Bananenrepublik. Stimmt es, dass Sie und der Verdächtige Seligmann dem gleichen Golfclub angehören?«

Er machte einen raschen Schritt um seinen Schreibtisch herum und kam auf sie zu.

»Es *gibt* keinen Verdächtigen«, sagte er.

Nadine holte Luft. Vincent Rosebuds trauriges Lächeln tauchte vor ihr auf, aus der Dunkelheit wie durch ein Stroboskoplicht gerissen. »Versuchen Sie es«, hatte Vincent gesagt, »und sehen Sie, was passiert.« Sie presste die Kiefer zusammen und fragte böse:

»Und wie war das mit dem Golfclub?«

Seine Augen bohrten sich durch alle Träume ihrer Karriere. Aus für all diese Wünsche, dachte sie in einem merkwürdig emotionslosen Fatalismus. Es war vorbei. Plötzlich war sie ruhig, eingesponnen in einen Kokon unendlicher Stille.

»Verschwinden Sie – sofort«, sagte er leise.

Nadine schob die Tür hinter sich auf und ging den elenden Amtsflur hinunter.

Der Regen schlug eisige Nadeln in ihr Gesicht. Plötzlich lachte sie in sich hinein. Draußen parkte ihr Auto, und durch die Scheibe sahen sie zwei Gesichter an. Kathrin und Hoffmann. Hauptkommissarin Jansen traf eine Entscheidung.

Eine der besten Gegenden Mönchengladbachs lag ganz nah beim großen Park, dem Bunten Garten, auf dem Bökelberg, in der Nähe des Stadions. Hier standen nur Villen: höchstens zwei Stockwerke hoch und mit Einfahrten, die noch als solche bezeichnet werden konnten. Dank des Quadratmeterpreises blieb man hier unter sich. Man lebte ruhig, beschaulich, mondän und exquisit. Die Nachbarn waren kultiviert und die Seufzer leise: schön abseits von den Behausungen der eigenen Putzfrauen zu wohnen. Ein Blick über den Rasen, auf den neuesten Zweitwagen des Nachbarn: nur ein Golf. Understatement, Koketterie oder die zu hohe letzte Steuernachzahlung. Dann ein Blick zum Kalender.

Spieltag.

Jeden zweiten Samstag oder Sonntag kommen die Barbaren. Ihre Stammesfarben sind grün-schwarz und weiß. Die wild kriegsbemalten Gesichter so beschmiert wie die Schals, Transparente und Standarten. Sie stampfen in wild grunzenden Horden und Kampfgruppen zum großen Treffen der Clans. Ihren rauen Hälsen, versehen mit zweifelhaft sauberen, schlecht rasierten stoppeligen Adamsäpfeln, entströmen inbrünstig die rituellen Stammeslieder. Die Kehlen geschmiert mit Starkbier und Underberg. Ihre Jeansjacken und schnoddrig weit um den Arsch hängenden Hosen tragen die heidnischen Runen des heiligen VfL Borussischen Ordens. Dass der Fußball in Mönchengladbach einmal bessere Zeiten gesehen hat, ignoriert der wahre Jünger: Solange es genug zu trinken gibt, kann man es unter heldischen Tränen ertragen. Noch sind die wilden Kriegerparolen auf den Standarten eingerollt, erst am ovalen Versammlungsplatz werden diese unter gutturalem Gejohle entfaltet.

»Steh auf, wenn du Borusse bist!«

Einem uralten heiligen Ritus folgend markieren die Stammesältesten das Revier, indem sie in die gepflegten Vorgärten pinkeln.

Jetzt ruhte die Bundesliga im Winterschlaf. Es war der 5. Januar im neuen Jahrtausend, das erstaunlicherweise nicht das Ende der Welt gebracht hatte. Das Bökelbergstadion lag verlassen da: nasser Beton, die abgeschalteten Flutlichttürme in einen vergangenen Himmel gereckt.

Vier Automobile bewegten sich aus unterschiedlichen Richtungen, vorbei am Stadion auf eine der Villen zu. Dann parkte das Erste, ein unscheinbarer Mittelklassewagen, am Straßenrand, unweit der Zulieferereinfahrt der Weihestätte. Sein Fahrer hob einen blonden Schopf voller Locken, betrachtete seine künstlerisch begabten Hände und öffnete das Handschuhfach. Das gräuliche Winterlicht tanzte über den metallischen Körper einer kleinen Pistole, wurde sofort von den weiten Ärmeln einer Jacke verdeckt, die einem Messgewand glich. Der Mann lächelte in tiefer Gewissheit, einer nahezu überirdischen Ruhe. Er faltete die Hände über dem Schoß und der Waffe. Sein Blick fiel in den Rückspiegel, und er betrachtete für einen Moment sein eigenes Gesicht.

Er wartete, während ein leichter Regen sein Auto betupfte.

Das zweite Auto wurde nahezu ausgefüllt von der Gestalt am Steuer. Ein Mann im Natoparka über einem ungebügelten Hemd. Das vorne lichte und hinten lange Haar eine Verzichtserklärung an den Bund der internationalen Kamm- und Bürstenhersteller.

»Hast du überhaupt keine andere Musik?«, fragte die blonde Frau an seiner Seite.

»Ist doch toll«, sagte er scheinbar unschuldig.

Ian Gillan kreischte zusammen mit Deep Purple in der Intensität eines Rockers im akuten psychotischen Schub »I'm a Highway Star!«.

»Es passt einfach nicht zu deinem Fahrstil«, sagte Kathrin vorsichtig.

»Es beruhigt mich«, gab Hoffmann zu, und sie schwieg, weil sie es ihm aus unerfindlichen Gründen glaubte. Es würde keine Verfolgungsjagd geben. Kathrin hatte in Mönchengladbach Verfolgungsjagden nur auf Fernsehapparaten gesehen. Sie wusste, was sie tun würden. Es war nicht einmal illegal, aber Kathrin hatte ihre eigenen Vorstellungen von Legalität. Sie hatte nicht wirklich an den anderen deutschen Staat und seine Gesetze geglaubt. In diesem machte sie ihre Arbeit, weil es die Polizei geben musste. Richtern misstraute sie immer noch.

»Solange man uns nicht erwischt, mache ich mit«, hatte Hoffmann gemurmelt, sie angesehen und gefragt: »Ist da was zwischen diesem Rosebud und dir?«

Sie hatte sein plötzlich unter unglaublichem Druck stehendes Teddybärgesicht gemustert und entsetzt festgestellt, dass jede falsche Antwort eine Liebeserklärung erzeugen würde. Die Tage, in denen er allein und unter Polizeischutz in einer Wohnung vor Porno und Playstation gehockt hatte, mussten einen Entschluss in ihm wachgerufen haben. Einen völlig größenwahnsinnigen Gedanken, den sie jedem anderen übel genommen hätte. Hoffmann konnte man nichts übel nehmen. Außerdem befand Kathrin sich gerade im emotionalen Ausnahmezustand. Ein Rausch der Glückshormone, trotz einer absehbar komplizierten Beziehung. Noch heute würde ihr Geliebter die Stadt, den Niederrhein verlassen. Ihr Geliebter, dachte sie und wunderte sich darüber, dass es ihr nicht schauderte: ein wissendes Raubtier.

Überallhin begleiten meine Gedanken deinen Schlaf, sie wandern mit dir an den Klippen der Angst.

»*Wie soll das funktionieren, Vince?*«

»*Ich werde dich immer finden.*«

»*Würdest du auch gehen, wenn ich rote Haare hätte?*«

»*Ich bleibe bei dir, weil sie nicht rot sind.*«

»Ich will derzeit alles, nur keine Beziehung«, sagte sie Hoffmann, »zu niemandem.«

Hoffmann wechselte das Thema.

»Hoffen wir, dass die ganze Sache gut geht. Hoffen wir es. Aber soll ich nach all den Jahren anfangen, Nadine zu widersprechen?«

Jetzt hielt er seinen alten Mini gegenüber einer der Villen an, direkt hinter einem hellgelben New Beatle. Eine rothaarige, dunkel gekleidete Frau stand neben dem Spaßauto. Sie war das personifizierte Realitätsprinzip, mit eingebautem Eisschrank für überflüssige Gefühle.

»Frau Chefin wartet«, sagte Hoffmann.

Er zückte seinen Dienstausweis. Gemeinsam gingen sie auf die beiden Männer zu. Sie saßen in einer dunklen Limousine, die wie ein großes Raubtier neben der Einfahrt parkte. Nadine klopfte mit dem Zeigefinger gegen die Scheibe. Ein Gesicht mit hohen Wangenknochen ruckte herum, ein Gameboy polterte auf den Boden der Fahrgastzelle.

Die Seitenscheibe fuhr herunter.

Hoffmann hob seinen Dienstausweis. Nadines Dienstpistole lag fast ansatzlos in ihrer Hand.

Kathrins war nur einen Augenblick später einsatzbereit.

»Bleiben Sie ganz ruhig, meine Herren«, sagte sie, »Sie sind beide vorläufig festgenommen.«

Die beiden Gorillas starrten den bewaffneten Frauen entgegen.

Ein Sportwagen kurvte in die feudale Einfahrt.

Vincent Rosebud stieg aus.

Hinter Hannas erwartungsvoller Miene sah Seligmann selbst in Vincents Augen. Er lächelte, und nur über die Lider des Politikers zuckte ein einziges Mal kalte Wut.

Elisabeth zog die transparente Folie von der Torte und faltete sie sorgfältig zusammen.

Vincent musterte Elisabeth und stellte fest, dass sie tatsächlich keine Ahnung hatte, welche Geschäfte ihr Mann betrieb. In dem engen, provinziellen Muff ihrer neureichen Bürgerlichkeit war kein Platz für Verbrechen dieser Größenordnung. Elisabeth war Nutznießerin des erstaunlichen Reichtums ihres viel beschäftigten Mannes: sonst nichts.

»Lass uns Frauen ein wenig spazieren gehen«, sagte Elisabeth nach dem Kaffee, weil ihr Mann darum bat, allein mit dem Herrn Doktor zu sprechen.

Hanna nickte verwirrt, Elisabeth nahm Mantel und Schirm, und Vincent küsste Hanna flüchtig auf die Wange. Sie wirkte unruhig und überfordert, wie er sie niemals zuvor erlebt hatte. Er betrachtete sie und erkannte, dass sie ihn nur hergebracht hatte, um etwas zu demonstrieren. Wie hatte sie es ausgedrückt? Ich war fünfzehn, hockte über dem Blut meiner Periode auf dem Klo und führte Statistik. Mutter verfügt über siebzehn Gesichtsausdrücke, um zu leiden, achtundzwanzig Töne, um zu seufzen, und genau vierzig Stöhnlaute. Mach jetzt keine Analyse daraus. Übermorgen besuchen wir sie.

Vincent trank Whisky mit Hannas Vater.

»Sie können sich denken, was ich von dieser Verbindung halte«, sagte Seligmann herablassend, »immerhin war Ihre letzte Freundin eine Drogenabhängige. Ich hoffe, dass sie nicht an irgendwelchen Infektionskrankheiten litt.«

»Vielleicht sollten wir gerade darüber reden.«

»Hanna ist schwierig«, sagte Seligmann, »aber nicht so schwierig wie ihre Mutter.« Er nippte an seinem Glas, und seine Lider gingen langsamer als zuvor. »Wenn Sie mit zweiundsechzig Jahren noch auf dem Klo wichsen dürfen wie ein Pennäler, denken Sie schon mal über Ihre Ehe nach.«

Sein Gesicht veränderte sich erneut. Für einen Moment hatte er alt gewirkt, aber jetzt lächelte er plötzlich herab von einem Wahlplakat.

»Sie denken doch wohl wirklich nicht, dass wir alle so dumm sind, den eigenen Slogans zu glauben. Vielleicht die im Bundestag, aber die sitzen sowieso alle in ihren eigenen Raumschiffen. Es geht darum, die Sache selbst zu schaukeln. Dieser Staat ist am Ende. Reden Sie zum Beispiel mit einem anständigen kleinen Familienrichter über die heutigen Scheidungsgesetze. Die wissen genau, was alles Schwachsinn ist. Die Verblödung beginnt in den höheren Etagen.

Bei uns in der Kommunalpolitik wurschteln wir uns pragmatisch durch. Wirklich regiert werden wir ohnehin von ganz anderen.«

Vincent musterte ihn schweigend.

»Korruption ist ein weites Feld«, erläuterte Seligmann, »es ist nicht so, wie Lieschen Müller es sich vorstellt.« Vincent erinnerte sich: Warum soll man einen Abgeordneten mit heimlichen Geldköfferchen kaufen, wenn man einen Bundeskanzler mit einem Aufsichtsratsposten bekommt und dann dieses Geld auch noch von der Steuer absetzen kann? »Ein fauler Fisch stinkt zuerst am Kopf, aber die Möwen haben eine Zeit lang gut zu fressen an ihm.«

Seligmann fuhr sich mit der Hand über die Augen.

»Ich rede so viel, dass ich mir schon einbilde, Farben zu sehen, die gar nicht da sind. Hanna ist ein Paradiesvogel, sehr farbig. Und sie ist mein einziges Kind.« Sein Blick traf Vincent. »Lassen Sie Ihre Finger von ihr.«

»Sie fühlen sich schuldig.«

»Ich brauche keine Therapiestunde«, sagte Seligmann grob. Vincent sah ihn an und dachte an Schulz.

Vincent betrachtete das große Wohnzimmer, sah hinaus auf den weitläufigen Garten: Die Wände schienen Kälte auszustrahlen. Er steckte die Hand in die Jackettasche und umfasste sein Handy. Fetzen von dem, was Seligmann gesagt hatte, zogen an seinem Ohr vorbei. Er empfand Ekel, der über sein Gesicht kroch, aber er wischte darüber und der Ekel verschwand. Seligmann würde Wachs sein, nicht länger Fleisch.

»Ich werde Sie töten«, sagte Vincent zu Seligmann.

Seligmann lachte humorlos.

»Machen Sie sich nicht lächerlich, *Herr Doktor*. Sie würden dieses Haus nicht lebend verlassen.«

Vincent schüttelte den Kopf.

»Ihre Leibwächter werden in genau diesem Augenblick wegen verschiedener Mordfälle von der Polizei verhört.«

»Sie …«

»Nicht ich. Frau Hauptkommissarin Jansen und ihr Team.«

Seligmann lachte noch immer in perfekter Kontrolle.

»Ich hätte Sie mit der Eliminierung der drei beauftragen sollen.«

Vincent hob die Achseln, ohne Seligmann aus den Augen zu lassen.

»Wie wollen Sie mich umbringen?«, fragte der alternde Politiker verächtlich.

»Was machen die Farben vor Ihren Augen?«, antwortete Vincent, und Seligmann starrte in sein Glas.

Der feiste Mann und seine Helfer hatten Schulz' Haus durchsucht, ohne das Material zu finden, das der Polizist gegen Seligmann gesammelt hatte. Dass Schulz es längst an Vincent weitergereicht hatte, konnten sie nicht wissen. Vincent war Therapeut genug, um einen Mann wie ihn von sich zu überzeugen. Seligmann jedoch lief nach Schulz' Tod die Zeit davon: Irgendwann würden die Beweise in Hände geraten, die er nicht bezahlte. Ein unbekannter Anwalt, sollte Seligmann glauben, würde seine Aussagen an Nadine Jansen schicken: als Einschreiben mit Rückschein.

Seligmann ließ seine Verbindungen spielen, schickte die Veltin los und hatte Vincent, dem er noch vertraute, bereits bei der Polizei eingeschleust. Doch Vincent verfolgte längst seine eigenen Pläne, und die Veltin fand nichts in den Akten. Seligmann aber glaubte an die Korruption und die Verschwörung: Wenn in den Akten nichts war, sagte ihm sein Instinkt, war es in den Köpfen der Ermittler. Nadine Jansen galt als nicht käuflich. Sie und ihre Kollegen mussten sterben.

»Sie nehmen Digitalis für Ihr Herz?«, fragte Vincent jetzt. »Ich habe mir erlaubt, die Dosis zu erhöhen.«

Seligmann ließ das Glas fallen und stürzte zum Telefon. Bereits unkoordiniert.

Durch die Straßen Mönchengladbachs raste ein rotweißer Krankenwagen mit jaulenden Sirenen und Blaulicht zum Bökelberg.

Als der Notarzt eintraf, fand er einen berühmten Politiker komatös, aber von dem Kollegen Rosebud in stabile Seitenlage gelegt. Rosebud hatte sich rührend um den künftigen Schwiegervater gekümmert, mit den begrenzten Mitteln, zu denen ein die Notfallmedizin seit langem nicht mehr praktizierender Seelenarzt mit bloßen Händen fähig war.

»Erbrechen, Farbensehen und Herzmittel. Es sieht aus wie eine Digitalisintoxikation«, sagte Vincent, und ein junges Gesicht unter der roten Jacke nickte ihm dankbar zu.

Der Notarzt verteilte seine Koffer und wedelte die Sanitäter durcheinander. Er ließ ein EKG schreiben, seine Hände gruben sich in Seligmanns Kinn und führten den Tubus für die Beatmung in den

Rachen. Er klopfte gegen eine Ampulle, während ein großer, feister Sanitäter die Beatmung übernahm.

Hanna erschien im Türrahmen, dann Elisabeth. Elisabeth begann zu kreischen.

Vincent fasste die Frauen und zog sie mit sich in das Nachbarzimmer.

Der Notarzt staute Seligmanns Arm, patschte mit flacher Hand auf die heraustretende Vene. Er versenkte die Nadel und spritzte Digitalis Antidot BM. Die Substanz jagte durch die Kanüle in Seligmanns Körper und reagierte explosionsartig sofort mit der Rezeptur, die Vincent Seligmann wenige Minuten vorher eingeflößt hatte. Eine hochallergene Substanz entstand, die der Körper des Politikers mit allen Mitteln des gleichzeitig überschießenden und zusammenbrechenden Immunsystems angriff. Histamin überschwemmte die Gefäße, ließ sie ruckartig erschlaffen. Das Blut versackte. Der Kreislauf stand still. Seligmann sog röchelnd Luft ein und streckte sich. Dann fiel er zurück und lag starr. Der Notarzt zerbiss einen Fluch. »Adrenalin!«, schrie er und begann mit der Herzmassage. Der massige Sanitäter drückte abwechselnd auf den Beatmungsbeutel. Ihre Bemühungen blieben vergeblich. Der berühmteste Mann der Stadt erlag einem allergischen Schock.

Elisabeths Mund zuckte. Vincent legte seinen Arm um die blicklos vor sich hinstarrende Hanna.

Nadine, Kathrin und Hoffmann erreichten Vincents Wohnung am nächsten Tag und fanden sie leer. Vor weißen Wänden stand ein einzelner schwarzer Koffer.

»Können wir ihn verhaften – oder hat er uns in der Hand?«, sinnierte Kathrin auffällig laut.

»Wir haben nur Verhöre durchgeführt«, grantelte Nadine, »und Seligmann ist eines natürlichen Todes gestorben.«

»Einen wie Rosebud werden wir niemals fassen«, brummelte Hoffmann. Er grabschte in den Koffer und überflog Papiere und Fotografien.

»Das hier wird den gewaltigsten Skandal auslösen, den die Stadt jemals gesehen hat. Ihr ahnt nicht, wer alles auf diesen Listen steht. Für unsere zwei Schäfchen von vorgestern reicht es auch. Schulz hat unglaublich gesammelt.«

»Und Rosebud hat es ergänzt«, sagte Kathrin.

Nadine sah sie skeptisch an.

»Wie kommt es, dass ich ein bestimmtes Gefühl nicht loswerde?«, fragte sie. »Das Gefühl, dass du ganz genau weißt, wo er und Bertrams stecken.«

Kathrin lächelte. *Ibiza Stadt, das alte, prächtige, irre Eivissa. Wenn man bei Nacht darauf zufährt, ist es ein Märchenschloss, diese uralte Festung, im Licht der Scheinwerfer. Der pastellene Duft der mediterranen Flora wird in der Dunkelheit zu Parfum. In der Zauberfestung, am großen Tor, auf der Insel der Träume sehen wir uns in diesem Sommer.*

»Das kommt davon, dass ihr Wessis grundsätzlich zu wenig Vertrauen habt. Du kannst mich ja observieren lassen.«

Nadine schüttelte den Kopf.

»Wir duzen uns in der Abteilung. Aber wir spionieren nicht gegenseitig in unseren Schlafzimmern. Wir haben nichts gegen Rosebud in der Hand. Erledigen wir den Papierkram und gehen wir dann etwas trinken.«

»Dies ist der größte Fang, den wir jemals gemacht haben«, sagte Hoffmann. Winnie the Pooh zeigte sein Sonntagslächeln: »So viel Erfolg macht mich ungeheuer hungrig.«

Kathrin lächelte ihn an und schloss vorsichtig den Koffer.

Nadine kniff die Augen zusammen, betrachtete weiße Flecken, die Bilder und Schränke an der Wand hinterlassen hatten. *Nichts gegen ihn in der Hand.* Die Bösen sind alle tot. Wie im Märchen. Alle tot? Mönchengladbach war eine Stadt voller Gespenster. Schulz und seine Familie, von der nur Tanja übrig geblieben war: jetzt Insassin einer psychiatrischen Klinik. Die jungen Russen, Seligmann. Heute konnte Nadine Geister sehen. Sie liefen als Unsichtbare zwischen den Häusern, sie fuhren in der Nacht in Gespensterautos durch die Straßen. Sie sahen mit leblosen Augen aus den Fenstern. Die meisten schwiegen, aber manche redeten in der Dunkelheit. Vor einer Stunde hatte Nadine mit Hanna Seligmann geredet. Nein, Hanna wusste nicht, wo Vincent war. Sie würde auf die Balearen reisen einige Tage, nach der Beerdigung. Man konnte vielleicht einen Rotwein trinken. Vielleicht, sagte Nadine, warum nicht, nach all den Jahren.

Diese Stadt. Ninas Lachen und ihr bleiches Gesicht zwischen den

Schläuchen der Intensivstation. Viele Augenblicke. Viele Gesichter. Marionetten.

Sie war selbst nur Vincents Marionette gewesen.

Nadine wischte sich über die Augen.

»Rosebud«, murmelte sie wütend.

EPILOG

Lindau am Bodensee

Über dem Leuchtturm und dem steinernen Löwen verloren sich die Berge im April 2002 in milchigem Dunst. Die Umgebung des Sees verwischte in unscharfen Grautönen. Der Himmel darüber war von der gleichen merkwürdigen Klarheit wie das spiegelnde und unbewegte Wasser. Dr. med. Vincent Rosebud stand am Ufer und betrachtete interessiert die Reaktion seines eigenen Körpers. Er fröstelte ein wenig, aber wenn er seinen Willen auf diesen Tatbestand fokussierte, ließ die Empfindung nach.

Vincent schloss die Augen und sog die klare Morgenluft ein.

Er presste die kalten Hände auf sein Gesicht und öffnete die Lider. In seinem Inneren brannte etwas, kurz unterhalb des Brustbeins. Er atmete durch die Nase, aber es half nicht wirklich. Langsam wandte er sich um, von See und Hafen ab. Er schlenderte durch die engen Gassen der alten Stadt auf der Insel. Er ging lässig, wie ein zufällig die Gegend betrachtender Tourist.

Jenseits der Mauer sprach ein kahlköpfiger Mensch in der Stadthalle. Er war klein und hager, nur seine Ohren ragten dünn und riesengroß vom Kopf fort. Man hielt ihn für populär. Er sprach vor Hunderten von Psychotherapeuten und Nervenärzten über die Behandlung von Leuten, mit denen man sich sonst besser nicht abgab. Seine kleinen, dunklen Augen rollten hinter der Brille und zeigten, dass es ihm Freude bereitete. Seine Gemeinde lauschte, und Vincent, der eine blaue Eintrittskarte besaß, setzte sich weit hinten in den Saal, blickte über die lauschenden Köpfe und suchte.

»Er sagte«, dozierte die psychoanalytische Prominenz, »dass Identifikation niemals die Identifikation mit Menschen, sondern mit unseren Beziehungen zu Menschen ist.«

Der Vortrag würde noch eine Stunde dauern. Vincents Augen tasteten von Reihe zu Reihe. Vorne saß aufrecht und starr eine Frau mit kurz geschnittenen eisgrauen Haaren. Sie war dreiundfünfzig Jahre alt, und ihre Frisur glich einer eng anliegenden Kappe.

»Durch Identifikation entsteht Identität«, sagte der Redner. Vincent blickte von der Frau zu den Augen des Redners, die wie schwarze Käfer waren und sich durch die Brille zu bohren schienen.

Er hatte die Frau gesehen. Er würde bemerken, wenn sie frühzeitig ging. Aber sie würde hier bleiben, bis der Vortrag beendet war. Die Zuhörer hingen an den Lippen des kleinen, hageren Mannes.

Vincent lehnte sich zurück und wartete. In seinem Inneren war das beständige Brennen.

Er presste die Augenlider zu Schlitzen, er sah den kleinen redenden Mann und die starr und eishaarig dasitzende Frau. Sie trug einen hässlichen Pullover, eine Kette aus Holzteilen, hellblaue Jeans und flache, hellrote Schuhe, in denen ihre Füße unablässig wippten. Sonst regte sich nichts an ihr.

Zeit floss wie ausgeflockter Honig.

Als der Applaus erklang und dem Redner Blumen gebracht wurden, stand Vincent Rosebud langsam auf.

Die Frau kam hoch. Ihr Gesicht war noch immer steinern unter der silbernen Kappe. Sie ging mit Hunderten anderen zum Ausgang. Vincent folgte ihr.

In der Vorhalle drängten sich Männer und Frauen jeden Alters um Buchstände, Kaffee und Cola. Die Frau stand in der Schlange zum Kaffee, und Vincent betrachtete sie, während er in einem der zahlreichen Bücher des kleinen, hageren Mannes blätterte. Sie zwang sich zu einer Art Lächeln und bestellte.

Vincent legte das Buch zur Seite und griff nach einem anderen, während sie trank.

Sie stellte die weiße Tasse fort und kam auf den Buchstand zu. Vincent blickte nicht auf, er sah sie aus dem Augenwinkel.

Sie blätterte lange und erwarb dann ein schmales Bändchen über Hypnose. Vincent folgte ihr, er wusste, dass sie nun zum See gehen würde. Er hatte sie seit vier Tagen beobachtet.

Sie verließ die Stadthalle, überquerte einen Zebrastreifen und ging durch die engen Gassen. Vincent schlenderte hinter ihr her, erneut wie ein Seminarteilnehmer in der Frühstückspause. Es war ein sonniger, aber kalter Frühlingsmorgen geworden.

Er blickte in Schaufenster. Die Frau bemerkte ihn nicht. Ihre Schritte wirkten staksig, trotz der hässlichen sportlichen Schuhe in flammendem Rot. In den Restaurants und Eisdielen am Hafen drängten sich pausierende Seelenheilkundige. Vincent wusste, dass sie sich nicht setzen würde. Sie ging am Bahnhofsgebäude entlang zur Uferpromenade, von wo man auf die Schweizer Berge sehen konnte, die höher waren als die österreichischen. Auf allen lag noch Schnee.

Hier gab es wenig Leute.

Die roten Schuhe gingen langsamer.

Dann blieben sie stehen. Vor der Steinmauer, die die Promenade vom Bodensee trennte. Unten war eine felsige Uferböschung, die Steinmauer diente dazu, dass kein Kind und kein unvorsichtiger Erwachsener herunterstürzte. Die Felsen waren spitz und gefährlich.

Eine dunkelhaarige Frau warf ihrem Hund ein Stöckchen zu. Vincent sah ihrer attraktiven Gestalt nach, bis sie hinter einer Biegung verschwunden war.

Ein hell gekleideter Mann spazierte an der Frau mit den roten Schuhen und dem steinernen Gesicht vorbei. Etwa drei Meter hinter ihr blieb er stehen, und seine blonden Locken schimmerten im Sonnenschein. Er sah aus wie ein Erzengel, einem Gemälde von Michelangelo entsprungen. Seine hellblauen Augen betrachteten den Himmel über den schneebedeckten Bergen. Er lächelte.

Vincent trat auf die Frau zu. »Es ist still hier«, sagte er.

Sie sah ihn an, und ihre Wimpern bewegten sich nicht. Nur ein winziger Muskel zuckte ein Mal zwischen Nase und Oberlippe.

»Ja.«

»Wie fanden Sie den Vortrag?«, fragte Vincent im Plauderton.

Für einen Augenblick schien die steinerne Härte ihres Gesichtes zu schmelzen, aber es war nur der Mund, der sich noch enger zusammenzog.

»Aufschlussreich, es gab einige interessante Aspekte.«

Ihre Stimme war neutral, sie schien es gewohnt zu reden, aber eine schrille, metallische Oberschwingung lag über den Worten.

»Aspekte«, seufzte Vincent, »Aspekte gibt es viele. Und Ansichten.«

Er blickte auf die Berge.

»Anblicke«, murmelte er und hob den Kopf. »Dieser Anblick ist schön.«

Seine Stimme wurde nur ein wenig lauter.

»Welchen Anblick hatten die vier alten Damen wohl, als Sie sie im Altenheim umgebracht haben?«

Er sah in ihr Gesicht, sie öffnete den Mund, und der Muskel zwischen Oberlippe und Nase zuckte jetzt heftiger.

»Ich habe keine Ahnung, wovon Sie reden«, sagte sie rasch.

Vincent hob langsam die Arme.

»Sie können die Namen Ihrer Patientinnen unmöglich vergessen haben«, antwortete er.

Ihr Mund implodierte.

»Immerhin haben Sie sie alle beerbt«, fuhr er fort. Er lächelte, weil er bemerkte, dass das Brennen in seinem Bauch verschwunden war.

Sie pustete Luft in zwei hastigen Schüben aus der Nase.

»Sie sind ja verrückt.«

Er sah sie an.

»Was wollen Sie?«, fragte sie langsam.

»Einen Ausgleich. Ich komme von jemandem, der einen Ausgleich fordert.«

»Ich lasse mich nicht erpressen«, sagte sie kalt, aber ihr Gesicht zuckte heftiger.

Vincent breitete die Arme aus.

»Ich bin nicht hier, um Sie zu erpressen«, sagte er, »ich komme sozusagen beruflich.«

»Sie sind von der Polizei.«

Vincent seufzte.

»Im Gegenteil. Ihre Morde … waren übrigens fast gut. Lauter natürliche Todesursachen, und Sie selbst haben den Totenschein ausgefüllt. Annähernd professionell.«

Er lächelte sie an, in ihm war diese einzigartige Ruhe, die er nur in solchen Augenblicken empfand.

»Ich kann beurteilen, ob ein Mord professionell ausgeführt wurde.«

Sie fuhr plötzlich herum und starrte den Engel an, der lautlos hinter sie getreten war.

»Das ist Gabriel«, erklärte Vincent, »er gehört zu mir. Seit längerer Zeit arbeiten wir zusammen.«

»Was wollen Sie von mir?«, wiederholte sie. Ihre Stimme besaß nun den Klang einer Kreissäge auf Stein.

»Den Ausgleich«, sagte Vincent, »am 27.8.93, am 14.3.94, am 11.7. und 21.11.95 haben Sie vier alte Frauen, die Ihnen gerontopsychiatrisch anvertraut waren, bestohlen und umgebracht.«

»Ich schreie«, sagte sie.

»Schreien Sie«, schlug Vincent vor, »dann holen wir die Polizei und reden über Gifte.«

»Wer sind Sie – irgendwelche religiösen Spinner, die sich für Gott weiß was halten?«

Vincent blickte sie an und wusste, dass sie das helle Nordseegrau seiner Augen irritieren würde. Augen wie ein Blick auf das Meer vor dem Sturm.

»Ich bin beruflich hier«, sagte er, »ich werde dafür bezahlt, einen Ausgleich herbeizuführen, und die Einschätzung Ihrer Person hat mich dazu bewogen, diesen Ausgleich zu fordern.«

Sie lachte schrill.

»Was soll das sein – ein Ausgleich, Sie sind tatsächlich völlig irre.«

Vincent blickte auf die Steinmauer, auf den See und die scharfkantigen Felsen unten.

»Setzen Sie sich auf die Mauer«, sagte er freundlich.

»Einen Teufel werde ich …«

Sie sah in Vincents Augen.

»Nehmen Sie einfach Platz«, wiederholte er.

»Ich schreie um Hilfe.«

»Das hätte fürchterliche Konsequenzen.«

Das steinerne Gesicht zerfloss endgültig.

»Was haben Sie für Beweise?«

»Alle. Setzen Sie sich auf die Mauer.«

»Gehen wir einfach zur Polizei«, sagte sie.

»Gerne.«

Sie beugte den Oberkörper nach vorn, machte einen Schritt, dann blieb sie stehen.

»Nehmen Sie Platz«, sagte Vincent Rosebud, »und genießen Sie die Aussicht. Ihre Opfer sahen nur eine uringelbe Wand mit einem kleinen, gekreuzigten Jesus.«

Er betrachtete sie nun wie ein Tier, ein Insekt, das man neugierig mustert, bevor man es zertritt. Die Luft war wie aus Glas geformt, von dem See her kam ein Wind aus Kristall und verebbte.

»Es ist nur ein Ausgleich. Keine Gerechtigkeit. Sie sehen dieses atemberaubende Panorama. Aber Gerechtigkeit ist auch nichts als eine Lüge. Was haben wir gehört? Identität entsteht durch Identifikation. Nehmen Sie den See in sich auf. Werden Sie eins mit ihm. Setzen Sie sich jetzt!«